Algunos días de noviembre

Jordi Sierra i Fabra
Algunos días de noviembre

INSPECTOR
MASCARELL
11

PLAZA JANÉS

Primera edición: abril de 2020

© 2020, Jordi Sierra i Fabra
Autor representado por IMC Agencia Literaria
© 2020, Penguin Random House Grupo Editorial, S. A. U.
Travessera de Gràcia, 47-49. 08021 Barcelona

Printed in Spain – Impreso en España

ISBN: 978-84-01-02409-2
Depósito legal: B-409-2020

Compuesto en Comptex & Ass., S. L.

Impreso en Romanyà Valls
(Barcelona)

L024092

Penguin
Random House
Grupo Editorial

Día 1

Jueves, 15 de noviembre de 1951

1

Le dolían los pies.

Se le acartonaban las piernas.

No le importaba caminar. El cansancio se acumulaba poco a poco hasta llegar al final. Los músculos no se dormían, seguían activos. Pero estar de pie, quieto, inmóvil, o como mucho dando un par de pasos arriba y abajo, le mataba.

Y empezaba a estar muerto.

Ningún bar cerca, para vigilar cómodamente sentado y, encima, tomando algo caliente.

—Maldita sea, Fortuny...

Chasqueó la lengua. En el fondo la culpa no era de su nuevo amigo, compañero, socio, como quisiera llamarlo. La culpa era suya, por aceptar el trabajo de falso detective. Suya y de Patro, que le animaba «para que hiciera algo», «para que no se le cayeran las paredes de la casa encima», «para sacarse un dinero extra», «para ayudar al pobre David, que todavía se recuperaba de su atropello de octubre».

Mucha labia tenía Fortuny.

Patro, una santa.

Miró el bordillo de la acera. Siempre era una opción. Pero que un señor se sentara en la acera estaba mal visto. Se notaba demasiado. Siempre aparecía una señora bondadosa preguntando si se encontraba bien. Levantarse era otro problema, máxime si permanecía sentado mucho rato y se le dormía una pierna.

Decididamente, el trabajo de detective era un asco.

Cuando ejercía de inspector de policía, antes de la guerra, también hacía alguna que otra vigilancia, y no digamos en sus años de agente. Pero en el primer caso, siendo inspector, estaba cómodamente sentado en su coche, y en el segundo, siendo policía de a pie, era más joven.

Mucho más joven.

—¡El trabajo de detective es estupendo! —decía David Fortuny—. ¡Libertad, ir de aquí para allá, nada de pasarse el día sentado detrás de una mesa, buen dinero...! ¿Qué más puede pedir, hombre?

Pues no, el dinero no siempre compensaba.

Encima, los clientes de un detective dejaban mucho que desear. Si no acudían a la policía, siempre era por algo; y, en ocasiones, ese algo era oscuro. Por eso aceptaban las tarifas de un investigador privado sin chistar. O chistando pero resignándose. Las películas americanas habían puesto de relieve la figura del detective. Bogart y compañía, aunque sin rubias fatales y asesinatos detrás de cada puerta. En España se había legalizado como ocupación ese mismo año.

Se movió.

Unos pasos arriba, unos pasos abajo.

Mucha humedad.

El repentino frío que anunciaba el invierno.

—Vamos, señora, ¿a qué espera? —le dijo al quieto portal del otro lado de la calle.

Desde junio, David Fortuny había irrumpido en su vida como un elefante en una cacharrería, poniéndolo todo patas arriba con su bla-bla-bla y su emprendedor dinamismo. Después de nacer Raquel en marzo, Miquel creía que la vida se apaciguaría a su alrededor. La calma de la «jubilación». No más líos. No más problemas. No más casos inesperados. No más investigaciones ayudando a un amigo o por forzada necesidad, como cuando se llevaron a Patro para obligarle a cerrar un crimen cometido doce años antes. Pero resultaba que no, que de calma, nada. En junio Fortuny había reaparecido en su ya pacífica existencia, surgiendo de las cenizas del pasado, para ayudarle a probar su inocencia tras haber sido acusado de asesinar a aquel maldito pederasta. Después él le había devuelto el favor a Fortuny a comienzos de octubre, cuando le atropellaron para que no investigara una complicada trama y le tomó el relevo hasta descubrir no sólo la verdad, sino evitando que el causante del atropello le rematara en el hospital.

De eso hacía un mes y medio.

David Fortuny aún renqueaba un poco.

Así que ahora él, Miquel Mascarell, ex inspector de la República, represaliado por Franco, condenado a muerte, cautivo ocho años y medio en el Valle de los Caídos y liberado por un extraño azar en julio del 47, ejercía de detective.

Increíble.

Detective al lado de un tipo omnipresente, hablador, «simpático»... y del bando contrario.

Ex combatiente con los nacionales.

Fascista por conveniencia... o, más bien, superviviente por necesidad, con la cara más dura del mundo y su brazo izquierdo ligeramente paralizado para merecer los honores de un «héroe de guerra». La licencia para actuar como detective no era más que eso, una prebenda por los «servicios prestados».

¡Incluso a Patro le caía bien y se reía con él!

—A dónde iremos a parar... —rezongó por lo bajo.

Sus nuevos amigos eran el dueño de un bar, Ramón, y su viejo ex chorizo redimido de antes de la guerra, Lenin.

Ahora se le sumaba David Fortuny.

Los tres, encima, tenían la misma característica: no paraban de hablar.

Uno de los problemas de hacer guardia era precisamente ése: tener demasiado tiempo para pensar. Claro que también lo hacía en casa, solo, o mirando a Raquel dormidita en la cuna. Incluso abrazado a Patro.

Pensar, recordar, siempre lo mismo.

Cerró los ojos.

Y, al volver a abrirlos, la vio.

Finalmente, ella salía de su casa.

Agradeció ponerse en movimiento de una vez. Hundió las manos en los bolsillos del abrigo y echó a andar fingiendo mirar al suelo, aunque en realidad lo que hacía era no perderla de vista. El paso de la mujer era vivo. Llevaba zapatos con tacones y lucía un hermoso abrigo que ya habría querido él para Patro. Con el cabello perfectamente peinado, aparentaba menos edad de los cincuenta que le habían dicho que tenía. Iba discretamente maquillada, o al menos eso le pareció desde el otro lado de la calle.

El seguimiento fue vivo.

El día anterior no había sucedido gran cosa, por no decir nada. Su perseguida había ido al cine. Si volvía a hacer lo mismo, serían dos tardes perdidas. Por supuesto que entró en la sala, para ver si se encontraba con alguien, pero no fue así. La mujer se sentó en la fila siete, sin nadie al lado, y no hizo otra cosa que ver la película y llorar. Miquel casi se había dormido porque era mala. Una bazofia patria de tono religioso titulada *La señora de Fátima*. Para milagros estaba. Encima era de estreno, en el Fémina, a seis pesetas. Los gastos los pagaba el marido que la hacía seguir, por supuesto. Y todo porque salía cada tarde y a veces regresaba con objetos o detalles inauditos, por más que él no se atreviera a preguntarle de dónde sacaba el dinero ni por qué se compraba tantas cosas inútiles.

Si se trataba de regalos de un amante...

Aunque los amantes regalaban otras cosas.

Un marido tímido e inseguro era lo peor.

Su perseguida mantuvo el paso vivo bajando por la calle Aribau hasta llegar a la plaza de la Universidad. Una vez en ella pasó al otro lado y, al inicio de la calle Pelayo, entró en los almacenes El Águila. No había mucha gente, pero Miquel no se la jugó y casi se pegó a ella. La mujer no parecía buscar nada en particular. Miraba. A veces cogía algo, o acariciaba una tela, pero nada más. A Patro le encantaba ir «a ver escaparates». Raramente entraba en las tiendas para hacer algo más concreto. Se contentaba con observar lo que no iba a comprar o con soñar comprarlo. Quizá la mujer a la que estaba siguiendo fuera diferente.

Llegó a la sección de perfumería.

Allí él era el único hombre.

Seguía sin perderla de vista, y gracias a eso se dio cuenta.

Porque fue muy rápida.

Cogió un frasquito de perfume y lo escondió en su abrigo.

Miquel abrió los ojos.

Nadie lo había percibido. El movimiento fue rápido y preciso. Además, disimulaba bien. Actuaba sin prisas, esperando el momento, estando segura de que nadie reparaba en ella. Era una dama; peinado impecable, abrigo caro, maquillaje elegante, manos cuidadas. Una dama curiosa y nada más.

El recorrido por los almacenes continuó.

El siguiente delito lo cometió en la sección de pañuelos.

Mismo sistema, mismo procedimiento. Le bastó una mirada circular, mientras acariciaba un pequeño chal de seda, para apretujarlo en su mano y llevárselo a las profundidades de su abrigo.

Siguió caminando sin inmutarse.

Miquel la contempló, mitad fascinado mitad impresionado.

¿Una mujer casada, de mediana posición, guapa y elegante, se dedicaba a robar en unos grandes almacenes de manera compulsiva? ¿Y su marido pensaba que gastaba innecesariamente?

No hubo más robos, aunque estuvo cerca de llevarse un

mechero en la sección de fumadores. La frenó la aparición de un vendedor que se le acercó para preguntarle si buscaba un regalo para su marido. Ella le respondió de manera negativa, amablemente, con una sonrisa, y siguió caminando.

Cuando salió a la calle levantó la barbilla al cielo y sonrió. Triunfadora.

El nuevo seguimiento llevó a Miquel por la plaza de Cataluña y el paseo de Gracia, aunque ya no fue muy largo. Su perseguida entró en el Salón Rosa, se orientó y encontró lo que buscaba: una mesa ocupada por otras tres mujeres tan miméticamente elegantes como ella. Estaba claro que había quedado con las amigas, porque se saludaron efusivamente, besándose las mejillas con cuidado para no estropear los maquillajes. Nada más sentarse en la silla libre, les enseñó el perfume y el pañuelo de seda. Hablaban en voz alta, así que Miquel pudo oírla a la perfección.

—¡Mirad qué acabo de comprar!

—¡Oh, precioso!

—¡Sí, qué color!

—¡Y el perfume! ¡Me encanta este aroma!

Fue suficiente.

Cuatro mujeres tomando una merienda en el selecto Salón Rosa. Evidentemente tenían para rato.

No había amante.

—¿Señor?

Seguía de pie, como un pasmarote, con su abrigo de segunda mano del invierno del 47 y su cara de sorpresa. El camarero que acababa de interpelarle esperaba.

—¡Oh, perdone! —Salió del paso con una excusa trivial—. Había quedado, pero no veo a la persona.

—Si quiere una mesa y aguarda en ella...

—No, no. Voy a hacer un recado y vuelvo.

Lo dejó con su circunspecta cara y su distinguido porte, uniformado, con el pelo brillante y los refinados modales propios del lugar. Para algo estaba en uno de los centros de la nueva y selecta burguesía catalana.

Podía quedarse y esperar. Podía seguirla de vuelta a casa para estar seguro de que la mujer no hacía nada más. Pero ya era suficiente. No había caso. La mujer del cliente que les había contratado sólo era una cleptómana con habilidad y suerte. Una cleptómana que, encima, enseñaba sus trofeos con la inocencia de una niña.

Miquel buscó un taxi.

No iba a ir en autobús ni en metro pagando los gastos el marido de la interesada.

2

No había nadie en el despacho, así que subió al piso. No le extrañó escuchar la franca risa de Amalia antes de llamar a la puerta. La novia de Fortuny pasaba más tiempo allí que en su casa. Claro que, desde el atropello, tenía un motivo: cuidar a su hombre. Y el detective bien que se dejaba cuidar.

La extraña pareja.

Bueno, Patro y él, en el fondo, también lo eran. Una incipiente treintañera con un casi vejestorio de sesenta y seis años.

Sesenta y siete en diciembre.

Patro lo aceptaba todo sin prejuicios, y ésa era una de sus más notables cualidades. No valoraba a la gente por lo que había sido o era, por tener más o menos, sino simplemente por su carácter, por si le caían bien o mal. Y, por lo general, todo el mundo le caía bien. No había conocido a ninguna persona más positiva, nunca. En lugar de odiar a todo el mundo, por lo que había sufrido en la guerra y lo que había tenido que hacer en la posguerra para poder comer, rezumaba bondad. La sencillez de verlo todo por el mejor de los lados.

Patro decía que él la había salvado.

Pero era ella la que le había salvado a él.

Llamó al timbre.

—Debe de ser mi socio —oyó que decía Fortuny al otro lado.

¿Socio?

O no escuchaba, o se hacía el tonto, o no quería darse por enterado.

La puerta se abrió y por el quicio apareció la exuberancia vital de Amalia. No iba en combinación ni nada de eso. Vestida. La mayoría de las veces no se andaba con remilgos. Ventajas de ser una mujer hecha y derecha. Las vergüenzas las había perdido en otro tiempo. Lo que sí iba era ligeramente despeinada, señal de que David Fortuny estaba acariciándole la cabeza por debajo del pelo, masajeándole la nuca.

Su «socio» nunca perdía el tiempo.

—Hola, Amalia.

La viuda comunista novia del pseudofascista David Fortuny le sonrió, como hacía siempre, y, también como hacía siempre, le plantó dos besos en las mejillas.

Olía bien.

—Hola, Miquel.

Le llamaba por el nombre desde los incidentes de octubre, nada de «señor Mascarell». Ellos dos, en cambio, utilizaban el apellido, como en los viejos tiempos.

Fortuny estaba en el sofá, tumbado. Ni se movió. Miquel entró y fue directo a la butaca más cercana.

—Ha vuelto temprano —dijo el detective.

—Ya.

—¿Qué tal?

Miquel soltó un resoplido al caer a peso en la butaca.

—Déjeme que me siente, hombre.

—¿Cansado?

—¿Usted qué cree? —Lo atravesó con una de sus miradas intimidadoras, aun sabiendo que a David Fortuny le resbalaban.

—Venga, no será para tanto. Seguir a una señora...

La mirada, más acentuada, hizo efecto esta vez.

Logró que se callara.

Tres segundos.

—Le juro que, en cuanto deje de dolerme el cuerpo, esto lo haré yo y para usted serán los trabajos fáciles.

—¿Cómo he de decirle que no hay trabajos fáciles? Nunca los hay.

—Es un tremendista.

—Y usted tiene un cuento...

—Caray, que le juro que me duele todo todavía. —Buscó apoyo en su novia—. ¿Verdad, cariño?

Por una vez, ella no se puso de su lado.

—Pues en la cama no lo parece, que te mueves que da gusto.

—¡Mujer! —Casi se puso rojo.

Miquel soltó un bufido y se reclinó en el respaldo. Ni siquiera se había quitado el abrigo. Los siguientes diez segundos quedaron sazonados por los comentarios de ellos dos acerca de lo que hacían en la cama además de dormir. Llegó a cerrar los ojos, lo cual no impidió que les siguiera oyendo igual.

Al final dijo:

—También es mala suerte que se le quedara un brazo medio rígido en lugar de la lengua.

Amalia soltó una carcajada.

Se plantó delante de Miquel justo cuando abría los ojos y le dio un beso en la frente.

—¡Eh, que soy celoso! —protestó Fortuny.

Su novia ni le contestó. Se dirigió a Miquel.

—Patro me dice siempre que tiene un sentido del humor muy especial.

—¿Sentido del humor yo? —Levantó las cejas.

—Sí —insistió ella—. Muy suyo, muy ácido, pero lo tiene. Antes de la guerra debía de ser un bala.

—Eso, ponlo en un pedestal —gruñó el detective—. ¡Menudo par os habéis juntado!

—¿Me da un vaso de agua? —le pidió Miquel.

Amalia se dirigió a la cocina. Su ausencia dejó un hueco enorme entre los dos. Fue el momento de intercambiar una mirada y recordar qué estaban haciendo allí, sobre todo el recién llegado.

—Venga, cuente —se interesó Fortuny—. ¿Qué tal la señora Cruz?

Se lo soltó sin más.

—Es cleptómana.

—¿Qué?

—Lo que oye.

—¿En serio?

—La he visto yo mismo. Ha entrado en los almacenes El Águila y ha robado un frasquito de perfume y un pañuelo de seda. También habría levantado un mechero de no haberla interrumpido el vendedor. Después ha ido al Salón Rosa y se ha reunido con unas amigas, a las que ha enseñado lo robado diciendo que acababa de comprarlo. Fin de la historia.

—¡No fastidie! —Le dio por reír.

Amalia regresó con el vaso de agua. Se lo tendió a Miquel y se sentó en el sofá, al lado de su novio. El sediento casi se lo tragó entero antes de seguir hablando.

—Dígale a su cliente que su mujer no se gasta el dinero en fruslerías ni tiene un amante que le hace regalos. Lo roba todo.

—¡Increíble! ¡Cómo es la gente de rara!

—¿Y eso lo dice usted? —le pinchó Miquel.

Fortuny no le hizo caso. Pensaba en lo exigua que sería la factura por los servicios prestados.

—¡Pues sí que lo hemos resuelto rápido! —lamentó.

—No pluralice.

—De acuerdo, hombre. —Arrastró la «e» de la segunda palabra—. Pero tampoco es que vaya a ponerse una medalla, digo. Ni que hubiera resuelto un asesinato.

—Escriba el informe. Ayer, cine. Hoy, robo y merienda. No creo que haya más.

—¿Y si la seguimos otra tarde?

—Dirá si la sigo.

—¿Y si la sigue otra tarde? —Evitó más discusiones.

—No. Caso cerrado. Le digo yo que no hay más. —Se echó la mano al bolsillo—. Aquí tiene la entrada del cine de ayer y los comprobantes de los taxis, para la factura de gastos.

David Fortuny se resignó.

—Tendré que hacerlo ahora —dijo—. Mañana tenemos otro trabajo.

Miquel se envaró.

—¿Otro?

—Y parece serio. —Fortuny ya no se lo tomaba a broma.

—¿Cómo que lo parece?

—Me ha llamado una mujer, mitad asustada mitad preocupada. Dice que su marido está recibiendo amenazas de muerte. Hemos quedado para mañana, abajo, en el despacho.

—Le dije que nada de madrugones.

—La una del mediodía no es un madrugón, hombre.

—Si es algo urgente, ¿por qué no ha venido esta tarde?

—Porque no sabía a qué hora volvería usted.

—O sea, que me necesita.

—Pues claro.

—Esto no es ayudarle de vez en cuando en algún caso, o si se le amontonan.

—Venga, Mascarell, no sea así. El asunto promete.

Miquel miró a Amalia. Ahora estaba seria y no se metía.

—¿Le ha dicho algo más?

—No.

—Vaya por Dios. —Suspiró.

—¿Qué le preocupa?

—¿Amenazas de muerte? ¿Por qué no ha ido a la policía? Yo no llamaría a esto «un asunto que promete».

—¡Es increíble! —Se desesperó Fortuny—. ¡Cuando se trata de seguir a alguien, se cansa! ¡Cuando resuelve un tema en un abrir y cerrar de ojos, como lo de la señora Cruz, resulta que es aburrido para su preclara mente de sabueso! ¡Y ahora que puede que nos encarguen un caso con pedigrí, se queja igual! ¡Es usted de lo que no hay, Mascarell!

—Fortuny, ya sabe que ni siquiera sé qué hago aquí, fingiendo ser detective.

—¡Hace lo que siempre ha hecho! ¡Y encima es bueno, el mejor! ¡Se queja por inercia!

—¿Ya no recuerda lo que le dije y le dejé muy claro? ¡No puedo relacionarme con nada polémico, no puedo meterme en líos, no puedo ir de detective por ahí!

—¿No puede meterse en líos y desde que salió de la cárcel no ha parado? —Abrió los brazos Fortuny.

—¡Azares y mala suerte!

—¡No es mala suerte! ¡Usted lleva el sello de policía pegado en la frente! ¡Ha nacido para esto! ¿Le recuerdo lo impresionado que me quedé con lo de junio, cuando le acusaron de asesinato? ¡Lo resolvió con dos...! ¡Lo que estoy haciendo yo es darle una oportunidad de ser feliz! ¡Díselo, Amalia!

—Se lo digo, se lo digo —asintió ella en tono burlón.

—Es un liante. —Movió la cabeza de lado a lado.

—¡Y usted un gruñón! ¡Le saldrán arrugas hasta en el alma! —Se calmó un poco—. Mascarell, en el peor de los casos usted es mi amigo y yo le he pedido un favor, nada más. No permitiré que le manden de nuevo al Valle de los Caídos o le peguen un tiro, y tampoco voy a dejarle con el culo al aire.

—Muy gráfico.

—¡Es la verdad!

—Sigo pensando que como un caso se nos tuerza y aparezca la policía...

—Me lo dice a cada momento. Y también que no hay investigación pequeña o casos menores. ¿Sólo por eso vamos a quedarnos quietos? ¿Dónde está su espíritu justiciero?

La mirada de Miquel habría fundido a una piedra.

David Fortuny se la sostuvo tal cual.

—Vamos, Mascarell —insistió su inesperado nuevo amigo—. Su mujer me contó lo de la espía rusa, lo de los cuadros del nazi, lo del tipo que le obligó a buscar la tumba de su sobrino, lo del complot contra Franco, lo del caso no resuelto del 38... ¿Me vendrá ahora con remilgos?

¿Mataba a Patro?

—Todo esto me cayó encima sin buscarlo. Ahora es distinto: me he metido a detective. Los problemas me los busco yo. —Soltó una bocanada de aire—. Y, de paso, ya que sabe tanto de mí gracias a mi parlanchina esposa, ¿por qué no lo anuncia en *La Vanguardia*?

—Oh, si me dejara, claro que ponía un anuncio. ¡Nos forrábamos!

Era suficiente. Estaba cansado por la espera a la puerta de la señora Cruz y luego el paseo por El Águila, la calle Pelayo y el fin de fiesta en el Salón Rosa. Quería irse a casa y jugar con Raquel.

—No vaya a enfadarse ahora con su mujer —le advirtió Amalia. Luego se dirigió a su novio y le espetó—: ¿Y tú por qué hablas tanto?

—¡Caray, pero si Patro está orgullosa de él!

—Eso es verdad. —Amalia volvió a mirar a Miquel—. Ha tenido usted una suerte tremenda con esa chica. Joven, guapa, enamorada...

—¿Y tú no has tenido suerte? —Se preocupó Fortuny.

La mirada de Amalia no tuvo nada que envidiar a la de Miquel un momento antes.

—Ellos están casados —le endilgó—. Tú y yo, no.

El detective comprendió que acababa de pisar terreno resbaladizo. Por si acaso discutían, Miquel se puso en pie para irse. Hundido en la butaca, le costó lo suyo tomar el debido impulso.

—Hasta mañana —se despidió.

—Le acompaño a la puerta —se ofreció Fortuny levantándose del sofá.

—Creía que le dolía el cuerpo.

—No sea malo, hombre.

Fueron a la puerta. El detective la abrió. Miquel se detuvo en el umbral.

—Cásese. —Fue directo.

—¿Otra vez? Pero ¡qué manía le ha dado! —cuchicheó Fortuny.

—La perderá.

—¡Que no!

—Ninguna mujer aguanta sin un compromiso, y más una viuda de guerra en sus mejores años. Allá usted. —Salió al rellano—. Hasta mañana. Llegaré antes que la clienta, tranquilo.

—Mascarell. —Lo detuvo.

—¿Qué?

A veces Fortuny perdía su natural cinismo de superviviente, la ironía con que lo envolvía todo o su falso buen humor, y se transformaba en un ser humano racional.

—Gracias.

Miquel no dijo nada. Sólo asintió con la cabeza.

3

Lo primero que hizo al abrir la puerta fue aguzar el oído, por si oía a Raquel.

Nada. Silencio.

Se lo confirmó la aparición de Patro por el pasillo, caminando casi de puntillas, mientras la cerraba con cuidado.

—¿Duerme? —preguntó abatido.

—Sí.

—¿Tan temprano?

—Sabes que es su hora, aunque luego igual nos da la noche.

—Vaya.

—Lo siento. —Su mujer le echó los brazos al cuello y cambió el tono para decirle—: Hola, detective.

—Menos coñas —refunfuñó.

—¡Uy, míralo! —Se quedó quieta sin llegar a besarlo.

Lo hizo él. Lo necesitaba.

A veces no sabía qué era lo que más le gustaba, si su boca, sus manos...

El beso fue largo, denso.

No era el típico obrero que regresaba a casa después de un duro día de trabajo, pero desde que le echaba una mano a David Fortuny, a veces se sentía así.

La irritación no menguaba.

Y, en el fondo, no sabía qué le sacaba de quicio, si trabajar con uno que vivía tan feliz con la dictadura o volver a las andadas, ahora de manera consciente, jugando a recuperar lo que había dejado de ser tras el final de la guerra.

Le gustaba pisar las calles.

Le gustaba investigar.

¿Hasta cuándo?

Patro se separó un poco de él al darse cuenta de que el beso no era el de una simple vuelta a casa. Escondía algo más. Le taladró los ojos y llegó al fondo de su alma.

—¿Cansado?

—Cuando era policía iba en coche, y desde luego no vigilaba a la gente a pie y a la intemperie.

—Siempre coges taxis —le recordó ella.

—Cariño, parece que disfrutes.

—Me gusta verte ocupado, eso es todo. Y sé que a ti también te gusta, por más que te quejes y te enfades con Fortuny y sus cosas.

—No sé por qué le cuentas detalles de mí.

—Porque estoy orgullosa de mi marido.

Era lo mismo que le había dicho Amalia.

Las mujeres se conocían bien. Ellas y su sexto sentido.

No quiso discutir.

Miquel echó a andar. Lo primero, ver a Raquel. Podía pasarse horas sentado frente a la cuna, sin hacer nada, sólo viéndola dormir. Y más horas con ella en las rodillas o comprobando lo rápida que ya era gateando. En unos días, los primeros pasos.

El tiempo pasaba volando.

Se sintió pequeño ante la enormidad de aquel milagro.

—¡Qué grande está ya! —susurró.

—Es una tragona.

—Patro...

—¿Qué?

—¿De verdad te gusta verme ocupado, como dices?

—¡Pues claro! ¡Estás haciendo lo que te gusta!

—Pero cuando nació ella —precisó señalando a la niña, completamente dormida ajena a su charla—, te dije que no iba a meterme en más problemas.

—Miquel, si no se trata de que te metas tú: es que los atraes como la miel a las abejas. Desde que te conozco, no has parado. Es tu sino. Por lo menos, si haces de detective, aunque sea de tapadillo, tienes un poco más de fuerza.

—Lo que tengo es miedo.

—Y yo. Pero es lo que hay. Mira, si en algo le doy la razón a Fortuny, es que en lo tuyo eres bueno. Más que bueno: el mejor. Estos años has resuelto casos que parecen increíbles. Sin ir más lejos lo de octubre pasado, o cuando me secuestraron a mí.

—Calla. —Se estremeció.

—Vivimos en una dictadura, pero por suerte queda gente como tú.

Las palabras precisas en el momento adecuado.

Aunque... ¿suerte?

Le pasó un brazo por encima de los hombros y la besó en la mejilla.

—Es que tener de compañero a Fortuny...

—Te aprecia mucho. Más aún: te venera.

—Ya lo sé. Pero nunca habría imaginado que no te molestase que trabajara con él.

—Hacéis buena pareja.

—También hacían buena pareja el Gordo y el Flaco, o Abbott y Costello. Por antagónicos.

—Miquel, llevamos discutiendo eso un mes y medio. ¿Qué quieres? No eres un jubilado normal. Ni siquiera eres un jubilado. Jamás dejarás de ser policía. Por más que digas y te quejes, lo disfrutas. Te quejas de vicio, de Fortuny, de lo que sea. Encima has hecho cosas muy buenas, poniéndote de parte de las víctimas antes que hacerlo de quien os paga la investigación. ¡Le salvaste la vida prácticamente a aquel chico homosexual, y a la mujer maltratada que se fugó con su amante! ¡Ése es tu valor!

—Pero...

—Ya lo hemos hablado, va —le detuvo Patro con cansancio—. Ven. Ponte cómodo.

Seguía con el abrigo puesto.

Se dejó guiar hasta la habitación. Una vez en ella, Patro le ayudó a desnudarse. El abrigo, la chaqueta, los pantalones...

—¿Nos tumbamos un rato? —propuso.

—¿Quieres hacerlo ahora? —musitó ella con ternura sin siquiera mostrarse sorprendida.

—Si nos liamos, me quedaré dormido después. Y he de cenar. Sólo tumbarnos. Necesito abrazarte y que me abraces.

Se tumbaron en la cama.

Hacía frío, pero no se taparon. Se quedaron sobre el edredón.

Volvieron a besarse.

—¿Qué tal lo de esta tarde?

—La mujer no gasta, roba.

—¿Cómo que roba?

—Es cleptómana.

—¿Que es qué?

—Se lleva cosas de las tiendas. Cosas casi siempre inútiles, da lo mismo. Probablemente no puede evitarlo, aunque a veces también es un juego. Sea como sea, un comportamiento así esconde otros problemas.

—¡Pobre mujer!

—Siempre te pones del lado de los que parecen más débiles y vulnerables.

—Mira quién fue a hablar.

—Mañana he de volver —la avisó.

—¿Otro caso?

—Ha llamado una mujer y ha dicho que su marido está recibiendo amenazas de muerte.

—Eso parece diferente.

—Veremos. —Se encogió de hombros—. Lo cierto es que David ya está bien, pero sigue haciéndose el dolorido por si acaso me da por cambiar de idea y no seguir con él. Se la sabe muy larga.

—Yo no creo que se haga el dolorido. Amalia me dice que aún le cuesta hacer ciertos movimientos. —Frunció el ceño al agregar—: Por Dios, Miquel, que le atropellaron y estuvo en coma. Y de eso hace únicamente un mes y medio. Es un milagro que esté vivo.

—Es un cuentista.

—Pues, según ella, se hace el valiente, pero está peor de lo que parece, ya ves.

—Hoy he vuelto a decirle que se case de una vez.

—¿Y tú por qué te metes?

—Por venganza —bromeó.

—¿Qué te ha contestado?

—Ya le conoces.

—Mira, si están bien así...

—¿Recuerdas cuando tú y yo vivíamos aquí sin estar casados?

—Es diferente. Tú lo has dicho: vivíamos juntos y en la escalera todo eran rumores. Nos habrían podido denunciar. Ellos guardan las apariencias, cada cual tiene su casa.

—La tendrán, pero Amalia está todo el día en el piso de él. Y, si no, es Fortuny el que se queda a dormir en el de ella. Menuda cara dura tiene.

—¿Y la manía que le tienes tú? ¡Pareces un crío, Miquel! ¿Se había enfadado?

—¿Yo?

—¡Si es que no paras! ¡Y no es que te saque de quicio, como dices! ¡Lo que te molesta es que sea de derechas, o eso dice él, y que encima a ti en el fondo te caiga bien! ¡Eso es lo que te irrita!

—Pero ¿tú no le oyes justificar todo lo que hace la dictadura?

—¿No has pensado que también lo dice para pincharte y discutir? Si no, ¿de qué ibais a hablar? Conmigo no paras, pero con los demás...

No le gustaba el giro de la conversación.

Y menos en la cama.

Sin embargo, no quiso rendirse.

—Ganaron la guerra y hemos de tragar toda la mierda del mundo, Patro. Que Fortuny defienda eso...

—¡Defiende lo que le interesa! Si mañana hubiera democracia, sería demócrata. Y si volviera el rey, sería monárquico.

—Eso es no tener criterio.

—No; eso es verlas venir y tratar de seguir vivo.

—Tú y yo seguimos vivos a pesar de lo que nos hicieron a los dos. No nos hemos rendido.

—Fortuny tampoco se rinde, aunque lo haga de otra forma. Si la guerra le hubiera pillado en el bando republicano, habría luchado con los republicanos; pero hoy, no me preguntes cómo ni por qué, sé que seguiría vivo y fingiendo o diciendo estar del lado vencedor. ¡No puedes culparle por ello! ¡Tú sobreviviste en un infierno, y yo vendiendo mi cuer...!

No la dejó terminar la frase.

El nuevo beso fue muy fuerte.

Eléctrico.

Patro acabó derretida en sus brazos, entregada al límite.

—Lo siento, perdona... —le susurró al oído.

—No, la culpa es mía —dijo él.

—Si te molesta trabajar con David, o hacer de detective, déjalo. Pero hay algo que no puedes ignorar: has de adaptarte a los nuevos tiempos, y ser la mejor persona que puedas ser en ellos. No hay más. Nos tenemos el uno al otro, cuando no hace ni cinco años no teníamos nada.

—Eres una filósofa.

—Sí, ya. —Bajó la cabeza con un gesto de vergüenza.

—Lo digo en serio.

—Nos adaptamos, Miquel. Y nos queremos. Por eso ha nacido Raquel. Por eso mismo. Y digas lo que digas, ella verá un mundo mejor, tarde o temprano.

Tarde o temprano.

Hitler había impulsado un *Reich* que iba a durar mil años, pero que no llegó a nada.

¿Cuánto duraría el de Franco?

Patro se apretó contra él.

Mucho.

—¿Seguro que no quieres hacerlo? —Le besó la oreja hasta acabar metiéndole la lengua en ella.

Día 2

Viernes, 16 de noviembre de 1951

4

El timbre de la puerta sonó a la hora exacta.

—Puntual —dijo David Fortuny.

—Eso parece.

—Abra usted. Si es mi ayudante, se supone que soy el jefe.

Miquel le taladró con los ojos.

O el detective estaba acostumbrado a sus miradas, o no las captaba con la intensidad que merecían.

De todas formas abrió la puerta, incapaz de discutir por una estupidez.

La mujer que vio en el umbral era guapa, o lo parecía, porque su maquillaje resultaba excesivo. No pudo apreciarle los ojos. Llevaba unas gafas enormes que le cubrían las cejas y los pómulos. Con los labios pintados de rojo, el cabello perfectamente moldeado y dos perlas en los lóbulos de las orejas, apenas se le veía mucho más a causa del abrigo que la cubría de arriba abajo. Un abrigo caro, de piel. Calzaba zapatos de tacón y sostenía un bolso negro, también caro, de piel brillante.

No tuvo que preguntar nada. Miquel le franqueó el paso.

—Adelante, por favor.

—Gracias —dijo ella.

Voz grave, algo nasal, quizá un poco tensa.

Bueno, estaban amenazando a su marido.

Cuando entraron en el despacho, David Fortuny ya estaba en pie. Le tendió la mano a la recién llegada y casi le hizo una reverencia al advertir el tono de clase y calidad. Probablemente en su corta vida de detective no había tenido una clienta con tanto pedigrí. La mujer correspondió a su saludo pero sin apretarle la mano tendida. Más bien fue como si se la cediera un segundo, por cortesía, extendiendo los dedos por delante.

—Señora...

Ella les miró a los dos. Atentamente. Se detuvo más en Miquel que en David Fortuny.

—Siéntese, por favor —la invitó el primero.

—Gracias.

Lo hizo mientras extraía un pañuelo del bolso. Se lo llevó primero a los ojos, bajo las gafas, para, quizá, secar un par de lágrimas a causa de la emoción. Luego lo pasó por las fosas nasales de manera elegante y discreta. Volvió a guardarlo y llenó los pulmones de aire.

—Dios, esto es... —vaciló.

—Siempre es difícil hablar con extraños sobre un problema personal —la ayudó Fortuny—. Lo único que puedo decirle es que somos profesionales. Eso implica discreción y cien por cien de seguridad para el cliente.

—Es lo que me han dicho, aunque ni siquiera sabía que en España había detectives privados.

—Es algo nuevo y reciente, de este mismo año, cuando se han dado las primeras licencias. Nos estamos equiparando ya con el resto del mundo. —Se sentó en su silla, detrás de la mesa, y agregó—: Estamos aquí para servirla en lo que podamos, y le aseguro que somos muy eficientes.

La mujer volvió a mirar a Miquel.

—¿Puedo saber sus nombres? —preguntó.

—¡Oh, perdone! —Fue rápido el detective—. Él es mi socio, Hugo. Yo me llamo David Fortuny. ¿Usted es...?

—Concepción Busquets.

—¿Y su marido?

—Federico García Sancho.

Fortuny frunció el ceño, como si tratara de asociar el nombre con algo. Debía de sonarle. A Miquel, desde luego, no.

Seguía de pie, estudiando a la clienta.

Movimientos, gestos, ropa...

Las gafas ocultando unas posibles ojeras.

Sentada, con el abrigo abierto, lucía una falda negra que le llegaba por debajo de las rodillas. Tenía las piernas bonitas.

—Me dijo ayer por teléfono que su marido estaba recibiendo amenazas de muerte. —Inició la conversación Fortuny.

—Sí. —Ella bajó la cabeza, como si le diera vergüenza reconocerlo.

—¿Por qué no ha ido a la policía? —preguntó Miquel por primera vez.

—Porque... —Concepción Busquets se agitó en la silla—. Miren, mi marido ni siquiera sabe que estoy aquí. Él no le da ninguna importancia a las amenazas y los anónimos. Dice que en su posición es normal tener enemigos y que alguno trata de meterle miedo, eso es todo. —Volvió a coger el pañuelo, aunque sólo para tenerlo en las manos—. Sin embargo, yo estoy preocupada, ¿entienden? No se trata de un anónimo o dos. Son amenazas... muy reales. De haber ido a la policía, ellos habrían hablado con Federico a las primeras de cambio, y lo que yo quiero es que investiguen discretamente, a poder ser sin que él se entere. No quiero disgustarle, ni que vea lo asustada y preocupada que estoy.

—Muy comprensible —asintió Fortuny.

—¿Creen que he hecho bien?

—Por supuesto. La policía lo único que haría en un caso así es ponerlo todo patas arriba de buenas a primeras. Nosotros actuaremos en las sombras y, sólo en caso de fuerza mayor, cuando demos con el responsable, habrá que ponerlo ya en manos de la ley. Le repito que somos mucho más discretos, ¿verdad, Hugo?

—Mucho más discretos. —Lo corroboró Miquel.

—Entonces ¿se encargarán de investigar?

—Acaba de contratarnos, señora.

—Gracias.

—Si quiere saber nuestros honorarios...

—No, no, no es necesario. —Hizo un gesto ambiguo—. Lo que está en juego es mucho más importante que el dinero. —Abrió otra vez el bolso y de él extrajo algunos papeles. Los puso sobre la mesa.

No estaban escritos a mano, sino con recortes de periódico.

Miquel fue más rápido que David Fortuny.

Los cogió y los leyó uno a uno.

«Vas a morir», «Ha llegado tu hora», «Estás muerto», «Tic-tac», «No llegarás a Navidad»...

Se los pasó a su compañero.

—¿Cuándo empezaron a llegar? —le preguntó a la mujer.

—Federico no me lo dijo. Los primeros debió de echarlos a la papelera. Yo ni siquiera habría sabido nada si no hubiera sido por la llamada telefónica.

—¿Le llamaron a él o a usted?

—A él, pero no estaba. Viaja mucho. Me puse yo al aparato y una voz me dijo: «Tu marido no hace caso. Está muy tranquilo. Pero sabe que va a morir». Me quedé...

—¿Voz de hombre o mujer?

—De hombre.

—¿Disimulada, forzada?

—No, normal. O al menos eso me pareció a mí. Comprenda que me quedé en shock.

—¿Algún tono raro, el acento...?

Subió y bajó los hombros. Retorcía el pañuelo entre las manos. Le temblaba la voz.

—No me fijé, la verdad, aunque diría que no tenía ninguna peculiaridad que la hiciera diferente.

—¿Así que no era impostada? —Tomó el relevo Fortuny.

—¿Impos... qué?

—Fingida.

—No, no.

—Habló entonces con su marido, claro —continuó Miquel.

—Sí, esa misma noche. Se lo dije y no le dio ninguna importancia, aunque se enfadó mucho porque esa llamada me había alertado y la cosa dejaba de ser un secreto. Mi marido es muy protector, ¿entienden? Me quiere y siempre trata de aislarme de todo lo malo. Me rogó que no pensara más en el tema, pero yo seguía demasiado asustada. ¿Cómo olvidar algo así? Le pregunté qué estaba pasando y me confesó lo de los anónimos y las amenazas. Pero me insistió en que no me lo tomara tan a pecho, que o bien se trataba de un bromista o era alguien con ganas de fastidiar, un loco. Suele decirme que en su mundo la mitad de la gente lo está.

—¿Cómo consiguió usted estas notas? —Se las devolvió Fortuny para que ella se las guardara de nuevo.

—Estos últimos días he estado pendiente del correo. He abierto todas las cartas que nos han llegado.

—¿Las mandaban a su casa?

—Sí.

—¿Y al despacho de su marido?

—Supongo que también.

—¿Ha conservado alguno de los sobres?

—Los... tiré. Lo siento.

—¿Estaban escritos a mano?

—Máquina de escribir. Me fijé en los matasellos y eran de Barcelona. Sin remitente, claro.

—¿A qué se dedica su marido? —preguntó Miquel.

—Es empresario. Igual les suena más el nombre de la empresa: Espectáculos García Sancho.

—¡Ahora caigo! —exclamó David Fortuny.

Miquel siguió a ciegas.

—¿A qué clase de espectáculos se dedica? —quiso saber.

—Lleva artistas de todo tipo, organiza giras, monta obras de teatro, produce películas... —Le salió la vena de orgullo—. En su ramo es el mejor.

—¿Cree que alguno de sus artistas puede ser el responsable de los anónimos?

—No lo creo. Todos están muy contentos con él. A otro nivel, ya no lo sé. Hay empresarios rivales... Es un mundo muy competitivo y limitado, aunque no lo parezca. No se hacen tantas películas en España, ni hay tantos teatros disponibles.

—¿Puede decirnos el nombre de alguno de los artistas que represente? —siguió el interrogatorio Miquel.

La mujer se sujetó la parte superior del abrigo con la mano. Parecía tener frío a pesar de estar ya a cubierto.

—Olga del Real, José Alberto Quiñones, Marilole La Gitana, Víctor Olmedo...

—Alguno me suena de haberlo visto en alguna película, sí —intervino Fortuny—. Al teatro voy poco.

—Le adoran, puedo asegurárselo —dijo Concepción Busquets—. Él mata por sus representados. Los defiende y siempre consigue los mejores contratos en las mejores condiciones. Es muy profesional. No hay artista en España que no sueñe con ser representado por Federico.

—¿Cuánto llevan casados, señora? —Cambió el sesgo de la conversación.

—¡Oh, en mi caso era muy joven! —Hizo un gesto de coquetería—. Quedé fascinada por él. Tenía diecisiete años. No me importó que fuera mucho más mayor que yo. De eso hace ya veinticuatro, ya ve.

—¿Hijos?

—Dos. Eugenia, de veintitrés, y Alonso, de veintiuno. Eugenia se casó hace un año y ya está embarazada. Alonso en cambio tontea de un lado a otro, pero de momento nada.

—¿Trabajan con él?

—No, no. Eugenia está en su casa, y más ahora con el embarazo. Alonso vive con nosotros y estudia abogacía. Aún es joven.

—¿Sospechan de alguien, tanto su marido como usted?

—En mi caso no, la verdad. Federico insiste en que puede ser cualquiera, pero no ha mencionado ningún nombre. Otra cosa son las personas que pueden quererle mal.

—¿Por ejemplo?

David Fortuny ya no decía nada. Seguía atentamente el interrogatorio de Miquel.

—Verá, señor. —Concepción Busquets se estremeció levemente y cerró todavía más la parte superior de su abrigo—. Federico es de esa clase de personas que todo lo ven por el lado positivo. Para él no hay nada imposible. Se fija un objetivo y va a por él. Es un luchador nato. Está convencido de su valía y de que todo el mundo le respeta y le quiere. Y yo no creo que sea así. No sé si llamarlos enemigos, pero rivales... De eso tiene, y algunos muy poderosos, casi tanto como él. Podría mencionarle... —Hizo una pausa al ver que Miquel cogía papel y pluma para escribir. Luego siguió—: Su competencia más directa es la de Blas Tejada, empresario como mi marido. Andan a la greña, siempre, pero más desde que el año pasado Federico le quitó a Luisa Palomares.

—¿Se la quitó?

—Bueno, es un decir. Simplemente ella prefirió las condiciones de Federico y firmó con él. Blas se presentó en el despacho de nuestra empresa y le dijo que lo pagaría muy caro.

—¿Han vuelto a saber de él?

—Yo, al menos, no. Pero no estoy en la oficina, claro.

—Siga.

—Están los resentidos —dijo sin citar nombres—. Federico lleva a más de treinta artistas en la actualidad, pero su empresa está en activo desde hace muchos años. Algunos envejecen y no se resignan a retirarse o tener menos trabajo, o a verse en la necesidad de aceptar papeles residuales, secundarios. Otros no dan la talla en algún momento y fracasan, o se vienen abajo. Son muchos egos que manejar. No faltan los celos y las envidias. Si Federico consigue un papel para alguien, otros pueden pensar que ellos lo harían mejor y creen que hay intereses ocultos. Entre las actrices es peor. Mucha sonrisa por delante, pero se morderían por detrás. Y no olvidemos la parte económica. Cuando pretenden cobrar la luna creyéndose los reyes del mambo... —Hizo una pequeña pausa—. Son casos aislados y puntuales, sí, pero están ahí. Federico suele comentarme algunos de esos entresijos. Ya ni recuerdo la de hombres y mujeres que han trabajado con él antes de ahora.

—Será difícil investigar todo esto sin hablar con su marido —intervino Fortuny con un deje de realismo.

—Lo sé, pero hasta donde puedan...

—¿Teme que se enfade mucho?

—No lo sé. Tal vez. Lo considerará una tontería. —Levantó la barbilla con un punto de tenacidad—. Pero miren, es mi dinero, yo les contrato. Es a mí a quien han de informar. Que diga lo que quiera si finalmente se entera o no tienen más remedio que hablar con él, aunque les dirá lo mismo que yo. Tampoco es fácil encontrarle. Hoy está en Madrid, por ejemplo.

—¿Cuándo regresa?

—Mañana por la tarde.

—Para comenzar a trabajar, necesitaríamos la mayor información posible de todas las personas que nos ha mencionado: ese empresario, los artistas de la empresa, los que ya no están y pueden tener algo pendiente con él... Es importante disponer de sus direcciones.

—Desconozco tantos datos. —Pareció inquieta.

—¿Puede conseguirlos?

—Tenía que haber venido con ello, ya veo. Los buscaré. Federico tiene archivos en casa, porque a veces trabaja hasta de noche y prefiere no hacerlo en la oficina.

—No se preocupe. ¿Cuándo lo tendría?

—¿Mañana por la mañana les parece bien?

—Perfecto. ¿Dónde?

—En mi casa, mejor. Ya les he dicho que Federico no regresa hasta la tarde. Podré hacer una lista detallada. ¿Qué tal a las doce del mediodía?

—Bien —asintió David Fortuny tomándole el relevo a Miquel.

—Les daré la dirección.

Miquel le tendió el mismo papel en el que él había hecho las primeras anotaciones. También la pluma. Concepción Busquets la tomó con la mano izquierda y escribió sus señas con letra menuda y pausada. Sobre todo pausada. No le devolvió ninguna de las dos cosas. Las dejó en la mesa. Miquel pudo leer las señas. A continuación ella abrió el bolso una vez más. Lo que sacó ahora fue un sobre.

—Es para los primeros gastos. —Se lo entregó a Fortuny.

—Puede pagarnos mañana —vaciló el detective.

—No, no. Insisto.

—Le haré un recibo. —Abrió el cajón central de su mesa para extraer un talonario que se veía muy nuevo.

Luego contó el dinero del sobre.

Miquel notó su emoción.

Para evitar que la mujer se diera cuenta, volvió a la carga, atrayendo su atención.

—Señora Busquets... ¿O prefiere usted que la llame señora García?

—Hace tantos años que ya no soy la señora Busquets... —Sonrió con un deje de resignación—. De todas formas, todo el mundo me llama Concepción.

—Iba a decirle que, por más que investiguemos en el entorno de su marido tratando de no despertar sospechas, nuestras preguntas acabarán por levantar la liebre. No sé si me explico.

—Quiere decir que al final alguien le dirá algo a Federico.

—Exacto. Y entonces será peor. Tenemos que actuar como detectives, y presentarnos como tales. De lo contrario, nadie querrá hablar con nosotros. No podrá evitar que él se entere de que nos ha contratado.

Concepción Busquets bajó la cabeza.

Por primera vez se mordió el labio inferior.

—Se enfadará conmigo —dijo refiriéndose a su marido—. No mucho, al final lo comprenderá, pero... A veces tiene el genio vivo. Depende de cómo le pille. Ha de lidiar con muchas cosas. Se mueve en un mundillo complejo.

—Seremos cautos, y lo más elegantes que podamos. Sin embargo, tenga en cuenta que buscamos un posible peligro. Si las amenazas son reales...

—Yo creo que lo que intenta el responsable es meterle miedo en el cuerpo a su esposo. —Quiso tranquilizarla Fortuny, ya con el recibo completado en la mano—. Mucho ruido y pocas nueces. —Se lo entregó a ella.

—Aunque debamos estar seguros, claro —puntualizó Miquel.

—Confío en ustedes.

—Haremos unas primeras investigaciones. Luego... Habrá que afrontar la realidad, es inevitable mal que le pese. Quizá mañana por la noche, o el domingo, podamos reunirnos todos, los cuatro, ustedes y nosotros. Incluso podrían asistir sus hijos. Suavizaríamos el golpe. Le haríamos ver la necesidad de esta investigación al margen de la policía, aunque sólo sea para que estén tranquilos y, de paso, que el responsable sepa que estamos actuando.

—Sí, está bien —dijo con más atribulamiento que seguridad.

—Tampoco estaría de más que le protegiéramos unos días —aventuró Fortuny.

—¿Quieren decir ser sus guardaespaldas? —Se asustó.

—Es una posibilidad.

—No lo aceptará, eso seguro.

—No creo que lleguemos a eso —dijo Miquel mirando a su compañero.

—¡Ay, señor! —Concepción Busquets se pasó el pañuelo por la nariz.

Acabó guardándolo en el bolso.

Parecía hora de irse.

—Escuchen... Esto será como buscar una aguja en un pajar, ¿verdad?

—Depende. —Tomó la delantera Miquel evitando que David Fortuny hablara—. Si nuestra presencia asusta al causante de todo, el problema se acabará en un abrir y cerrar de ojos, aunque entonces nunca sabremos quién mandó las amenazas. Si por el contrario insiste, es que va en serio, y en ese caso las medidas a tomar serán distintas, contando con la plena colaboración de su marido.

Quedaba todo dicho.

Concepción Busquets permaneció cinco segundos en la silla, silenciosa, hasta que se puso en pie. Fortuny hizo lo mismo.

—Han sido muy amables. —Inició la retirada.

—Un placer ayudarla, señora. —Se puso firmes el detective—. La acompaño.

La mujer le tendió esta vez la mano a Miquel. El mismo gesto que a la entrada. No fue un apretón, sino más bien una delicada forma de decirles que era una dama. Después siguió a David Fortuny, camino de la puerta del piso.

Misión cumplida.

Mientras su compañero se despedía de la clienta, Miquel se acercó a la ventana.

Al otro lado, el día era desapacible.

5

Miquel seguía en la ventana cuando David Fortuny regresó y se colocó a su lado.

—¿Cuánto? —preguntó el ex inspector.

—Dos mil.

Le miró de soslayo. El detective sonreía.

—Caray. —Miquel silbó.

—Y sin pedírselo. Sólo como adelanto. Clientas así nos convienen. —Se frotó las manos Fortuny—. Y casos como éste.

—Ya, pero no es como seguir a una señora cleptómana o a un marido avispado.

—¿Qué quiere decir?

—Lo sabe perfectamente.

—No irá a pensar que pueda ser peligroso.

Miquel no dijo nada. No hacía falta.

—Usted y sus manías de que no hay nada sencillo —se quejó el detective.

—Si las amenazas a ese caballero son algo más que un juego para asustarlo, estamos ante un posible loco, incluso un candidato a homicida.

—¡Hala, hombre! —Fortuny levantó una mano—. ¡Mire que es exagerado!

Concepción Busquets salía del portal, siempre embutida en su abrigo, como si debajo no llevara nada y caminara con el frío metido en los huesos. Apenas dio una docena de pasos por la acera. Levantó la mano y paró un taxi. Se coló dentro y el vehículo se perdió calle arriba a los pocos segundos.

—Menuda señora —ponderó Fortuny.

—Sí.

—Toda una dama.

—De lujo.

—Se le notaba la clase.

—De pies a cabeza.

—De acueeerdo. —Lanzó un resoplido—. ¿Qué le preocupa?

—¿A mí? Nada. —Echó balones fuera Miquel—. Dos mil pesetas de adelanto son dos mil pesetas, ¿no?

—Una fortuna, sí. Pero conozco esa cara.

—¿Llevamos unas pocas semanas y ya me conoce la cara?

—Y antes de la guerra ¿qué? ¡Claro que sé ver cuándo está a la defensiva!

—No estoy a la defensiva. Sólo soy cauto. Siempre lo he sido, y más ahora. —Recordó algo y gruñó—. Por cierto, ¿«Hugo»?

—Bien, ¿no? —Fortuny sonrió.

—¿No se le ha ocurrido algo más normal?

—Tiene empaque. —No quiso seguir discutiendo de algo tan nimio—. Venga, ¿qué le preocupa? ¿Es porque se trata de un tipo importante, porque la clienta es su esposa, porque cualquiera puede haberle mandado esas amenazas?

—Al final, si esto sigue adelante y se trata de un peligro real, tendrá que intervenir la policía igualmente.

—Si es por su seguridad, tranquilo. Ya ve que no digo nunca su nombre de verdad.

—No es sólo por eso.

—Mascarell, si el marido colabora, y le haremos ver que es lo mejor para él y para la tranquilidad de su mujer, seguro que cerramos el caso en un periquete. —Hizo una pausa sin que Miquel refrenara su natural optimismo—. Ha dicho que la llamada telefónica la hizo un hombre.

—Eso no significa que no sean dos, o que esa llamada se hiciera para disimular.

—¿Siempre le busca tres pies a todo?

—¿Por qué cree que me gané mi reputación antes de la guerra? Que alguien envíe notas amenazadoras a una persona es una cosa, pero que llame por teléfono es otra. No tiene mucho sentido.

—O lo tiene del todo y eso significa que las amenazas van en serio.

—¿Ha visto los anónimos? —preguntó Miquel.

—Sí, claro.

—¿No ha notado nada raro?

—¿En los recortes de periódico?

—No, en el tono de las frases.

—Bueno, eran simples pullas para causar desasosiego.

—Las amenazas parecían más femeninas que masculinas —dijo Miquel.

—¿En serio? —Abrió los ojos Fortuny.

—«Vas a morir» en lugar de «te mataré», que es más directo. «Ha llegado tu hora» es muy novelesco, muy de relato romántico. «Tictac»... No sé si es cosa de mi instinto, pero a mí me suena a voz de mujer. Aunque puedo equivocarme, por supuesto.

—Usted nunca se equivoca —dijo David Fortuny muy serio.

—No me haga la rosca, va.

—¡Que no le hago la rosca! Si algo he aprendido a su lado es a fiarme de su instinto. ¡Menudo olfato tiene!

—Quizá tengamos suerte y el responsable sea del entorno de Federico García Sancho. En este caso, a poco que preguntemos, es posible que se asuste y deje de mandar los anónimos.

—Lo veo lógico.

—Si damos con él o con ella, se lo contamos a los dos y que decidan qué hacer, aunque lo más coherente sería ir a la policía.

—Es un tipo importante, la verdad. —Movió la cabeza de arriba abajo David Fortuny—. A esta gente le hacen caso siempre.

—Si esa mujer hubiera ido a la policía en lugar de acudir a nosotros, le habrían hecho caso igualmente.

—Yo creo que ha hecho bien. —El detective se apartó de la ventana y regresó a su silla. El dinero seguía en el sobre y el sobre, encima de la mesa—. Ya sabe cómo son las mujeres. Estaba muy asustada y nerviosa.

—¿Quiere que le diga algo? —Miquel continuó en el mismo lugar—. Yo no sé cómo son las mujeres, y usted, diga lo que diga, tampoco. No creo que ningún hombre lo sepa.

—Hay que ver... ¡Cuando se pone profundo...!

—Fortuny...

—Pero ¡si es verdad! ¡Suelta cada perla! ¿Por qué cree que me río de todo? ¡Es mi defensa! ¡Yo no puedo razonar como usted!

—Lo suyo es la ironía y el sarcasmo, y lo mío, la mala leche.

—¡Sí, ya! ¡No me alardee de viejo gruñón! Pero ¡si encima es un trozo de pan! ¡Y no me diga que no tiene sentido del humor, porque cuando se pone...!

Miquel se cansó de discutir.

Siempre discutía con él.

Era para preocuparse.

Igual le gustaba.

—Deme el listín telefónico. —Se apartó de la ventana y se sentó en una de las sillas.

—¿Para qué lo quiere?

—¿Me lo va a dar o no?

David Fortuny tuvo que levantarse. Lo sacó de uno de los

archivadores. Se lo entregó y vio cómo su compañero lo abría y pasaba las páginas a toda velocidad.

—¿Qué busca? —insistió.

—Quiero saber dónde tiene las oficinas Federico García Sancho.

—¿Va a ir hoy a echar un vistazo?

—Sí. No pienso esperar a mañana para que ella nos dé nombres y direcciones. No es que crea que conseguiré algo así, por la cara, pero me haré una idea del lugar y de cómo y en qué trabaja nuestro hombre. ¿Sabe usted algo del mundillo del espectáculo?

—No.

—Pues ya está. Yo tampoco. —Encontró lo que buscaba, lo memorizó y cerró el listín.

—Caray, qué diligente —dijo su amigo.

—Tranquilo. Ya voy yo. —Dejó el listín sobre la mesa y se levantó.

—Pero mañana vamos juntos, ¿eh? —Quiso dejarlo claro Fortuny.

—No me lo perdería por nada del mundo. —Le lanzó una mueca con ánimo de que pareciera una sonrisa.

David Fortuny abrió el sobre. Extrajo dos billetes de cincuenta pesetas y cuatro más de veinticinco. Se los tendió.

—Para gastos —dijo.

—No hay como nadar en la abundancia. —Miquel se los guardó.

—Tampoco estaría de más que alguna vez fuera en metro, en tranvía o en autobús —dejó ir el detective.

Miquel ya era todo un experto en dirigirle miradas aplastantes.

Y David Fortuny, un experto en dejar que le resbalaran.

Esta vez no pudo.

—Bueno, sólo era... una sugerencia.

—No me gusta caminar, ni coger dos transportes para ir a un sitio perdiendo el tiempo. Para eso están los taxis. Y más si la cuenta de gastos va aparte.

—Está bien, está bien. No he dicho nada.

—Disfrute del adelanto. —Señaló el sobre del dinero—. ¿No quería un caso importante y que le dejara un buen pico?

—Que nos dejara —le corrigió.

—Le deja —insistió Miquel—. Yo sólo soy un amigo que colabora, para pasar el rato y no aburrirme en casa en mi jubilación forzosa.

—¡Cómo es! —Fortuny soltó una carcajada.

—¡Hala, hasta mañana! —Miquel se dirigió a la puerta.

—¿Vendrá aquí y vamos juntos?

—¿En el sidecar y con el frío que ya está haciendo, para que se me congelen hasta los pelos de la nariz? —Se horrorizó—. ¡Ni hablar! ¡Nos encontraremos allí cinco minutos antes de las doce!

—¡Anticuado!

—Ya. ¿Y si llueve?

—El sidecar tiene capota. ¡Yo soy el que se moja!

Miquel no acabó de salir del despacho.

—Hagamos una cosa para que el primero que llegue no se tenga que esperar a la intemperie. —Señaló con un dedo la nota con la dirección de los García Sancho que Concepción Busquets había dejado escrita—. Hay un bar en la calle de abajo, haciendo esquina. Si llueve, será mejor.

—Me parece bien. ¿Se va a comer a casa?

—Sí. ¿Usted no va con Amalia?

—Hoy tenía trabajo.

—Pues no le digo si quiere venir por educación, porque me diría que sí. —Sonrió maliciosamente.

—Desde luego... Suerte que no me lo creo ni le hago caso, que si no...

—Pues debería. ¡Adiós!

—¡Creo que me iré a ponerle una vela a san Judas! —Escuchó su voz antes de abrir la puerta.

No quería preguntar, pero lo hizo.

—¿Por qué?

—¡Porque desde mi atropello no hemos vuelto a hablar de política!

—¿Quiere estropear una sana e inocente amistad? —dijo Miquel justo antes de cerrar la puerta, para no oír la réplica de David Fortuny.

Bajó a pie el primer tramo de escalera.

Con la escasa luz, casi se dio de bruces con una mujer.

Menuda, mayor, atribulada. Sujetaba un monedero con las dos manos. Se lo quedó mirando con cierto respeto. Casi impresionada.

—¿Es usted el detective? —preguntó de pronto.

—Soy de la agencia, sí. —Miquel actuó con tacto tanto como con cautela—. Pero ya me iba. Sin embargo, el señor Fortuny está en el despacho. Puede llamar. Él la atenderá con mucho gusto.

La tribulación dio paso a un primer estallido emocional.

—¡Ay, Dios mío, si es que no sabía si...!

—Tranquila —quiso calmarla él.

—Ni siquiera estoy segura de si hago bien, ¿sabe? ¡Un detective! Pero es que se trata de mi hija, ¿sabe? —La mujer abrió las compuertas de su oratoria—. Se ha echado novio y mire... a mí me da muy mala espina, ¿sabe? Pero cualquiera le dice algo a ella, ¿sabe? Yo sólo quiero estar segura...

—Segura de que es trigo limpio —la ayudó.

—¡Eso mismo, señor! Sólo eso, de verdad. No sabe usted lo que sufre una madre. ¡Ni se lo imagina!

Miquel pudo imaginar el «sufrimiento» de David Fortuny con la señora de los «¿sabe?». Le dio lástima ella, pero se sintió sádico con respecto a él. Tampoco parecía una clienta que pudiera pagar demasiado.

Su hija y un novio con mala espina.

La vida misma.

—El señor Fortuny la atenderá de inmediato. —Se apartó para que siguiera subiendo—. Confíe en él. Es el mejor. Diga que se lo he dicho yo.

—Gracias, muchas gracias.

Más que sujetar el monedero con las dos manos, parecía apoyarse en él.

Separaron sus caminos. La mujer subió el tramo y Miquel lo bajó. Al salir a la calle, sin embargo, dejó de sonreír. Raquel también tendría novio un día, y él ya no estaría para verlo, para saber si era trigo limpio o no. Luego recordó a Teresina, su eficiente empleada en la mercería, cuando ella le había presentado a su novio para que él hiciera de padre y le diera el visto bueno.

Todo el mundo sufría por los hijos y quería lo mejor para ellos.

Miró la ventana del despacho.

A lo peor, casi seguro, le tocaba el caso y Fortuny le pedía que siguiera al dichoso novio de la chica para averiguar lo que fuera de él.

—Mierda... —rezongó echando a andar.

6

La charla con la señora de Federico García Sancho había sido larga. Llegó a casa ya pasadas las dos, sin necesidad de comprobar si la mercería aún seguía abierta. Patro preparaba la comida y el olor se expandía por el piso. Aspiró con fuerza el aroma y el estómago le anunció que estaba dispuesto para ser llenado.

Le recibió la expansiva sonrisa de Raquel, con los brazos extendidos para que la cogiera.

—¡Hola, tesoro! —La abrazó.

—Ten cuidado no te babee mucho —le advirtió Patro.

—Da igual. —La llenó de besos.

—¡Oh, sí, da igual! —Ella puso cara de escéptica—. Luego quedan manchas que no se van, que en lugar de babas parece que suelte ácido sulfúrico.

—Pero ¿tú oyes lo que dice mamá? —Le cogió la nariz—. ¡Con lo preciosa que eres!

—Al menos quítate el abrigo y la chaqueta.

Caminó hasta la habitación. Dejó a Raquel sobre la cama.

—¡Ahora te cojo otra vez, deja que papá se ponga cómodo! —le dijo antes de que protestara.

Lo hizo lo más rápido que pudo, bajo la atenta mirada de la niña. Patro se ocupó de recogerle la ropa para que no la dejara tirada de cualquier forma.

—¿Todo bien?

—Sí, sí. Ahora te lo cuento.

—Venga, juega un poco con ella mientras acabo de preparar la comida. Ha estado todo el rato buscándote.

—¿Ah, sí?

—¿No dicen que las niñas tiran al padre?

—No sé.

Patro sonrió. Se acercó y le dio un beso.

Un beso de verdad.

Cuando se separaron, Raquel los contemplaba mitad extrañada mitad curiosa.

—Papá y mamá se quieren —le dijo Miquel.

—Anda, cuéntale cosas, que le encanta oírte hablar. —Se marchó ella.

Miquel se quedó a solas con Raquel.

Era cierto: le hablaba. Solía hacerlo mucho, a menudo. Le hablaba para que no olvidara su voz, siempre pesimista sobre su longevidad. Y lo mejor es que ella le oía, le escuchaba atentamente, miraba sus labios. A veces trataba de ponerle los dedos en la boca, como si quisiera atraparle las palabras.

Atraparle las palabras.

Una hermosa metáfora del aprendizaje de los niños.

Se tendió sobre la cama y, primero, le hizo cosquillas.

La risa de Raquel se expandió por el universo.

Luego sopló en su vientre, haciendo extraños ruidos, y las carcajadas se hicieron olas batiendo el aire.

Acabó mirándola.

Pensó en la mujer de un rato antes, la de la hija con el novio de poco fiar.

—A ver qué novio te echas tú —le dijo a la niña.

—Pa... pa... pa...

—Bien, bien —la animó a seguir.

Raquel se puso a cuatro patas y se le subió encima.

Patro tenía razón: era una fuente de babas.

—Me vas a manchar la camisa —dijo él sin apartarse.

Se quedaron así unos segundos, ella esperando que él le hiciera algo y él contemplándola. Finalmente, para no morir ahogado, Miquel se dio la vuelta para dejarla sobre la cama y reiniciar los juegos.

Era curioso. No recordaba si le había hecho lo mismo a Roger.

No recordaba casi nada de su primera paternidad.

Y eso le horrorizaba.

Claro que era joven, y su trabajo le absorbía. Quimeta se ocupaba de todo, la casa, Roger. Él bastante tenía con ir de un lado a otro. El inspector más joven de Barcelona.

No se dio cuenta de que Patro estaba apoyada en el quicio de la puerta, observándolos feliz, hasta que su hija desvió la mirada en su dirección y Miquel volvió la cabeza.

—Mamá nos espía. —Puso una voz truculenta.

—Ma... ma... ma... —balbuceó Raquel.

—¿Has visto lo rápido que gatea? —dijo Patro—. En dos días ya echará a andar, y luego a correr. No habrá quien la pare.

—¿En dos días? —se burló Miquel—. Yo ya la veo capaz de eso y más.

—Dos días —repitió ella—. Y en cuatro la primera comunión.

—No corras tanto.

—Tú ríete.

—No, si no me río.

—Venga, a comer, padrazo.

—Mira quién habla.

Miquel tomó a Raquel en brazos. Salieron de la habitación y llegaron al comedor. Solían comer o cenar con la niña sentada en una sillita a su lado en el caso de que estuviera despierta. Hablaban y la miraban. En momentos así, la pequeña estaba quieta; no lloraba, no protestaba. Era una costumbre nueva pero agradable. En lugar de oír la radio, miraban a su hija.

—Es un sol. —Suspiró Patro.

—Sí.

—Todo el mundo lo dice.

—Ya.

—En serio. Desde que bajo con ella a la mercería, entran más clientas.

—Habrá que ponerla en el escaparate.

—¡Sí, hombre!

—Es broma, mujer.

—Ya sé que es broma, pero lo dices tan serio...

—Suelo decir serio lo que digo en broma y riendo lo que digo en serio. Eso desconcierta al personal. —Reflexionó—. De todas formas, ya sé que no soy la alegría de la huerta. —Se resignó pensando en David Fortuny por asociación.

—Al contrario —protestó Patro—. Tienes tus cosas, como todo el mundo, y un fondo oscuro y a veces pesimista, sí. Pero yo diría que también eres la persona más divertida que he conocido.

—Será por mi sofisticado y no siempre comprensible humor inglés. —Se lo tomó a broma.

—Será por lo que sea, pero me haces reír y eso es impagable.

—Ya sabía que no estabas conmigo por guapo.

Patro se dirigió a Raquel.

—Hija, tu padre es un caso.

Miquel acabó de sorber la última cucharada de sopa.

—Oye, antes has dicho que en cuatro días hará la primera comunión.

—Sí, ¿por qué?

—¿Quieres que la haga?

—¿Y tú, quieres que no la haga y la señalen con el dedo por ser diferente? Hasta podríamos meternos en un lío. ¡Bien hubo que bautizarla!

—Y me costó.

—Si no la llegamos a bautizar habría sido como si no constara, que te piden la fe de bautismo por todo, Miquel.

—Lo sé. Pero lo de la comunión...

—¿Y lo guapa que estará con su vestidito blanco?

Miquel se estremeció casi imperceptiblemente. No quiso imaginarlo. Miró a Raquel y pensó que, con suerte, los «cuatro días» pasaban un poco menos rápido. Patro comprendió su silencio.

—Mira, tendremos nuestras ideas, pero no podemos criarla de espaldas a la realidad. —Trató de hacérselo entender.

La realidad.

—Ya lo sé —convino él.

—Háblame de lo de esta mañana, va. —Cambió de conversación Patro para animarle—. Me has dicho que se trataba de unas amenazas de muerte y que iba a veros la esposa.

—Pues eso. —Atacó el segundo plato de manera mecánica—. La mujer del afectado quiere que investiguemos quién le manda los anónimos.

—Pobre, qué susto, ¿no?

—Ella no le ha contado que ha venido a vernos. No es un hombre corriente.

—¿Es alguien importante?

—Parece que sí.

—¿Cómo que lo parece?

—Es un empresario del mundo del espectáculo y agente de actores y actrices.

Patro se envaró.

—¿Cómo se llama?

—Federico García Sancho.

Al envaramiento se unió una súbita palidez.

Miquel se dio cuenta de ello.

Inesperadamente, acababa de abrirse una puerta del pasado.

—Cariño... —Alargó una mano para atrapar la de ella.

—No es lo que piensas —dijo Patro rápidamente.

Miquel tragó saliva.

—Yo no pienso nada. En serio. Y no hace falta que hablemos de ello si no quieres.

—Nunca tuve nada con él, te lo juro —dijo de forma precipitada y casi a punto de llorar.

—Vamos, cielo... —Le presionó la mano.

Patro buscó un poco de serenidad.

—Me lo contaron dos de las chicas del Parador del Hidalgo...

—Va, déjalo —insistió.

—No. —Fue vehemente—. Si has de investigarle, o hablar con él, es bueno que sepas con quién lo haces y a qué te enfrentas.

A veces el maldito pasado volvía inesperadamente.

Lo sabían.

Y no era la primera vez.

Había sucedido en octubre del 48, y el día que golpeó a aquel idiota en plena calle.

—¿Es un mal bicho?

Patro parecía una estatua de sal. Hablaba desde lo más profundo de su dolor. Solía decir que su vida había empezado realmente en 1947, al reencontrarse con él después de su breve primer contacto en enero de 1939. Pero antes de eso existió otra vida.

Con su eterna carga de dolor.

—No sé si llamarlo «mal bicho». —No quiso mirarlo a la cara y hundió la vista en el plato—. Muchos de los que pagan a una chica se creen que pueden hacerlo o exigirlo todo, sin más. La mayoría buscan extravagancias.

—¿Tenía gustos raros?

—Sí.

—¿Violentos?

—Más bien era la forma en que trataba a las chicas, y seguramente a las mujeres en general. —Hizo un mohín de asco—. Decía que nosotras no servíamos para nada, que las mujeres no eran más que mercancía en un mundo de hombres. Tenía muy mala fama. —Dejó de hablar un segundo para tomar aire—. A una de las chicas le dijo que la metería en una película a cambio de que se acostara con él gratis siempre que quisiera. Prometía esto y aquello. Utilizaba su fuerza bravuconeando, haciendo alarde de su poder. Pero dinero no es que soltara mucho. Hicieran lo que hiciesen las chicas, siempre se quejaba y quería pagar menos.

—¿Tacaño?

—Mucho, pero eso no era lo peor. Cuando llegaba al Parador algunas disimulaban para que no las escogiera. Las quería gorditas, con pechos grandes, piernas fuertes. Las chicas nos comentábamos unas a otras cómo era tal o cual cliente, para estar advertidas. A algunas no les importaba lo que les pidieran, pero otras... La mayoría estábamos allí por hambre, lo sabes.

—Ya está bien, no sigas.

—No —insistió con rabia—. No me extraña que un hombre así reciba amenazas. ¿Qué te ha dicho su mujer?

—No mucho. Que la quiere, y ella a él.

—Encima esa clase de hombres tienen suerte. Una esposa en casa, engañada y feliz. ¿Cuánto llevan juntos?

—Nos ha dicho que se casaron cuando ella tenía diecisiete años, y que de eso hace veinticuatro.

—¿Es guapa?

—Sí, aunque estaba muy alterada y asustada por tener que contratarnos. No se ha quitado las gafas en todo el rato, así que no le he visto los ojos. Quizá llorara, no estoy seguro.

—Es un cerdo. —Suspiró—. Si representa a actrices, puedes imaginarte el plan.

—Suponiendo que tengas razón, ¿qué necesidad tenía entonces de ir con...?

No pronunció la palabra.

Patro tampoco.

—No todas las mujeres aceptan ciertas cosas. Para eso hay que pagar. Esas chicas de las que te hablo me contaron sus vicios y eran...

—Ya, va. Estamos comiendo. —Volvió a presionarle la mano.

Dos gruesas lágrimas resbalaron por las mejillas de su mujer.

Desde que habían empezado aquella conversación, Raquel ni se movía.

—A veces pienso que la guerra sigue ahí, con el hambre y el frío, día a día. Y aquellos hombres con sus alacenas llenas de comida no se han ido, y que el Parador del Hidalgo no desaparecerá nunca...

—Sí ha desaparecido. Como mi maldito Valle de los Caídos. Los dos somos diferentes. Otras personas.

—Miquel...

Se acercó para besarla.

Y ella se dejó hacer.

Despacio.

Hasta serenarse lo justo.

—Ten cuidado —le susurró mientras él secaba sus lágrimas.

—Si es tan mal bicho como dices, habrá muchas personas capaces de mandarle anónimos. Lo más probable es que no demos con el responsable.

Se separaron y, ahora sí, Patro logró serenarse. El segundo plato de la comida seguía intacto frente a ellos. Habían dejado de tener hambre, pero siguieron comiendo. Raquel continuaba pendiente de ellos, como si comprendiera que lo que acababa de suceder era grave.

—No pasa nada, cariño —le dijo Patro—. Mamá está bien.

La niña reaccionó sonriendo.

Le miró a él.

—Si sólo eres la mitad de guapa que mamá, harás mucho daño, traidora. —Quiso bromear.

—¡No le digas eso! —protestó su mujer—. ¡Parece que no lo pillan pero se les queda dentro, seguro!

Las nubes de tormenta habían pasado.

Pero ahora Miquel sabía algo más de Federico García Sancho.

Algo preocupante.

Y no le gustaba.

7

Espectáculos García Sancho estaba en el centro, calle Caspe, al lado de la Vía Layetana. El rótulo era ostentosamente visible y llenaba varias ventanas de la fachada. Entró en el vestíbulo sin que el conserje le preguntara a qué piso iba. Por allí debía de pasar mucha gente cada día. No esperó el ascensor, que arrancaba despacio en ese momento, y subió a pie al entresuelo. La persona que sí subía en ascensor, aunque sólo fuera por un piso, se le adelantó al salir de la cabina en el rellano y enfilar la puerta de la empresa. La vio rápida y parcialmente, pero se dio cuenta de que era una mujer de unos veintipocos años, muy guapa, inmensa cabellera de color castaño perfectamente moldeada y maquillaje intenso. Llevaba una ropa muy ceñida y ligera, impropia del otoño.

Claro que de lo que se trataba era de venderse a sí misma.

Lo comprendió al momento.

Esperó detrás de ella a que la recepcionista acabara de hablar por teléfono. Mientras, miró las paredes de la recepción, llenas de fotografías y carteles. Las fotografías eran de los actores y las actrices de la agencia, veteranos y nuevos. Los carteles, de algunas de las películas más importantes quizá producidas por Federico García Sancho o con presencia de alguna de las estrellas de la casa.

Incluso él reconoció varias caras.

Recordó algunos de los nombres dados por Concepción

Busquets: Olga del Real, José Alberto Quiñones, Marilole La Gitana, Víctor Olmedo...

La nueva savia de la escena patria.

La recepcionista colgó el auricular.

Sonrió a la joven que esperaba al otro lado del mostrador.

—¿Sí?

—Quería saber con quién he de hablar para hacer una prueba.

Miquel prestó atención a la conversación.

La recepcionista ni se inmutó.

—Bueno, verá, estas cosas no son así como así, ni tan fáciles. Hay días determinados para presentarse, o cuando se anuncian pruebas y se escogen extras o actores secundarios para...

—Pero alguien habrá, ¿no? —la interrumpió—. Al menos para que me vea y tome mis datos. También he traído una foto...

En la calle cualquiera debía mirarla. En su barrio, su escalera, debía de ser una reina de la belleza. Allí, probablemente, era una más.

Miquel se preguntó qué estaría dispuesta a hacer para conseguir una oportunidad.

Y pensó en lo que acababa de decirle Patro.

«Federico García Sancho es un mal bicho.»

La recepcionista seguía inalterable, educada.

—Puede dejármela si quiere, con sus datos. Se la pasaré a Betsabé Roca, la secretaria personal del señor García Sancho. Él es el único que se ocupa de estas cosas. Le aseguro que si ven alguna posibilidad, ahora o en el futuro, la llamarán.

La candidata a actriz vaciló un momento.

Luego se rindió.

—Por favor, sí.

Dejó sobre el mostrador una fotografía en blanco y negro.

—¿Su contacto?

—Está anotado por detrás.

—Muy bien, gracias.

Miquel la vio apartarse del mostrador, semblante pálido, ojos caídos. Al verla mejor, de cara, aunque fuera fugazmente, captó su repentina juventud, la inocencia que destilaba por debajo del maquillaje. En cierta forma le recordó a Patro. Niñas aceleradas. Patro lo había sido en el 39. Niña convertida en mujer a la fuerza. La España de Franco llevaba doce años de paz, pero las guerras seguían en miles de hogares. Guerras de distinto calado: unas por la memoria, otras por la dignidad, las más por la supervivencia.

Llegó su turno.

—¿Diga, señor?

Sabía que Federico García Sancho estaba en Madrid.

Pero acababa de escuchar un nombre, y él no era una candidata a estrella.

—¿Betsabé Roca, por favor?

—Lo siento. —Puso cara de pena—. La señora Roca está en Madrid, con el señor García Sancho.

—¿Y regresa...?

—Mañana. No sé si por la tarde o por la noche.

Información correcta.

Federico García Sancho estaba en Madrid... con su secretaria.

—¿Podría hablar con usted?

—¿Conmigo? ¿De qué, señor?

Se puso serio.

—Es una investigación policial —dijo.

La recepcionista abrió los ojos con desmesura. Era una mujer que rondaría la treintena, pero sin llegar a ella. Atractiva, elegante, aunque no llamativa. Parecía estar en el puesto adecuado en el momento oportuno.

—¿Una... investigación? —repitió ella.

—Nada importante, no tema.

—Pero es que no puedo dejar mi puesto. Y ni siquiera sé en qué podría ayudarle yo.

—Sólo será un minuto. —Habló de forma distendida, para no asustarla—. Podemos hacerlo aquí mismo.

—Bueno. —Se vio acorralada, impresionada por la figura del policía que tenía delante—. Aunque le repito que no entiendo...

—¿Quién recibe el correo que les llega?

—Pues... yo.

—¿Y cuándo lo tiene que hacer?

—Lo distribuyo y lo paso a quien corresponda.

—¿Recibe mucha correspondencia el señor García Sancho?

—Sí, bastante.

—¿Se la pasa a él directamente?

—A su secretaria.

—¿Abre ella las cartas?

—Algunas sí, depende del remitente. Otras no. A veces la veo hacer dos montoncitos.

—No recordará sobres escritos a máquina y sin remitente, ¿verdad?

—Pues... no.

—¿En las últimas semanas ha habido algún artista enfadado, o ha oído peleas, en persona o por teléfono?

La nueva pregunta la desconcertó. Parpadeó un par de veces. Miquel temió que reaccionara y le pidiera una prueba de que era policía. Por suerte seguía pareciéndolo.

No llegó a responder. La interrumpió una llamada telefónica. Descolgó el aparato de su centralita y la atendió. Alguien debió de pedirle un nombre concreto, porque respondió:

—Le paso con contabilidad. —Colgó el auricular y se enfrentó a la mirada de Miquel—. Perdone, ¿me decía...?

Le recordó la pregunta.

—Artistas enfadados o enfadadas, peleas...

—Que yo sepa no, señor, aunque sentada aquí no sé lo que pasa por dentro. La última vez que sucedió algo fuera de lo común, como usted dice, fue hace tres meses.

—¿Y fue?

—Una de las actrices se enfadó mucho, aunque no sé el motivo. Le gritó al señor García Sancho mientras se iba y dio un portazo tan grande que rompió el cristal. —Señaló la puerta por la que él mismo había entrado, con la parte superior de cristal translúcido.

—¿Ha vuelto por aquí?

—No.

—¿Cómo se llama esa actriz?

—Rosario Puentes.

—¿Tiene sus señas?

La recepcionista empezó a ponerse nerviosa.

—Señor, no puedo darle direcciones privadas de... —Se encontró con la mirada inalterable de su interlocutor y vaciló un largo segundo—. Aunque si es para la policía supongo que sí, claro. Perdone.

Alargó la mano, cogió un fichero de mesa y buscó lo que le pedía. Cuando lo encontró, ella misma anotó las señas en un papelito y lo puso sobre el mostrador. Miquel lo metió en el bolsillo de su abrigo sin mirarlo. Lo último que le quedaba era ser amable. Lo había sido siempre con recepcionistas y telefonistas. Eran la clave, a veces la llave para llegar a sus jefes o para contar secretos. Quizá tuviera que volver.

—¿La tratan bien aquí?

—¡Oh, sí, mucho! —Se alegró de que el interrogatorio cambiara de sesgo—. Además, se conoce a gente muy interesante. También tenemos entradas gratis para cines y teatros.

La interrumpió una nueva llamada telefónica.

Miquel iba a marcharse.

No lo hizo.

—Buenas tardes, señor Trinxería —la oyó decir.

¿José Alberto Trinxería, el crítico de espectáculos?

Hasta él le conocía.

Lo que escribía iba a misa.

Duro, implacable...

—No, no está, lo siento —decía la recepcionista—. Vuelve mañana por la noche. —Pausa—. Hasta pasado, sí, aunque siendo domingo... —Pausa—. Que yo sepa, se estrena en un par de semanas. —Pausa—. Bien, de acuerdo, señor. Sí, gracias, lo mismo digo.

Colgó.

Miquel quiso estar seguro.

—¿Era José Alberto Trinxería?

—El mismo. —Soltó un bufido ella—. Es una persona terrible, pero muy amigo del señor García Sancho.

Un crítico muy amigo de un empresario, representante y productor.

—Gracias por su ayuda —empezó a despedirse.

—No creo haberle dicho demasiado —reconoció la mujer.

—Es probable que vuelva. —Recuperó la seriedad y el tono directo de su mirada—. Será mejor que no le cuente nada de esto a nadie, ¿me ha entendido?

—Desde luego, señor. Aunque...

—Adelante, diga.

—¿Puedo preguntarle qué está pasando o qué clase de investigación policial...?

—No, no puede. —Fue categórico.

Sí, seguía impresionando al personal.

Casi sintió lástima por el susto que le dejaba a la pobre.

—Perdone —musitó ella.

Miquel bajó y subió la cabeza, a modo de saludo y despedida. Dio media vuelta y enfiló el camino de salida. Pasó por la puerta con la parte superior acristalada y llegó al rellano de la escalera. Espectáculos García Sancho ocupaba toda la planta.

Siguió pensando en la recepcionista mientras bajaba la escalera. Por lo menos, en una dictadura, la gente estaba tan asustada que ante el menor atisbo de lo que fuera, y más si parecía inquietante, optaba por no complicarse la vida. Frente a un policía, se decía lo que fuera y listos. Si «el policía», además, era seco y directo, con experiencia, no había quien se resistiera.

O casi.

Llegó a la calle. Hacía frío y la humedad se metía en los huesos. Se subió las solapas del abrigo. Si se hacía más viejo, quizá tuviera que volver a ponerse sombrero, como cuando era joven, aunque ni entonces se le antojaba una prenda imprescindible. Solía molestarle.

Era temprano.

No tenía nada que hacer.

Miró las señas de la actriz enfadada. Rosario Puentes. Le sonaba el nombre. Seguro que, si la veía, la reconocía de alguna película. Patro se sabía de memoria todo aquello. Lo vivía. Y eso que desde el nacimiento de Raquel iban mucho menos al cine.

Su válvula de escape.

También estaba el crítico, Trinxería. ¿Por qué no? Si era «muy amigo» de Federico García Sancho...

La redacción del periódico no estaba lejos. Cinco minutos a pie. Sí, ¿por qué no? El empresario era la víctima, el receptor de las amenazas, pero, por un lado, conociéndole a él a fondo, tal vez llegase al responsable de los anónimos, y por el otro... Por el otro se dio cuenta de que, después de hablar con Patro, le había cogido mucha manía.

Puro desprecio.

Federico García Sancho era la piedra angular de todo aquello.

8

La nueva recepcionista era mucho más joven que la de Espectáculos García Sancho. No le echó más allá de veintidós o veintitrés años. Tenía una carita chispeante, redonda. Bueno, en realidad todo en ella era redondo, los ojos, la nariz, la boca... Cuando le preguntó por José Alberto Trinxería pareció que le hubiera mentado a san Dios.

—Espere. —Se levantó para ir a decírselo en persona en lugar de usar el teléfono—. Voy a ver si está.

Miquel se lo tomó con calma.

A veces, cuando disparaba al azar, o buscaba, como ahora, completar un perfil, lo que menos sentía era presión. Algo muy diferente a estar en la recta final de una investigación, cerca de la verdad.

La muchacha regresó muy seria.

—Lo siento, pero el señor Trinxería está ocupado ahora. ¿Si puedo...?

—Dígale que es de la policía.

Otro cambio de cara.

—Ah.

Media vuelta. Y esta vez se alejó con el paso más acelerado.

Miquel se mordió el labio inferior. Habría preferido no mentir. Trinxería no era un novato. Además, como periodista, y conocido, quizá no se dejase impresionar.

—Acabarás metido en un lío —masculló para sí.

Ya era tarde para dar media vuelta. La joven regresaba con su andar grácil y resuelto. Su cuerpo también estaba formado por círculos.

—Por favor, si quiere seguirme...

No fue un trayecto muy largo. Una puerta, un breve pasillo y una sala de espera con dos butaquitas, tres sillas y una mesa ratona. La recepcionista lo dejó allí y él se sentó en una de las butacas. Daba más impresión de seguridad que hacerlo en una de las sillas. Tampoco tuvo tiempo de acomodarse. La puerta se abrió de nuevo y por ella apareció el periodista, cincuenta y cinco años más o menos, escaso cabello, gafas de montura. Vestía de manera elegante, muy a lo intelectual de los nuevos tiempos, con pajarita en lugar de corbata, y fumaba en pipa, aunque la tenía apagada. Su mirada era de águila.

Lo de ser crítico debía de irle al pelo.

Bueno, él también se estaba convirtiendo en un crítico de todo, y cada vez se sentía más... ¿cínico? Por lo menos sí con la mente menos abierta, los sentimientos y las emociones aparcadas.

No le gustaba.

Encima, era malo en una investigación. Se perdían las perspectivas.

José Alberto Trinxería le tendió la mano derecha mientras él se levantaba de nuevo. Sujetó la pipa con la izquierda y ya no se la volvió a llevar a la boca.

—¿Me ha dicho Marisa que es policía?

No se la jugó. Ya no.

—Detective privado. Agencia Fortuny. —Correspondió a su saludo.

El periodista acusó el cambio de paradigma.

—¿Y qué quiere de mí un detective? —preguntó revestido de cautelas.

—Me gustaría hacerle unas preguntas acerca de Federico García Sancho.

Más sorpresa.

—¿Por qué?

—Porque han amenazado su vida —anunció sabiendo que toda la discreción para con el empresario se iba al garete.

Salvo por su esposa, y la habían advertido, tampoco es que le importara mucho.

—¿Qué me dice? —La sorpresa ya fue total.

—Está recibiendo anónimos muy alarmantes.

—¡Vaya por Dios! —exclamó.

—Entiendo que usted es amigo suyo. —Mantuvo el rumbo que más le convenía.

—Bueno, lo conozco, claro. Pero amigo... —Sonrió con un gesto de ironía—. Soy crítico de espectáculos. No puedo tener amigos que condicionen mi trabajo, mi libertad e independencia.

—Pero le conoce.

—Sí, por supuesto. Son ya muchos años de actividad, por ambas partes. —Se relajó y señaló la butaquita en la que se había sentado—. Por favor...

José Alberto Trinxería ocupó la otra.

—Gracias —dijo Miquel dándose cuenta de que aquello era una buena señal.

—¿Le ha pedido Federico que investigue?

—No, él no. Y no puedo decirle...

—Concepción, claro.

Miquel puso cara de póquer.

—¿Sabe si tiene enemigos? —Fue al grano.

—Imagino que muchos —espetó sin ambages el periodista.

—¿Por qué lo imagina?

—Un hombre en su posición de poder... El mundo del espectáculo es bastante cerrado. La competencia es escasa, pero dura. Se mueve dinero. Cuesta montar una obra, cuesta levantar un proyecto, cuesta financiar una película. Encima, están las estrellas. Federico García Sancho puede hacer famoso o famosa a quien quiera y, de la misma forma, acabar con la carrera de quien quiera. En los negocios es un lince, pero también un hombre implacable. Tiene la virtud de saber en todo momento lo que quiere el público, y trata de dárselo. Suele hacer las películas perfectas, las obras de teatro más idóneas... No diré que todo me guste, pero reconozco su talento. ¿Qué más puedo decirle?

—He oído hablar de un empresario rival con el que se lleva a muerte.

—Blas Tejada. —Fue rápido—. Ha oído bien. Se llevan a matar.

—¿Desde antes de que le quitara a Luisa Palomares?

—Veo que está usted informado.

—Un poco.

—Sí, desde mucho antes. Yo diría que desde siempre —respondió a la pregunta—. Su enfrentamiento viene de los años anteriores a la guerra. Lo suyo es un odio mutuo. Se matarían el uno al otro si pudieran.

—Si el señor García Sancho muriera, el señor Tejada se quedaría con buena parte del mercado, ¿me equivoco?

—No se equivoca, pero... —Frunció el ceño—. ¿Habla en serio? ¿Cree que un hombre como Blas Tejada le mandaría anónimos a su rival?

—De momento, todo son conjeturas. Estamos iniciando la investigación. Tratamos de hablar con el entorno del señor García Sancho.

—Un entorno muy amplio.

—Lo sé.

—No sé qué diría él de todo esto.

—Según su esposa, no le gustaría. —Trató de ser comedido.

—Ya veo. —Lo entendió Trinxería.

—¿Va a escribir de esto en el periódico? —se preocupó Miquel.

—¡No, Dios me libre! —Se echó para atrás—. ¡Yo soy crítico de espectáculos, no un reportero, y menos del tipo sensacionalista! Además, esas cosas crean alarma social. Ni me dejarían. No están los tiempos para eso.

—Se lo agradezco igual. Por la discreción, ya sabe.

—Concepción debe de estar muy preocupada si ha acudido a una agencia de detectives —dijo el periodista.

—¿También es amigo de ella?

—Bueno, la he visto algunas veces, aunque la he tratado poco. No es una mujer muy dada a salir ni dejarse ver. Tampoco le gusta mezclarse con la gente de este mundillo. Es una gran dama, una madre perfecta y, por lo que sé, está muy entregada a su marido. Le adora.

—Pero debe de estar rodeada de rumores. Los negocios suelen acarrear comentarios no siempre digeribles.

—Bueno, es lo habitual, sí, y todo depende de si se tiene la piel dura o fina. —Agitó la mano izquierda y, con ella, la pipa—. Ya sabe cómo es la gente. El poder crea envidias, genera mentiras. Concepción es toda una mujer. En este sentido le aseguro que es una roca. Le repito que le adora. Al acabar la guerra, con Federico arruinado, ella le dio todo el dinero familiar para reflotar la empresa.

—¿Por qué se arruinó?

—Federico tuvo la suerte de encontrarse en Sevilla cuando el Alzamiento. Por supuesto que era absolutamente partidario de él, como todo buen cristiano español con principios. Aquí en Barcelona su teatro fue convertido en una checa y su casa quedó arrasada. Al acabar la guerra y regresar, fue como partir de cero, aunque mantenía sus contactos. Llamó de nuevo a los artistas que habían sobrevivido, tocó las teclas precisas en los lugares adecuados, y contando con el dinero de la familia de Concepción, todo fue muy rápido. ¿Sabe que al Generalísimo le encanta el cine?

—Algo he oído.

—Federico le manda siempre una copia de las películas que él produce o aquellas en las que colabora.

—Dice que la señora García Sancho le adora, que no hace caso de los rumores maliciosos, pero la fama de mujeriego de su marido...

No pudo terminar la frase. José Alberto Trinxería saltó hacia delante. Dejó de mostrarse relajado para reflejar abiertamente el enfado que acababa de provocarle.

—¡Eso son falacias! ¡El mal endémico de España, los celos, la envidia ante los triunfadores! ¡Federico es un marido y un padre ejemplar, y eso que trata a diario con las mujeres más bellas, algunas dispuestas a todo por la fama o por conseguir un papel importante! —Soltó un chorro de aire por las fosas nasales, se calmó y volvió a dejarse caer hacia atrás—. ¡Qué barbaridad, la de historias perversas que se inventa la gente! —Sacó una caja de cerillas de su chaleco y encendió una. La llevó hasta la cazoleta de la pipa, prendió el tabaco, dio un par de chupadas y dejó escapar la primera bocanada de humo por la boca.

Un olor suave y aromático empezó a llenar la sala.

—Hace tres meses, Rosario Puentes se marchó de la oficina dando un portazo —comentó Miquel para que no reinara un excesivo silencio ni permaneciera en el aire el enfado precedente.

—Lo oí, sí. Una pena —admitió el periodista—. Federico hizo todo por ella, la encumbró ya antes de la guerra y la recuperó después. Pero los años no pasan en balde. Rosario quería un papel impropio de su edad y él no se lo dio. De ahí la pelea. Ella, además, tiene el genio vivo. —Aspiró una nueva bocanada de humo y al soltarlo, despacio, quedó envuelto en él, igual que si una niebla espesa lo rodeara—. Las actrices no entienden que, al llegar a una edad, ya no pueden ser las heroínas de las películas, por mucho que se cuiden, ¡y eso que el maquillaje hoy en día te cambia cualquier cara, de mayor a joven o de joven a mayor!

—¿La ve usted capaz de mandar anónimos al señor García Sancho?

—¿Rosario? No. Tiene sus prontos, pero... ¿Tanto? ¿Llegar a esos extremos? Mire, si le soy sincero, no lo creo de ella ni de nadie. Hay que estar loco para algo así. Y ni siquiera me imagino a Federico muy preocupado. Quien le amenace no será más que un rematado idiota.

Parecían estar hablando amigablemente. Incluso de manera distendida. Pero José Alberto Trinxería le echó un vistazo a su reloj. No le gustó ver la hora que era.

Miquel reaccionó antes de que lo hiciera su interlocutor.

—Ha sido usted muy amable. No le molesto más. —Se puso en pie.

El periodista le secundó.

—Le acompaño a la puerta —dijo.

Salieron de la sala. Quedaba el pasillo y luego la salida.

—¿Cómo se llama la empresa del señor Tejada? —Hizo la última pregunta.

—Producciones Tejada —le respondió el hombre dejando un rastro de humo tras de sí.

—Claro. Gracias.

—No sé si le habré sido de mucha ayuda, la verdad.

—En un caso así, todo cuenta. Es bueno hablar con el entorno de la persona perjudicada. El responsable de los anónimos puede estar en cualquier parte, ser cualquiera.

—Una locura. —Llegaron a la puerta—. Ojalá todo se quede en nada, una broma pesada o la pataleta de un rencoroso lleno de malicia. Aunque como Federico le pille...

La admonición quedó flotando en el aire, como el humo de la pipa.

Se estrecharon la mano.

Se dieron el último saludo.

Después Miquel cruzó la puerta, se despidió de la recepcionista y abandonó el periódico.

9

El taxi le dejó en una esquina de la calle Aragón con la de Calabria. La casa era más o menos vieja y más o menos regia. Pasó por el enorme portal, cruzó el vestíbulo y la portera ni siquiera le preguntó a qué piso iba. En casos así era porque en el edificio vivía algún abogado, o había una consulta médica en el entresuelo o el principal y el flujo de desconocidos era constante. Miquel tomó el ascensor y pulsó el botón del último piso. Como sucedía en todos los ascensores añejos del Ensanche, subió a cámara lenta. De todas formas respiró hondo antes de pulsar el timbre de la puerta.

La criada que le abrió era un palo seco, sin apenas carne. Supo que era la criada porque llevaba cofia y un delantal con puntillas a juego con ella. Antes de que abriera la boca, lo hizo Miquel.

—¿La señora Puentes?

—¿De parte?

—Agencia de detectives Fortuny.

Los ojos que coronaban la huesuda cara apenas si parpadearon. Si era la asistenta de una estrella de cine, debía de estar acostumbrada a las extravagancias.

O, al menos, eso imaginaba.

No tenía ni la más remota idea de cómo vivían las estrellas de cine y teatro.

—Pase, por favor.

—Gracias.

Cruzó el umbral. Sólo eso.

—Espere aquí.

Se quedó en el recibidor. La luz de la lámpara que colgaba del techo, llena de cristalitos brillantes, le permitió ver el entorno. Frente a la puerta, una gran fotografía de una mujer joven y muy guapa, vestida de gitana, con pedrería, transparencias y mucha carne a la vista, hombros, brazos, cintura, piernas. La pose era dramática, mirada al frente, mano indolente en la barbilla y la otra caída a un lado del cuerpo, pero el contraste de los blancos y negros minimizaba ese efecto y realzaba su hermosura. Una imagen perfecta aunque debidamente retocada. Y no era reciente. De hecho, reconoció incluso la película. La había visto con Quimeta allá por el 34 o el 35. Se la quedó mirando e imaginó lo que habría dicho ella de haber sabido que, tantos años después, él estaría en casa de la artista.

Rosario Puentes, sí.

No había llegado a ser una diosa del séptimo arte, pero tampoco podía pasar por una medianía.

El resto del recibidor era elegante aunque sobrio, añejo, como el ascensor. Una mesita adosada a la pared, dos esculturitas de mármol encima, una columna gaudiniana rematada con una suerte de pebetero sin flores, las cortinas de la puerta del pasillo y poco más. El retrato lo dominaba todo.

Imposible dejar de verlo, admirarlo.

La criada apareció como un suspiro silencioso por entre las cortinas de cretona.

—Por aquí, por favor.

Miquel la siguió. El pasillo también era un tributo a la dueña de la casa. Además de otras fotografías en poses diversas, siempre primeros planos sugestivos en los que resplandecía su juventud, vio varios carteles de películas. La casa se convertía así en una suerte de pequeño museo a mayor gloria de su propietaria.

76

La mujer que le recibió en una salita, sin embargo, tenía poco que ver con la de las fotos.

Conservaba la belleza, iba arreglada, perfectamente señorial, como si en lugar de estar en casa un viernes por la tarde se dispusiera a salir o a intervenir en un rodaje. Pero sus cincuenta años quedaban reflejados, marcados en los ojos, la comisura de los labios, la pérdida de la silueta que lucía en las fotografías. Ni siquiera se puso en pie cuando él entró. Como la señora García Sancho, se limitó a extenderle la mano derecha para que él se la tomara haciendo casi una pequeña reverencia.

Rosario Puentes se aferraba a su divinidad.

—Gracias por atenderme, señora —dijo Miquel.

—Siéntese, por favor.

La silla ya estaba dispuesta a unos dos metros de ella, sentada mucho más cómodamente en una butaca enorme, casi un trono. Por toda la sala había también recuerdos de su carrera en las tablas, fotografías en portarretratos con marcos de plata, sola o acompañada, escenas de películas y obras de teatro, premios, detalles curiosos. Un mundo que siempre estaría ahí y, casi con toda seguridad, la mantenía viva, sumergida en la dulce nostalgia de los recuerdos.

Miquel se imaginó que los nuevos papeles que podían ofrecerle no serían ya nunca los de una protagonista joven y atractiva, sino los de madre, abuela...

El tiempo era inexorable.

—¿Me ha dicho Gracita que es usted... detective? —No le ocultó su extrañeza.

—Sí, señora.

—¿Y qué quiere un detective de mí?

—Hacerle unas preguntas, nada más. Serán apenas unos minutos.

—¿Y con qué motivo?

—Es acerca de unos anónimos que ha recibido el señor García Sancho —le disparó a bocajarro.

Rosario Puentes se quedó quieta. Sostuvo la mirada de su visitante. Luego arqueó ligeramente las cejas, a medida que la noticia iba penetrando en su mente y le abría surcos amargos, cargados de recelos.

—¿Qué clase de anónimos? —preguntó en tono tenso.

—Amenazas hacia su persona diciendo que morirá.

Los recelos se hicieron evidencias. La amargura, altivez y desprecio. Levantó la barbilla en un gesto de orgullo, le fulminó con los ojos y, aunque apretó las mandíbulas, logró decir despacio, masticando cada palabra:

—Señor, le ruego que se vaya.

—Perdone...

—No. —Le detuvo levantando una mano—. Si Federico García Sancho ha recibido anónimos y usted está aquí, es porque alguien piensa, temerariamente, que he podido ser yo. Y por algo así no paso, ¿entiende? ¿O le parece poco lo que está insinuando?

—Señora, de verdad, no estoy insinuando nada. —Se revistió con su mejor piel de cordero—. En modo alguno nadie en su sano juicio pensaría algo tan atroz e inconcebible por su parte. Por Dios... todo el mundo sabe quién es Rosario Puentes. Usted no es sólo una gran actriz, es una gran dama. Un orgullo para España.

El envaramiento menguó.

—Entonces ¿qué hace aquí?

—Estoy hablando con la gente que ha estado próxima al señor García Sancho, nada más. Recabo información. —Casi pareció suplicarle—. Mire, cuando he sabido que tendría que entrevistarme con usted... Se lo juro, se me doblaban las piernas. Apenas podía creerlo. Usted ha significado y significa mucho para mí y para mi esposa. Sus películas...

—¿Las ha visto?

—¿Y quién no?

—¿Teatro?

—También.

—Estuve increíble en *Medea*, ¿no es cierto?

—Sublime.

Rosario Puentes cerró los ojos y llenó sus pulmones aspirando el aire con toda calma. Cuando volvió a abrirlos, miró una de las fotografías del mueble que tenía más cerca.

—Dijeron que había sido la mejor de la historia. —Suspiró con orgullo.

—Usted es un modelo para las nuevas generaciones, no le quepa duda.

La actriz pareció serenarse.

Ya no estaba tensa o enfadada.

Lo demostró recuperando su tono de voz más amable.

—¿Quién le ha hablado de mí?

—Usted ha mantenido una larga relación de trabajo con el señor García Sancho, es algo sabido.

—Lo ha dicho bien: he mantenido. Ya no. Corté ese vínculo hace poco.

—Pero le conoce bien, y también sabe de personas que podrían odiarle.

Hizo una mueca que pareció una sonrisa de sarcasmo.

—Nunca se conoce del todo a la gente, pero sí, sé de personas que podrían odiarle: todas aquellas a las que ha tratado y ha hecho daño, que no son pocas.

—Tuvo agallas para plantarle, y eso significa mucho.

—Por dignidad —asintió—. Los empresarios mueven el dinero, crean proyectos, dan trabajo; pero sin nosotras, las actrices, y sin ellos, los actores, muchas obras o películas no valdrían nada. El público no va a ver algo producido por un señor que ni conocen. Van a verme a mí.

—¿Entiende por qué estoy aquí? —Miquel le mostró las manos con las palmas abiertas—. Usted es una persona libre, honesta, que no mentiría por nada.

—Por supuesto. —Reapareció el desgastado orgullo de diva

antes de agregar—: ¿Puedo preguntarle quién le ha contratado?

—La señora Concepción Busquets.

—¿Ella? —Repitió el leve bufido de sarcasmo—. Pobre mujer.

—¿La conoce?

—Sí, claro, aunque nunca fuimos amigas. Simplemente la compadecía por tener un marido como el suyo.

—Entonces ¿la fama de mujeriego del señor García Sancho es cierta?

—Pues claro. ¿Acaso lo dudaba?

—No puedo decirle mucho al respecto. Estamos dando los primeros pasos en todo esto. El señor García Sancho ni siquiera sabe que investigamos esos anónimos.

—Con lo soberbio que es... Pobre Concepción, cuando él sepa que ha contratado a una agencia de detectives. —Hizo una pausa para buscar en su interior—. Se cree una especie de rey, la verdad, y para ciertas cosas lo es. Todo lo mueve a su antojo, y cuando va a por algo o a por alguien...

—Usted estuvo en la agencia desde antes de la guerra.

—Sí. Fui de las primeras estrellas de su corral. Reconozco que me dio las primeras oportunidades, aunque le correspondí con creces. Me las dio por mi talento, no sólo porque fuera guapa. Si piensa que me lanzó al estrellato, déjeme decirle que no, que me lancé yo. Trabajé muy duro, ¿sabe? Mucho. Soy buena. Él únicamente estaba ahí, tenía los medios. Y bien que se aprovechó luego. Antes de la guerra yo estaba en la cumbre, no paraba de trabajar, siete días a la semana. Bien que me exprimió. Lautaro no paraba de decirme que me explotaba.

—¿Lautaro?

Señaló una fotografía en la que se la veía joven y guapa con un hombre de mediana edad.

—Mi marido. Murió en la guerra.

—Lo siento.

—Cuando Federico regresó a Barcelona, fue un volver a empezar. Y, la verdad, me aferré a ello como un clavo ardiendo. Una segunda juventud.

—Hasta que ha roto con él, recientemente.

Sus ojos se empequeñecieron. Pasó de lo que podía haber sido a lo que era la realidad.

El efecto la golpeó.

—Era un gran proyecto. Bueno, lo es. Están rodando ahora mismo. Una película hecha a mi medida. Se lo dije. El papel era mío y él lo sabía. Pero no, nada de eso. ¿La edad? ¡El personaje necesita carácter, una mujer fuerte! Basta un buen maquillaje y la iluminación adecuada para que una mujer aparente diez o quince años menos. Pero ¿qué hizo él? ¡Elegir a una de sus nuevas novias, la última, supongo! ¡Por Dios...! ¡Esa mujer no tendrá más de treinta o treinta dos años! ¡Es guapa, sí!, ¿y qué? ¡Se trata de actuar, y hacerlo en un papel dramático!

—¿Ha dicho... novias, en plural?

—Usted no le conoce —espetó con amargura—. Nunca es una sola, siempre tiene dos o tres. Y, a poder ser, jovencitas, veinteañeras, manipulables. Como empresario es muy bueno, pero como persona, y más en su trato con las mujeres, es un ser despreciable. Sólo hay una cosa que supere su afán por las mujeres: el éxito. Poder, dinero y éxito. Claro que así es también como las consigue. Muchas matarían por una oportunidad y él se la da. Algunas me contaron que con el sexo se vuelve loco, y no me importa decirlo. Ahora ya...

—Me consta que usted nunca... —Miquel no acabó la frase.

Era un tiro al azar.

Pero ahora Rosario Puentes había abierto las compuertas y era una fuente de información.

—Conmigo ni lo intentó. No estaba ciego ni era tan loco. Lautaro le habría matado. Sabía y sabe de quién puede aprovecharse y de quién no.

—Que tenga amantes, entonces, no parece un secreto.

—En todo caso sería un secreto a voces.

—Su esposa no me dio la impresión de sentirse engañada. Parecía una mujer enamorada que sufría por lo que le estaba pasando a su marido.

—Porque Concepción es de las que prefieren cerrar los ojos. No sé si es muy lista o muy tonta. Le quiere, es feliz así, tiene de todo. Pues adelante. Pero lo que es Federico, al margen de su mujer, se ha portado muy mal con muchas. Demasiadas. Una vez las ha usado para sus fines, las tira, como se tira un pañuelo sucio o un periódico leído. Siempre hay una más joven, más guapa, más de todo. O una de treinta, ya curtida, en plenitud, como la que me quitó el papel en la película. —Movió un poco la cabeza a un lado y otro—. Espero que un día encuentre la horma de su zapato.

—¿Cómo se llama esa actriz, la de la película?

—Verónica Echegaray, aunque ése no es su verdadero nombre, claro. A mí también quiso cambiármelo, y le dije que no ya entonces. ¿Qué tiene de malo Rosario Puentes? Así es como triunfé, siendo yo misma.

—¿Sospecharía usted de alguien?

—¿Por lo de los anónimos? —Hizo una mueca de indiferencia—. Como le he dicho, ha hecho daño a demasiada gente.

—¿Su rival en los negocios, Blas Tejada?

—No veo a Blas en ese plan, la verdad. Él lo mataría directamente, sin necesidad de mandarle amenazas por carta.

—¿Alguna de esas amantes despechadas?

—Si un día se supiera todo... la lista sería muy larga, señor. —A pesar de la ambigüedad, hizo memoria—. Antes de la guerra el suicidio de Julieta Venezuela, hace ocho años lo de Margarita Velasco...

—Perdone, ¿ha dicho que una mujer se suicidó?

—Una pobre desgraciada. —Se le ensombreció el rostro—. Se enamoró de él, pero de verdad, hasta los tuétanos, y le creyó cuando le prometió el oro y el moro. Al comprender que Federico no iba a dejar a su esposa, se quitó la vida.

—¿Y lo de hace ocho años?

—Embarazó a una muchacha de diecinueve años, Margarita Velasco. La hizo debutar en una película. Sé la historia porque la protagonista de esa película fui yo y todo sucedió durante el rodaje. A los pocos meses tuvo un niño.

—Y la dejó en la estacada.

—No, tanto no. Un poco de corazón sí tiene. Que yo sepa, le pasaba un sueldo mensual, para la manutención del pequeño. De reconocerlo, nada. Pero tampoco iba a dejarlo morir de hambre. Yo me hice amiga de Margarita y me dio mucha pena. Salvo sus padres, estaba sola, no tenía a nadie. Cuando nació el crío, ya no volvió a trabajar. La última vez que la vi fue hace tres o cuatro años y me lo contó. Seguía sola, con su hijo. Al menos Federico evitó que se lo quitaran por ser madre soltera. —Lanzó otro largo suspiro de fastidio—. A saber cuántas más habrá por ahí como ella.

—¿Alguien más?

Rosario Puentes negó con la cabeza.

—¿Quiere el listín telefónico? —bromeó con amargura.

Miquel tiró la toalla. Seguía formándose un cuadro mental del amenazado, pero salvo algunos nombres al azar, la identidad del amenazante formaba parte de un inmenso albur. José Alberto Trinxería le había dicho que García Sancho era un hombre íntegro. Patro y Rosario Puentes, todo lo contrario. Y las creía a ellas.

—¿Está trabajando ahora en algo? —preguntó por cortesía.

—Federico no es el único agente ni el único empresario, aunque sea el más poderoso —dijo serenamente—. Y yo sigo siendo quien soy. Dentro de unos días salgo de gira con una compañía teatral.

—Perfecto.

—Sí, lo es. —Aceptó la expresión.

Miquel se levantó.

—Ha sido muy amable, y lamento haberla molestado con esto —se despidió.

Rosario Puentes siguió sentada.

—No creo haberle sido de mucha ayuda.

—Nunca se sabe. Por lo menos me ha hecho un retrato del señor García Sancho.

—No le va a ser fácil dar con el responsable de esos anónimos. Mientras, ojalá Federico sienta un poco de miedo, aunque me consta que tiene la piel dura. Concepción sí debe de estar pasándolo mal si ha llegado al punto de contratar a una agencia de detectives.

—Gracias, señora. Conocerla ha sido muy emocionante.

Repitieron la escena de la mano. Miquel apenas la estrechó. Se inclinó con respeto. Le había mentido con lo de haber visto todas sus películas y halagándola, pero eso era lo de menos. Se trataba de lo que ella necesitaba oír. Gracias a eso, la charla había sido fluida.

Sin saber cómo, la criada apareció en la puerta de la sala, dispuesta a acompañarlo a la salida.

Miquel salió de aquel museo histórico con su personaje central vivo.

10

Entró en el primer bar que encontró y que anunciara con el consabido rótulo la presencia de un teléfono público en su interior. Pidió un café, por tomar algo, y el listín telefónico. Producciones Tejada estaba en la parte alta de la calle Bruch, pasada la avenida del Generalísimo. Demasiado lejos para ir a pie. Se tomó el café, lo pagó y regresó a la calle en busca de un taxi. Ya había anochecido, pese a no ser muy tarde, y el frío y la humedad se acentuaban. El taxista que le tocó en suerte no era hablador. Se limitó a llevarle. El único comentario que hizo a lo largo del trayecto fue:

—Cada vez hay más coches, más tráfico, no sé dónde iremos a parar. Se nota que la gente está mejorando.

La gente «mejoraba».

Pronto haría trece años del fin de la guerra en Barcelona, y la gente «mejoraba».

Miquel pensó en los miles y miles de muertos enterrados en bosques, cunetas y falsos cementerios de iglesias con tapias llenas de sangre. Y en sus familias, que ni siquiera podían llevarles unas flores.

Eso sin contar a los vivos, los que aún seguían en cárceles, en el Valle de los Caídos, bajo la eterna sospecha y aplastados por la bota de la dictadura.

Lo borró de su cabeza al bajar del taxi. No quería deprimirse.

Producciones Tejada era un calco de Espectáculos García Sancho. También estaba en el entresuelo de la casa ocupando la planta entera. Una entrada con fotografías de sus estrellas, carteles de películas o de obras de teatro, un mostrador de recepción y una recepcionista joven y guapa, muy expresiva, que le cubrió con una sonrisa en colores al detenerse frente a ella. Su cara no cambió cuando le anunció:

—El señor Tejada no está. ¿De parte?

—Policía.

Ahora sí se produjo la transmutación.

Posiblemente, sólo había visto policías en las películas.

—Ah. —Se quedó en suspenso.

—¿Dónde puedo localizarle? Es urgente. —Empleó su tono más intimidador.

—Pues... en su casa. Se ha ido no hace ni diez minutos. Vive aquí mismo, en el edificio de al lado. —Apuntó a su izquierda como si las paredes fueran transparentes.

—Gracias —se despidió—. No le avise por teléfono, o volveré a por usted.

La dejó pálida.

El edificio contiguo era tan o más noble que el de la empresa. Lo detuvo un hombre que no llevaba bata de conserje pero que a todas luces lo era. Le dijo que iba a ver al señor Blas Tejada y el muro se apartó. Cuando llamó a la puerta del piso imaginó que le abriría una criada, pero se equivocó. La mujer que apareció ante él tenía todos los visos de ser la señora de la casa. Lo mismo que Rosario Puentes, iba muy bien vestida, como si acabase de llegar o se dispusiera a salir. Llevaba algunas joyas caras, collar de perlas, pulseras, un broche y un par de anillos.

—¿El señor Tejada? —pidió Miquel.

—¿Es por algo del trabajo? —se extrañó ella.

De nuevo se convirtió en detective privado, mal que le pesara.

—No, señora. Es una investigación policial.

Seguían siendo palabras de peso.

La mujer ya no continuó preguntando.

—Un momento, por favor. Si tiene la bondad...

Le hizo entrar en el piso, nada más. Cerró la puerta y lo dejó en el recibidor. En casa de Rosario Puentes lo había saludado un enorme retrato de ella. En la de Blas Tejada el retrato era familiar. Un hombre, una mujer y tres chicos y chicas. Era antiguo, porque la pareja del retrato no superaba los cuarenta y la mujer que acababa de abrirle la puerta rondaba ya los sesenta. Las paredes estaban forradas con tela marrón, acolchadas. Cualquier ruido o voz quedaba amortiguado. Dos apliques daban una tímida y mortecina luz. Se notaba el lujo, pero no el despilfarro ni el exceso, al menos en la entrada.

Blas Tejada apareció de improviso.

Llevaba zapatillas de estar por casa, de ahí que no le hubiera oído llegar.

El aparecido no perdió el tiempo, ni le tendió la mano.

—¿Quién es usted? —quiso saber.

Miquel le calculó la misma edad de su mujer, unos sesenta años. Cuatro cabellos grises en la cabeza, papada, nariz y mejillas grandes, cuerpo pequeño y redondo. Llevaba un enorme puro habano en la mano.

Lo peor eran sus ojos, directos, inquisidores.

No parecía muy impresionado porque hubiera un presunto policía en su casa.

—Agencia de detectives Fortuny —se presentó Miquel mostrándose cauto aunque no autoritario.

—¿Un detective? —se asombró el hombre.

—Sí, señor.

—¿Y qué quiere de mí? Ésta es mi casa.

—Ante todo, le pido perdón por importunarle en ella y más a estas horas. Pero en estos casos a veces el tiempo cuenta.

—¿Caso? ¿Qué caso?

—Una persona está recibiendo anónimos, amenazas de muerte, y estamos hablando con todos los que le conocen o tienen que ver con él.

No se inmutó. Tenía la piel dura. Debía lidiar con mucho cada día.

—¿Y esa persona es...?

—El señor García Sancho.

Ahora sí le cambió la cara. Entornó los ojos, apretó el puro con los dedos y plegó los labios como si estuviera conteniéndose, cosa que no era ni mucho menos así, sino más bien todo lo contrario.

—No sé si echarle a patadas o ponerme a reír —dijo sin ocultar un enorme desprecio.

Miquel aguantó el tipo.

También él había lidiado con toda clase de tipos, especialmente antes de la guerra... o incluso en su cautiverio.

—¿Por qué? —preguntó revestido de inocencia.

—¿Viene a mi propia casa y me acusa...?

—No le he acusado de nada —le detuvo—. Sólo recabo información.

—Ya. ¿Y nadie le ha dicho que yo soy la peor pesadilla de ese malnacido y él la mía?

—Sí, me lo han dicho.

—Entonces ha venido a ver si me pilla, ¿no es así? ¡Soy el primer sospechoso!

—Le juro...

—¡No me haga reír! —ahora el que lo detuvo a él fue Blas Tejada—. Mire, amigo: me encanta que ese hijo de puta tenga problemas, que le amenacen; incluso no sentiría más que alegría y alivio si alguien se lo llevara por delante. Por mí, que se pudra. No merece ni el aire que respira. Pero, dicho esto, que se piense en mí como responsable me ofende. ¿De verdad cree que yo cometería una estupidez como ésa?

—Señor Tejada, se lo repito. Lo único que busco es información.

—¿Ah, sí? —El puro tembló en su mano cuando le apuntó con él—. Pues le diré algo más: va a tener mucho trabajo si, como dice, busca información. ¿Sabe cuánta gente debe de odiar a ese patán? ¡Media Barcelona y media España! ¡Incluso los que hacen negocios con él clavarían clavos en su ataúd si pudieran!

—¿Alguien en concreto?

Fue la última insistencia. Blas Tejada perdió la poca paciencia que le quedaba.

—¡Váyase a la mierda! —estalló—. ¿Qué quiere, que le dé nombres y más nombres? ¡Hable con los que le aguantan por tener que trabajar con él y tragarse sus sapos, y con todos a los que ha humillado con su prepotencia, y con las personas que ha despedido! —Empezaba a ponerse rojo a medida que se excitaba—. ¡Federico García Sancho no es más que un arribista, un manipulador, el ser más abyecto que Dios puso en esta tierra! ¡Yo he trabajado duro toda mi vida! ¡He construido mi empresa con constancia, honradez, paso a paso! ¡Él se valió de contactos y enchufes antes de la guerra y del dinero de la familia de su mujer para reflotarla después! ¡Por Dios, si se casó con ella siendo una niña, en contra de la opinión de los padres, sólo porque los Busquets eran prominentes en Barcelona! —El estallido llegó al máximo cuando ya estaba al borde de la apoplejía—. ¡A la mierda con él! ¡Que se pudra en el infierno!

En otras circunstancias, Miquel habría enarbolado bandera blanca.

No en aquélla.

—Lo siento —dijo.

—¿Que lo siente? ¿Qué es lo que siente, maldita sea?

—Me han dicho que la guerra entre ustedes se recrudeció hace poco, cuando le robó a Luisa Palomares.

Blas Tejada no parecía hombre capaz de mandar anónimos, pero sí de matarle a él allí mismo.

—Pero ¿esto qué es? —Le miró alucinado—. ¡Ya se está largando de mi casa con viento fresco! ¡Ya, o le juro que le saco yo mismo a patadas, habrase visto! ¡Es usted un idiota!, ¿me oye? ¡Un completo idiota! ¡Fuera, fuera, fuera!

Miquel dio un paso atrás antes de que le empujara.

Abrió la puerta.

Lo había provocado a conciencia, así que no se defendió.

—No quería molestarle —fue lo último que dijo al cruzar el umbral.

—¡Pues lo ha disimulado bien, hombre!

Le cerró la puerta violentamente.

Todo el edificio retumbó.

Miquel bajó la escalera despacio. Plegó los labios. Desde luego, ser detective no era lo mismo que ser policía. Nadie habría llamado «idiota» a un policía. Por miedo.

Los detectives no tenían orgullo, sí cara dura.

Como David Fortuny.

Llegó a la calle y se sintió cansado. La cita con Concepción Busquets, la señora de García Sancho, era al día siguiente, pero sabía ya lo suficiente sobre su marido como para estar seguro y convencido de la realidad: no era un personaje agradable ni querido.

Cualquiera podía haberle enviado los anónimos. Incluso en broma, para asustarle.

Concepción Busquets lo tenía crudo.

Y ellos, muy difícil.

Pese al repentino cansancio, sobre todo por la contención en el «diálogo» con Blas Tejada, no paró ningún taxi. Estaba demasiado cerca de casa para utilizar uno. Los taxistas se estaban volviendo muy señores. No les gustaban las carreras cortas. Así que echó a andar con las manos en los bolsillos del abrigo y la cabeza envuelta en sus pensamientos.

Demasiado envuelta.

Una señora le cogió del brazo en un cruce.

—¡Cuidado, señor, que viene un autobús!

Se detuvo.

—Gracias.

El autobús pasó a diez centímetros de su nariz.

El viento le arremolinó el pelo.

Cada día se atropellaba a más gente despistada en Barcelona.

11

No fue directamente a casa. Faltaban menos de diez minutos para que Patro y Teresina cerraran la mercería. Caminó hasta la tienda y se coló dentro. El calorcito interior le sentó de maravilla. Teresina atendía a la última clienta, así que él pasó por detrás del mostrador y asomó la cabeza en el pequeño almacén de la trastienda. Patro se estaba arreglando frente a un espejo y Raquel dormía en el cochecito, ya a punto de salir a la calle.

—Si te pones más guapa, acabarán deteniéndome por pederasta. —Fue su saludo.

Patro se dio la vuelta, se acercó a él, le pasó los brazos alrededor del cuello y lo besó.

—Vas a tener que volver a pintarte —dijo él.

—Bueno. —Volvió a besarlo.

¿Cuánto duraba la fogosidad del amor? ¿O era que a los sesenta y seis años se vivía de otra forma? El reencuentro con Patro había sido en julio del 47, y se había ido a vivir con ella poco después. Total, cuatro años.

Y a veces parecían dos tontos enamorados.

—¿Nos vamos a casa?

—Sí. ¿Qué tal la tarde?

—Bien.

—Ah. —Hundió los ojos en él esperando algo más.

—Federico García Sancho es un hijo de puta.

Patro movió la cabeza arriba y abajo.

—Pero tenemos una clienta y hay que trabajar para ella —le recordó Miquel—. Hijo de puta o no, recibe amenazas. Es lo que hay.

Teresina entró en el almacén. Pareció asustarse al verlos abrazados.

—¡Oh, perdonen!

Se echaron a reír por la tribulación de la chica, pero se separaron. Patro regresó al espejo para retocarse y Miquel se acercó al cochecito. Raquel dormía, como era habitual en ella, de forma plácida y angelical.

—Dormilona —la acusó su padre.

—Es feliz —dijo Patro.

—Me pregunto cuándo empezará a darse cuenta del mundo en que vive.

—Falta mucho para eso —le aseguró ella—. ¿Nos vamos?

Salieron del almacén. Teresina ya apagaba las luces de la tienda y se disponía a bajar la persiana exterior. Su novio, puntual, la esperaba en la acera. Después de hablar con él, «como un padre», el chico cada vez que se lo encontraba se le acercaba con todo respeto. A veces Miquel incluso se sentía cruel y adoptaba un aire más serio del normal. Patro le reñía.

—¡Haz el favor, pobre chico!

No fue diferente esta vez. Bernabé Costa se acercó primero a ellos antes que a Teresina.

—Señor Mascarell, señora Patro...

Miquel le estrechó la mano.

Vestía el mismo traje sencillo y gastado de la primera vez, un mes y medio antes. Camisa blanca, corbata discreta, zapatos con el máximo de brillo que se les podía sacar después de haber pisoteado mil calles, cabello repeinado, ojos vivos, con una chispa de inteligencia y cara de inocencia. O no tenía abrigo o aún no sentía el frío.

—¿Cómo estás, hijo?

—Bien, bien.

—¿Vais a dar un paseo? —se interesó Patro.

—Sí, la acompaño a casa y... bueno, sí, un paseo, como siempre.

—¿Qué tal los periquitos? —bromeó Miquel.

—El domingo jugamos en casa del líder, el Atlético de Madrid. Ya veremos. Por una vez que vamos por delante del Barça...

Los temas de fútbol se los contaba siempre Ramón, en el bar. Ahora, de vez en cuando, pinchaba al novio de su dependienta.

Teresina se les unió. Miró arrobada a Bernabé.

—¿Nos vamos? —Le cogió de la mano.

—Venga, buenas noches —se despidió Miquel el primero.

Les vieron alejarse, como tantas parejas, ella colgada del brazo de él.

Miquel empujó el cochecito de Raquel y caminaron en dirección contraria, calle Gerona arriba.

—Eres malo —protestó Patro.

—¿Yo? ¿Qué he hecho?

—«¿Qué tal los periquitos?» —dijo empleando un falsete cómico—. Claro, como casi todo el mundo es del Barcelona...

—Hay muchos del Español —repuso él—. Y en segunda división, con cinco equipos catalanes, también.

—¿Cinco?

—El Sabadell, el Gimnástico de Tarragona, el Badalona, el Lérida y el San Andrés. Nuestro buen Ramón está que se sale.

Patro volvió la cabeza. Teresina y Bernabé todavía estaban a la vista.

—Hacen buena pareja, ¿verdad?

—Todos los enamorados la hacen —aseguró Miquel.

—¿Nosotros también? —Casi se pegó a él cogida de su brazo.

—Nosotros más. Mucho más —enfatizó él.

—¡Tonto!

—Que te lo digo en serio.

—Me gusta cuando no me recuerdas tu edad. Ya sabes que lo odio.

—Será que estoy empezando a valorar mi suerte y a quejarme menos.

—No tienes de qué quejarte.

La miró de soslayo. Mujer, joven y guapa. Niña, inocente y maravillosa. Una extraña combinación para alguien con un pasado tan duro, tan amargo. Aquellos cuatro años estaban valiendo por toda una vida. Si nada cambiaba, el futuro, por lo menos el personal, sería hermoso.

—En serio —volvió a hablar ella—. Pienso que te está yendo bien estar ocupado, salir de casa, hacer algo y trabajar un poco, sin agobios.

—¿Aunque sea de presunto detective?

—Sí.

—¿Y con Fortuny?

—Precisamente con él —insistió—. Ya sabes lo que pienso, que es un adicto al régimen por conveniencia. Intenta caer siempre de pie.

—¿Y las convicciones?

—Tú eres recto como el palo de una escoba, pero no todo el mundo es igual. En estos tiempos has de ser flexible o te rompes.

—Más bien te rompen —lo dijo mientras se cruzaban con dos miembros de la Guardia Civil, ya embutidos en sus capotes—. Ésos también hacen buena pareja.

Patro se ahorró el comentario. Habían rebasado la calle Aragón, sin ningún tren arrojando humo desde las vías hundidas en el subsuelo, y estaban en ese punto en el que o iban a casa o seguían su paseo.

—¿Vamos al bar de Ramón a tomar algo? —propuso ella.

—Bueno.

—No gastaremos mucho —le prometió—. Sólo un cafetito.

—Tranquila. Lo pasaré a la cuenta de gastos del caso.

—¿Vas a sisarle a David? —se extrañó.

—Desde luego —dijo Miquel muy serio.

A veces no sabía si hablaba en serio o en broma.

Aunque reía cuando decía algo de verdad y todo lo contrario cuando bromeaba, como ahora.

—¿Qué has hecho esta tarde? —siguió hablándole ella.

—Ya te lo he dicho. Confirmar que nuestro hombre es un cabronazo de mucho cuidado. Uno de sus enemigos más acérrimos acaba de echarme de su casa tras decirme que media Barcelona y media España le odia. La otra mitad es la que no debe de conocerle.

—Te lo dije. Es una mala persona.

—Ya, pero si alguien le amenaza y su mujer está preocupada... Ella es la que nos paga.

—Hasta los cerdos tienen alguien que les quiera.

—Todos somos humanos, cariño. Seguro que ese bestia, por muy malo que sea, querrá a sus hijos y tendrá su corazoncito.

—Les pedía a las chicas que se le cagaran encima, y él les hacía aberraciones mayores —dijo Patro de pronto.

Miquel tragó saliva.

No le gustó oírlo.

Tampoco quiso seguir hablando de ello.

Dieron media docena de pasos. Caminaban muy despacio. Miquel miraba a Raquel.

—He conocido a Rosario Puentes —anunció para cambiar de conversación.

Consiguió el efecto que esperaba.

—¿La actriz? —se asombró Patro.

—He estado en su casa.

—¿En serio? —Le miró expectante—. ¿Por qué no me lo has dicho antes? ¡Va, cuenta! ¿Cómo es?

—Está mayor, pero parece una gran dama. Tiene el piso lleno de retratos, carteles, recuerdos...

—Claro, si te metes en ese mundillo vas a acabar conociendo a toda clase de artistas, jóvenes y guapas. —Le dio un codazo—. A ver qué haces, ¿eh?

—¿Yo? —Se extrañó por el comentario—. ¿Qué quieres que haga?

—Tú nada. Son ellas las que te pondrán ojitos.

—¡Anda, calla, calla, mira que eres!

—Miquel, que eres muy guapo y muy seductor. Tú no te das cuenta, pero es así. Además, inspiras confianza, seguridad... Eso una mujer lo nota.

—Pero ¿tú te oyes? —Abrió los ojos con desmesura—. ¡Será posible!

—No, será que te quiero.

—Y la venda de los ojos ¿qué?

—No, cariño. ¿Cuántos hombres de tu edad están tan bien, son tan inteligentes, fuertes, tiernos...?

—Loca de atar. —Suspiró—. Aunque... sigue, sigue. No te cortes.

Patro le apretó el brazo con ambas manos.

—¿Sabes que ya lo pensé aquel día de enero del 39, cuando me acompañaste a casa? Me lo dije a mí misma. Tú eras diferente a todos aquellos hombres.

—Nunca me lo habías comentado.

—Te lo digo ahora. Cuando nos reencontramos en julio del 47... fue una revelación. ¿Por qué crees que me acosté contigo?

—Por pena. Me habían dado una paliza.

—No —dijo suavemente—. Creo que ya te necesitaba. En ti hallé la paz que no tenía. Por eso te dije que disponía de una habitación si te hacía falta un techo, un hogar donde vivir.

—Hizo una pequeña pausa—. Cada vez que pienso en ello me doy cuenta de que ya estaba enamorada de ti, y cuando desperté por la mañana sin ti y vi la gargantilla en la mesilla de noche... —Levantó el brazo para que la pequeña pulserita de oro brillara en la noche—. Dios, no sabes lo que lloré suplicando que no te pasara nada.

—La compré por intuición a aquel hombre, el vecino de mi escalera antes de la guerra, Valeriano Sierra.

—Bendita intuición.

—No pensé volverte a ver. Estaba seguro de que me detendrían y volvería a la cárcel, con la sentencia a muerte reactivada.

—Pero no fue así, y te viniste a vivir conmigo.

La mejor decisión de su vida.

Estaban en la puerta del bar de Ramón.

Querían besarse, pero no podían.

No en plena calle.

Cruzaron la puerta y cambiaron del frío exterior al calor interior. Les golpeó el humo y el aroma de la comida. Había más gente de la normal. Quizá por ser viernes. Las voces se levantaban en espiral. Voces alegres, distendidas. Voces que habían dejado también en la puerta las preocupaciones de la jornada o de sus vidas. Quedaban apenas dos mesas libres.

Nada más verles, Ramón hizo lo que solía hacer siempre, aunque les viera dos veces en un día.

—¡Eh, pareja! ¡Así me gusta, que como en casa no se está en ninguna parte, pero de vez en cuando una cenita en el bar...! ¿Cómo está, maestro? A usted ya no se lo pregunto, señora Patro, porque está tan guapa como siempre. ¡O no, mejor dicho, hoy está más guapa que ayer, pero seguro que menos que mañana!

El «maestro» nunca conseguía frenar la oratoria de Ramón.

—Si un día vuelvo a ser policía, te detendré por alterar el orden público —lo amenazó.

—¡Menos lobos, menos lobos! —Les dirigía a una de las mesas libres—. ¡Y esa preciosidad! —Se inclinó sobre el cochecito de Raquel—. ¡Con el ruido que hay aquí y fíjense, tan dormidita! Bueno, ¿qué va a ser? —Se frotó las manos—. ¡Tengo un cocidito madrileño que tira de espaldas!

—Pues mejor que no —dijo Miquel—. La tengo fatigada.

Ramón tardó en pillarle el chiste. Cuando lo hizo soltó una carcajada.

—¡Está de buen humor!, ¿eh? ¡Ya lo veo yo cambiado desde hace unos días!

—¿Ah, sí?

—Gruñe menos. ¿Verdad, señora?

Patro ya estaba sentada. Miquel se quitaba el abrigo.

¿Hacer de detective con Fortuny le había cambiado el humor?

—Miquel no es un gruñón —le defendió Patro.

—¡Me callo, me callo! —Ramón levantó las manos en alto, como si le estuvieran apuntando con una pistola, y volvió a lo suyo—. ¡Venga! ¿Hace el cocidito?

—Sólo queríamos un café —repuso ella.

—¿Cómo que sólo un café? ¿No van a cenar algo? —Pareció desilusionado.

Miquel se rindió.

—Trae el cocido —dijo.

—¡Así me gusta, hombre! —Le palmeó el hombro—. ¿Sabe lo que le digo? ¡Pues que el día menos pensado le llevo a ver al Barça! ¡Este domingo le metemos cinco al Celta, seguro, que Kubala está que se sale!

Los dejó finalmente solos.

—Me puede —reconoció Miquel.

—Te aprecia —aclaró ella.

—Lo sé.

¿Cómo olvidar su ayuda en junio, cuando le perseguían por asesinato?

En ese momento Raquel abrió los ojos.

No se asustó. Los fijó en su padre.

Sonrió y extendió los brazos hacia él.

A Miquel se le borraron todos los males. Se olvidó de García Sancho, del caso, de cualquier cosa que no fuera su hija.

La cosa más dulce, suave y amorosa del mundo.

Día 3

Sábado, 17 de noviembre de 1951

12

Llegó al bar de la cita con David Fortuny diez minutos antes de la hora fijada. Para su media sorpresa, el detective ya estaba allí, sentado a la barra, tomando un café con leche. Había mojado en él algo de lo que ya sólo quedaban algunas migajas junto a la taza. Miquel se sentó a su lado. No hubo salutaciones del tipo «buenos días» ni nada parecido. La imagen de *bon vivant* de Fortuny era clara.

—¿Quiere algo?

—No. Ya he desayunado en casa.

—Patro le mima, ¿eh?

—Como Amalia a usted.

—Ella no me prepara el desayuno.

—Por algo será.

David Fortuny levantó una ceja. Una sola. No entró al trapo, para evitar que Miquel le insistiera en lo de casarse. Prefirió centrarse en el trabajo.

—¿Qué tal ayer?

—Hice un primer sondeo, y es malo.

—¿Cómo que malo? —Se preocupó.

—El tal Federico García Sancho parece ser un cabronazo de mucho cuidado, al que odia media humanidad, y se acuesta con todas las mujeres que tiene al alcance de su mano, o de su bragueta, que no son pocas dada su posición y lo que muchas darían por salir en una película.

—No me diga.

—Lo que oye. Puede estarle amenazando cualquiera.

—O sea, que lo tenemos crudo.

—Un poco.

—Pero la clienta es ella, no él, así que lo que haga o lo que sea que es, debería tenernos sin cuidado, ¿no?

—En parte, sí.

—No, ni en parte ni en todo. La mujer está preocupada y ha pagado un servicio. Se lo vamos a dar. Investigaremos hasta donde haga falta o donde podamos. No vamos a perder una clienta tan adinerada sólo porque él sea un ganso.

—Habrá que decirle la verdad.

—Hombre, Mascarell...

—Fortuny...

—De acuerdo, sí, hombre. —Hizo un gesto de fastidio—. Pero seguro que no es tonta y ya sabrá que su marido no despierta oleadas de simpatía. Nos dirá que forma parte de su mundillo. ¿Quién le ha contado cosas de él?

—Su máximo rival en el mundo del espectáculo, una actriz...

—¿Una actriz? ¿Qué actriz? —Se animó.

—Rosario Puentes.

—¿Ha conocido a la Puentes? —Se mostró muy impresionado.

—Sí.

—¡Vaya por Dios, y sin mí! —lamentó Fortuny.

—Patro también la conocía mucho.

—¿Y usted no?

—La recuerdo de antes de la guerra sobre todo. En estos últimos años, desde que me dejaron en libertad, Patro y yo hemos visto muchas películas, pero en especial americanas. A ella le encantan y a mí la mayoría de las españolas me dan grima, por patrioteras.

El detective obvió el comentario. Siguió con lo de la actriz.

—Era toda una estrella, y todavía debe de serlo.

—Eso me pareció, pero García Sancho no le quiso dar el papel principal en una película que están rodando ahora y ella se fue de la agencia pegando gritos, ofendida. Por lo visto, prefirió a una tal Verónica Echegaray, más joven, y no me extrañaría que fuese por algo más que por ser buena actriz.

—¿Verónica Echegaray? No me suena. ¿Qué más le han dicho?

—Pues lo normal. Que es duro e implacable, que va a la suya, que es un depredador sexual...

—No me extraña. Poder, dinero, y todo el día rodeado de mujeres guapas... Así cualquiera.

—Me está diciendo que haría lo mismo, vaya.

—¡Que uno no es de piedra, hombre! —se defendió Fortuny—. ¡Me gustaría verle delante de Rita Hayworth o de Ava Gardner!

—No es el caso.

—¡Como si lo fuera! —Mantuvo su vehemencia—. ¡Cualquier mujer de veinte o treinta hoy en día está de maravilla! Si encima se dedica al cine... Un papelito por aquí, sexo por allá. ¡Qué cabrón!

El tono no era de repulsa, sino de admiración.

—Deberíamos irnos —le apresuró Miquel.

—Me acabo el café con leche. ¿Le han dado nombres de amantes despechadas? Según usted, los anónimos podrían ser de una mujer.

—Me dieron un par. Una chica a la que embarazó... Al parecer tiene gustos escabrosos.

—¿Gustos? ¿Qué clase de gustos?

—Escatológicos.

—¡La madre que lo parió! —exclamó Fortuny—. Ya no sé si podré mirarlo a la cara cuando lo vea.

—¿No dice que la clienta es su mujer y que el dinero sale de su bolsillo? Pues olvide los escrúpulos —le pinchó Miquel—. Se hace tarde, va. Ya deberíamos estar llamando a su puerta.

David Fortuny pagó su desayuno. Dejó una exigua propina de cinco céntimos y se bajó del taburete. Enfilaron hacia la salida del bar y se encaminaron a la calle de arriba. Miquel recordó algo de pronto.

—¿Qué tal la clienta de ayer?

—¿Quién?

—Una que subió después de salir yo. Su hija andaba con un novio y la madre estaba preocupada.

—¡Ah, sí! Me dijo que se había encontrado con usted en la escalera. —Sacó a relucir su tono burlón—. «Un señor muy amable que me ha dicho que usted me atendería.» —Hizo un gesto desabrido—. ¡Hay que ver! Le dije que investigaríamos, pero que estábamos metidos en un caso muy gordo y que, a lo peor, tardábamos unos días.

—¿No pudo seguir a ese novio por la tarde y adelantar el tema?

—Aún me duele un poco la espalda.

—Mucho cuento tiene usted.

—¡Que es en serio!

—Como ya me tiene a mí... se apalanca.

—Que nooo. —Alargó la última vocal exageradamente.

—Tiene miedo de que yo desaparezca en cuanto esté recuperado. —Disfrutó lanzándole malos presagios.

—Sé que no hará eso —se jactó Fortuny.

—¿Por qué no?

—Porque está en su salsa y cada día le gusta más.

—Eso, échele imaginación.

—¡Vuelve a sentirse policía, no me diga que no! —insistió en su habitual discurso—. ¡He sido su salvación, le he dado una segunda oportunidad! ¡Encima está hecho todo un justiciero!

—El Llanero Solitario.

—¿Y yo qué soy, el indio?

A Miquel no se le había ocurrido, pero soltó una carcajada.

Incluso recordó que al indio compañero del Llanero lo habían bautizado originariamente con el nombre de Tonto, aunque en España, por razones semánticas, habían preferido llamarlo Toro en la serie de tebeos.

La risa se le cortó de cuajo cuando doblaron la esquina y vieron el tumulto en la calle.

Justo delante de la casa a la que se disponían a subir.

—Pero ¿qué...? —Se detuvo en seco David Fortuny.

Miquel estaba pálido. Conocía la escena. La había vivido varias veces. En marzo, con el asesinato de su antiguo compañero tras regresar de Mauthausen; un mes y medio antes, con el asesinato de los abuelos que habían contratado a Fortuny para que localizara a su nieto robado...

Siempre se trataba de lo mismo.

—¿Cree que...?

—Calle. Vamos. —Reanudó el paso Miquel.

Se acercaron al tumulto. No había ninguna ambulancia, pero sí dos coches de la policía y agentes entrando y saliendo del portal junto a inspectores de paisano. Como siempre en estos casos, la gente hacía corrillos y hablaba en voz baja, a cierta distancia de las fuerzas del orden, que no les permitían acercarse demasiado. Trataron de captar comentarios al vuelo.

—Se han llevado el cuerpo hace un rato.

—Había mucha sangre.

—¡Qué salvajada!

—No sé a dónde iremos a parar.

Miquel se detuvo. No las tenía todas consigo. Después de tantos años fuera del cuerpo, y con una nueva policía al servicio de la dictadura, nadie se acordaba de él. Pero, por si acaso, no quería dejarse ver.

La cabeza le daba vueltas.

Y también a David Fortuny.

Un simple caso de anónimos, unas amenazas, y en un abrir y cerrar de ojos se convertía en un caso de asesinato.

Salvo que fuera una casualidad y se tratara de otra persona en otro piso.

—Fortuny. —Exhaló Miquel.

—¿Qué le pasa?

—Concepción Busquets nos dijo que su marido regresaba hoy por la tarde.

El detective levantó las cejas.

—Entonces... —balbuceó.

Miquel siguió con la cabeza lejos del cuerpo.

Buscó a alguien con quien conversar.

—¿Y si regresó anoche? —Fue tras él Fortuny.

No le hizo caso. Le podían tanto la ansiedad como los malos presagios. Eludió a varias mujeres que hablaban con voz de susto y se acercó a un hombre de más o menos su edad que lo contemplaba todo con expresión seráfica. Ni siquiera perdió el tiempo con trivialidades.

—Perdone, señor —le dijo con humilde cortesía—. ¿Sabe qué ha sucedido?

—Un crimen. Eso es lo que ha sucedido —respondió el hombre con gravedad—. Seguramente unos ladrones, es lo más lógico. Pero ya ve usted.

—¿Y a quién han asesinado?

—A una mujer. —Fue directo—. La esposa de ese empresario tan conocido, el señor García Sancho. —Se estiró un poco, con empaque, al agregar—: Yo la conocía. Una mujer encantadora. Su criada la ha encontrado muerta esta mañana al llegar. Algo espantoso y execrable, desde luego. Una vergüenza.

13

Tuvieron que apartarse de la gente. Miquel tiró del brazo de su desconcertado compañero para que le siguiera.

Cuando volvieron a detenerse, de nuevo en la esquina, David Fortuny continuaba colapsado.

—¡No fastidie! —exclamó con voz ahogada, muy alterado—. ¡Es increíble! ¿Muerta?

Miquel se esforzaba por mantener la calma.

Su experiencia de gato viejo.

Cuando algo daba un giro de ciento ochenta grados el choque era inevitable.

—¿Ahora qué hacemos? —insistió el detective.

La pregunta flotó en el aire.

Miquel observaba la escena, el edificio, intentando encontrar una lógica donde no existía más que lo insólito, la realidad de lo inesperado.

—Las amenazas iban en serio —dijo más para sí mismo que para su compañero.

Fortuny ni se dio cuenta.

—¡El asesino no sabía que García Sancho estaba fuera de Barcelona, es evidente! ¡Habrá querido actuar esta noche y, por lo que sea, seguramente porque ella le ha sorprendido, ha acabado con su vida! ¡O quizá ni siquiera se ha dado cuenta de que mataba a quien no era, si estaba oscuro y dormía en la cama tan tranquila!

Teorías.

Una sola verdad.

Concepción Busquets les encargaba resolver el caso y moría a las pocas horas.

—¿Cree que es una casualidad? —preguntó Miquel.

—¿Casualidad qué? ¿Que el asesino haya actuado precisamente esta noche o que la muerta haya resultado ella?

—Las dos cosas.

—Y ¿qué si no? —Fortuny le miró desconcertado—. ¡Vamos, Mascarell! ¿No pensará que el responsable supo que había venido a vernos y decidió ejecutar ya sus amenazas para evitar que metiéramos las narices? ¡Ni que ella lo hubiera anunciado a los cuatro vientos, con lo asustada que estaba! ¡El asesino iba a por García Sancho sin saber que se hallaba fuera de Barcelona, es así de simple!

Miquel se apoyó en la pared.

Se acercaba otro coche de policía. La gente no tuvo más remedio que apartarse. Cuando el vehículo rebasó el círculo y se detuvo, el público volvió a cerrar filas. Dos agentes trataron inútilmente de que se retiraran.

Les podía el morbo.

Saber más.

—Diga algo —pidió el detective ante el silencio de su compañero.

—¿Qué quiere que diga?

—No sé. ¿Alguna idea? ¡El caso se nos ha ido de las manos! ¡Mejor dicho: ya no hay caso!

—¿Por qué no ha de haberlo?

—¡Caray, Mascarell, coño! —Fue explícito—. ¡Porque se nos ha muerto la clienta!

—¿Y ya está, nos lavamos las manos, nos vamos a casa y a otra cosa?

Junto a la tensión del momento, lo que llenó el rostro de Fortuny fue la incredulidad.

—¿Qué quiere hacer? —preguntó desconcertado.

—Esa mujer nos avanzó dos mil pesetas para investigar, y desde luego eso es lo que haremos.

—¡Investigar unos anónimos, no un asesinato! ¡Encima el suyo propio!

—¿No cree que merece justicia?

—¡Hombre, claro, pero para eso está la policía! ¿Qué vamos a hacer nosotros? Si ya era complicado antes, imagínese ahora.

—¿Y nuestra ventaja?

—¡Ay! ¿Qué ventaja?

—De momento somos los únicos que conocemos la existencia de esos anónimos, hasta que el señor García Sancho no regrese y se lo diga a la policía. Ya sabe mi teoría: los asesinatos son cuestión de horas.

—Está loco —gimió David Fortuny.

—¡Por Dios, no hace ni un día que la tuvimos sentada en el despacho, viva y preocupada por su marido! ¡No me diga que no le importa!

—¡Hace cinco minutos veníamos a hablar con una clienta! ¡Ahora ella ha muerto! ¡Eso es todo lo que sé, Mascarell! ¿De veras no puede dejarlo tal cual?

—No.

—¿No? Y ¿ya está? ¿Lo ha decidido en un abrir y cerrar de ojos aquí mismo?

—Usted quería irse a casa y yo le he dicho que no, eso es todo. Ahora lo tengo más claro. ¿No estaba diciendo lo feliz que soy habiendo vuelto a trabajar?

—¡De detective! ¡Esto es un asesinato, insisto!

—Váyase a casa. Lo haré solo.

—¡Ah, no! ¡Encima! ¡Loco o no, estamos juntos! ¡No va a librarse de mí!

Miquel estuvo a punto de reír. No lo hizo. La visión de la casa, los coches de policía, los inspectores y agentes entrando y saliendo, y la gente arremolinada a cierta distancia, se lo impidió. Veía a Concepción Busquets, veinticuatro horas antes, hablando de los malditos anónimos.

Y ahora estaba muerta.

El asesinato tenía que haber sido el de su marido.

Sintió pena.

También rabia.

—¿Qué hacemos? ¿Por dónde empezamos? —se desesperó Fortuny—. Dos mil pesetas de adelanto tampoco dan para estar muchos días con esto. ¿O quiere trabajar gratis?

—¿No soy el Llanero Solitario?

—¡Venga ya!

—Déjeme pensar unos segundos, ¿quiere? —Trató de calmar a su compañero.

Si en algo llevaba razón Fortuny, era en que no sabía ni por dónde empezar. Lo único que tenía era lo poco que había averiguado prematuramente la tarde anterior.

«Media Barcelona odia a Federico García Sancho.»

No eran los mejores augurios.

David Fortuny esperaba nervioso. Un paso a la derecha, otro a la izquierda. Mirada a la calle, mirada hacia él. Había perdido su constante buen humor y todo atisbo de broma o ironía. De pronto era un hombre asustado, con ganas de salir corriendo.

Todo lo contrario que él.

Justo lo que nunca haría era salir corriendo.

—De acuerdo. —Miquel suspiró rindiéndose a la primera evidencia—. Vamos a hacer esto legalmente, sin acarrearnos problemas. Usted va a ir a la policía.

—¿Yo?

—Es el detective. Tiene la licencia —le recordó—. Les va a contar la verdad, que ayer Concepción Busquets vino a verle y le contrató a espaldas de su marido para que investigara lo de los anónimos. Había quedado hoy con ella y se ha encontrado con el lío. Cuanto antes sepan el detalle de las amenazas, mejor.

—Eso me parece cuerdo, ¿ve? Aunque hablar con la policía... —Se estremeció.

—¿Qué le preocupa?

—No están muy contentos con eso de que nos hayamos legalizado. En las películas también pasa. Policías y detectives andan a la greña. Nos miran muy mal.

—Si va a colaborar y les avanza esa información, le estarán agradecidos.

—Eso espero —rezongó cruzándose de brazos—. ¿Qué hará usted?

—No lo sé. Lo pensaré cuando esté solo y eche a andar —dijo desconcertándole aún más—. De momento la responsabilidad recae sobre usted. Una vez haya ido a la policía, tendrá que averiguar cosas del entorno de García Sancho. Nombres y direcciones, la familia... Todo lo que ella iba a facilitarnos. Haga lo que sea para encontrarlos.

—¿Y si nadie quiere darme tanta información?

—Si en algo es bueno, es en eso —le apuntó Miquel—. Use su encanto. Es muy importante hablar con el hijo y la hija.

—¿No pensará que han sido ellos?

—Sabrán algo de sus padres, digo yo. Y no dé nada por sentado. ¿Por qué no puede haber sido alguno de los dos? Hay hijos que matan a los padres por herencias, o por estar peleados con ellos.

—Ya, ya. —Pareció aplastado por un peso enorme.

—Algo más. —No esperó a que su compañero le preguntara qué—. Averigüe cómo entró el asesino y cómo murió ella, con qué arma, y dónde, en qué parte de la casa. La gente dice que había mucha sangre. Quizá sea exagerado o quizá no. La criada debe de haber salido pegando gritos, está claro, y habrá subido el conserje, o la portera, algún vecino... El *vox populi* es así.

—Bien —asintió el detective, muy serio.

Miquel le puso la mano en el hombro.

Cuando se convertía en un ser humano, le caía mejor.

Incluso más que bien.

—Fortuny —dijo con calma—. Esa mujer confió en nosotros. No voy a dejarla de lado porque esté muerta. No lo consiento.

—¿Tanto le duele? Era una desconocida.

—Ya no era una desconocida, sino una mujer preocupada. Nos contrató para hacer un trabajo, y es lo que haremos. Lo que le ha sucedido me revuelve las tripas, ¿qué quiere que le diga? Tengo un muelle con muy poca resistencia: se me dispara a la mínima.

—La policía dará con el asesino, seguro.

—Que ellos hagan su trabajo. Nosotros haremos el nuestro. Al menos yo.

—Mascarell, en serio, ¿por qué para usted todo es personal?

—Llámelo «defecto de fabricación», no lo sé. Pero se equivoca en el matiz. Es justicia. Lo quiera o no, ella nos metió en esto. Y yo no soy de los que dejan nunca nada a medias.

—No sé si admirarle o darle por imposible.

—Deme por imposible. —Quiso dejarlo claro.

—Desde luego —se resignó Fortuny—, ése es el Mascarell marca de la casa.

—¿Está conmigo o no?

—¡Sí, hombre, sí! —exclamó a regañadientes, todavía poco convencido—. Yo le sigo a muerte.

—Entonces haga lo que le he dicho. Averigüe lo que pueda. El resto déjemelo a mí.

—De solo nada. Somos un equipo. ¿Cuándo nos vemos?

—¿Qué tal después de comer, a primera hora de la tarde, en la mercería?

David Fortuny miró la hora. La mañana estaba casi perdida.

—¿A eso de las cuatro? No creo que antes tenga nada.

—De acuerdo.

Miquel no se despidió. Metió las manos en los bolsillos del abrigo y echó a andar calle abajo.

14

Llegó a cerrar los ojos mientras caminaba.

Quería recordar.

Concepción Busquets veinticuatro horas antes, sus gestos, su voz, sus palabras, los detalles, la ropa, el bolso, los anónimos, el sobre con las dos mil pesetas...

Todo.

Seguía teniendo buena memoria.

De Concepción Busquets pasó a José Alberto Trinxería, y a Rosario Puentes.

Si no hubiera empezado a investigar la tarde anterior, estaría aún más a ciegas. Tampoco era una ventaja excesiva, pero siempre suponía haber dado el primer paso, por pequeño que fuera.

David Fortuny nunca lo entendería.

—¿Cómo la han matado, señora? —se preguntó en voz alta.

La forma de un asesinato decía mucho. ¿Cuchillo? ¿Pistola? ¿Un objeto contundente? ¿Las propias manos? No, eso último no. El comentario que habían oído en la calle era claro: mucha sangre. Si el asesino la había confundido con el marido, probablemente la muerte habría sido a distancia y en la cama. Si, por el contrario, ella le había sorprendido merodeando en la casa, el factor proximidad se haría más evidente. No eran informaciones a pasar por alto.

Frenó un poco la intensidad de la marcha porque empezó a jadear. Sin darse apenas cuenta, estaba casi corriendo, alterado, incluso furioso. Todo daba vueltas en su cabeza.

Finalmente se detuvo en seco.

Federico García Sancho estaba en Madrid, de regreso a Barcelona.

¿Sabrían lo sucedido en las oficinas de la agencia?

Bajó a la calzada y levantó una mano imperiosa. El taxi que la vio se acercó a la acera cruzando la calzada al lado contrario. Cuando se metió de cabeza en el interior, le dio las señas de Espectáculos García Sancho en la calle Caspe. El taxista le observó por el retrovisor.

La cara de Miquel lo decía todo, así que el hombre cerró la boca.

Lo primero que confirmó al entrar en la agencia fue que allí la noticia todavía no había llegado. El ambiente era el mismo que el del día anterior. La treintañera recepcionista hablaba por teléfono cuando él se acodó en el mostrador. Al reconocerlo, ella se puso un poco nerviosa. Se le notó en el parpadeo y en un leve temblor de voz. Se despedía ya de la persona con la que estaba hablando, así que colgó el auricular casi de inmediato. Luego juntó las manos y esperó.

Miquel le sonrió.

—Hola —dijo sin llegar a ponerse excesivamente serio.

—Otra vez usted.

—Me temo que sí.

—¿Y ahora qué quiere? —Se mostró un tanto desalentada.

—Necesito la dirección de Margarita Velasco.

—¿De quién?

—Margarita Velasco —se lo repitió.

—No sé quién es.

—Una actriz que trabajó aquí hace unos años.

—Pues no me suena.

—Mire en el fichero, por favor.

Vaciló un segundo. Miquel curvó las comisuras de los labios hacia arriba. Eso la relajó. Se resignó y obedeció. Probablemente recibía órdenes siempre, de todo el mundo. Era una mujer, plena, con un reluciente anillo de casada. Tan brillante que, o bien lo limpiaba a menudo o bien era reciente.

¿Para qué meterse en líos?

Hizo lo mismo que el día anterior, alargar la mano, coger el fichero de mesa y buscar el nombre pedido. Lo hizo dos veces.

—No hay nada, señor.

—¿Quién puede saber esas señas?

—Ni idea.

—¿Betsabé Roca?

—Puede.

—Pero sigue en Madrid con su jefe, ¿no?

—Sí, señor.

—¿Alguien más?

—No sé.

—¿El contable?

—Supongo.

—Avísele.

Había sido un diálogo rápido. Tanto que la última palabra fue ya directamente una orden. La recepcionista se levantó de un salto y se alejó por el pasillo. No tardó ni diez segundos en reaparecer. No le habló hasta llegar al mostrador.

—Ahora le atiende —dijo mientras se sentaba.

—Gracias.

—No hay de qué. —Rehuyó la mirada de Miquel.

Nadie la llamó por teléfono. Nadie esperaba en la entrada. Estaban solos. La mujer fingió ordenar unos papeles. Se la notaba incómoda, pero también curiosa. Por si acaso, él siguió hablando. Le quedaba un detalle más.

—El señor García Sancho está en Madrid por la película que están rodando ahora, ¿me equivoco?

—No se equivoca, señor.

—Me han dicho que la protagonista se llama Verónica Echegaray.

—Sí, señor.

—Ella también estará en Madrid, claro.

—No, está en Zaragoza.

—¿En Zaragoza?

—Yo misma le saqué los billetes de tren para ayer por la tarde, por eso lo sé. Rodaban unas escenas de noche en el Pilar.

—De ella sí tendrá las señas, ¿verdad?

Reapareció la inquietud.

—Ay, señor, yo es que no sé si debería...

—Sí debe —la conminó—. Hágalo.

—Me está asustando —dijo mientras volvía a echar mano del fichero—. ¿Para qué quiere tantas direcciones? Y ese misterio... —Encontró lo que buscaba y lo anotó en un papel ella misma.

Miquel lo leyó.

—¿María López?

—Es su verdadero nombre. El otro es el artístico.

Rosario Puentes ya se lo había dicho. Lo recordó de pronto.

Se guardó la nota en el bolsillo del abrigo en el momento en que aparecía un hombre por el pasillo situado a la izquierda del mostrador. Se notaba que acababa de ponerse la americana porque todavía se la estaba colocando bien. Tendría unos cincuenta años, usaba gafas y el único pelo de la cabeza lo llevaba en el bigote, más que frondoso aunque también amarillento por el humo del tabaco. Se detuvo frente a Miquel con la incertidumbre tintándole el rostro.

—Agencia de detectives Fortuny. —Le tendió la mano.

—Benito Soldevilla. —Reaccionó tras la sorpresa inicial correspondiendo a su gesto—. ¿Detective?

—¿Tiene un minuto, señor Soldevilla?

—¿Para qué?

Miquel le cogió del brazo y se lo llevó a un par de metros, fuera del alcance de la recepcionista. Bajó la voz con misterio al decir:

—¿Sabe algo de los anónimos que está recibiendo el señor García Sancho?

Estaba claro que no tenía ni idea. Su cara lo dijo todo.

—¿Anónimos? ¿De qué me está hablando?

—Ya veo que no, perdone. Siento...

—Espere, espere... ¿Dice que es detective? —insistió.

Miquel no tuvo más remedio que darle una de las tarjetas de David Fortuny. El contable de la empresa la leyó como si fuera una novela corta. Se tomó su tiempo.

Un tiempo que Miquel no tenía, porque de un momento a otro la noticia de la muerte de Concepción Busquets aterrizaría allí.

—Lo siento, señor Soldevilla. Sé que le parecerá raro, pero sólo hago mi trabajo. Nos han contratado para investigar el caso y he de hacerle unas preguntas.

—¿A mí? —Se puso a la defensiva.

—Querrá que todo se solucione cuanto antes, ¿no?

—¿Qué clase de anónimos recibe el señor García Sancho?

—Amenazas de muerte.

—Vaya por Dios —dijo sin apenas voz.

—¿Alguna idea de quién puede enviarlos?

—¿Yo? —Su pasmo fue mayúsculo—. Pero ¡si sólo soy el director comercial de la empresa! ¿Cree que el señor García Sancho me hace confidencias? Nosotros sólo hablamos de números, contratos y facturas.

—Entonces sabrá la dirección de Margarita Velasco.

—¿Y por qué habría de saberla? —Se puso en guardia inútilmente.

—Porque usted le manda dinero cada mes para la manutención de su hijo. Dudo que lo haga su jefe en persona.

Supo que había dado en el blanco al ver cómo abría y cerraba la boca sin decir nada.

Tampoco le preguntó cómo sabía algo así.

—Es confidencial —le aseguró Miquel—. Me da esas señas y me voy. Lo único que quiere mi jefe es descubrir a la persona que está amenazando al suyo.

—¿Y creen que es ella, la Velasco?

Miquel se encogió de hombros.

—Todo es posible. Cualquiera que tenga algo contra el señor García Sancho está en la lista.

—Si le sucede algo a mi jefe, ella se queda sin dinero, ¿no lo entiende?

—Una persona lleva a otra, y ésta a otra más. Así funciona esto. Necesito esas señas.

Benito Soldevilla evaluó la situación. Debió de intuir que la dirección de una persona no era un secreto de Estado, y más si, como parecía, quien preguntaba sabía el motivo del envío del dinero cada mes.

Era un contable, por más director que fuese, y parecía cansado.

—Espere un momento. —Se rindió.

Desanduvo el pasillo y lo dejó solo, en tierra de nadie. Miquel le echó una ojeada a la recepcionista. La mujer disimulaba lo que podía. Casi sintió pena por ellos. El día estaba a punto de convertirse en un infierno para todos.

Benito Soldevilla regresaba.

También él le tendió un papelito con las señas anotadas.

—¿La conoce? —preguntó Miquel al guardárselo.

—No, pero estoy seguro de que no es la responsable de esos anónimos.

—¿Manda dinero a otras madres solteras?

La pregunta le pilló de improviso. Reaccionó de manera abrupta.

—¡No!

—Perdone, no pretendía...

—Confío en que esto no me complique la vida ni se la complique a la empresa —manifestó con un deje de abatimiento.

—No tema. Somos discretos.

—Eso espero.

—¿Va bien el negocio? —Trató de ser distendido.

—Pues... sí. —Reaccionó con sorpresa—. No nos quejamos, aunque el mundo del espectáculo es siempre un tobogán. Nunca sabes de antemano si una película o una obra de teatro va a funcionar, si una estrella que está arriba va a caer en desgracia o si una apuesta por alguien nuevo llegará a ser una realidad. Los actores y las actrices son especiales, hay que saber tratarlos. Por eso el señor García Sancho es tan bueno.

—Eso he oído.

—Yo podría preguntarle lo mismo a usted. —Se animó un poco—. No sabía que en España hubiera agencias de detectives.

—Es algo nuevo. —Lo explicó una vez más—. Se han empezado a dar licencias este mismo año.

—Ya decía yo.

Miquel le tendió la mano.

—Ha sido muy amable. Gracias.

—Espero que encuentren a esa persona —dijo el director comercial—. Desde luego, el señor García Sancho no es de los que hacen caso de estas cosas, eso seguro. No sé desde cuándo recibe esos anónimos, pero está como siempre. Claro que, si les ha contratado para que investiguen, es porque no se fía, ¿no?

Miquel no le contestó.

Benito Soldevilla tampoco le detuvo.

La última sonrisa antes de enfilar la salida fue para la recepcionista, que seguía mirándolo expectante aunque de manera disimulada.

15

El taxi lo dejó en la puerta, coronando la empinada calle de la parte alta del barrio de Horta. La casa era muy sencilla y no tenía portera. Pagó la carrera y se quedó un par de segundos en la acera, tan pensativo como lo había estado en el trayecto.

Más que nunca, tenía la sensación de estar dando palos de ciego, de actuar por inercia, investigar sin pistas buscando algo, un punto por donde empezar a dimensionar el caso. De momento no lo tenía.

No tenía nada.

Apenas un puñado de nombres extraídos al azar.

La puerta de la calle estaba abierta. Subió a la segunda planta y llamó al timbre. Al segundo intento comprendió que allí no había nadie. El rellano tenía cuatro puertas. Llamó a la contigua y el resultado fue el mismo. El silencio por respuesta.

Lo probó en la de enfrente.

Le abrió una mujer de unos cuarenta años que se estaba secando las manos en el delantal que colgaba de su cintura. Iba desarreglada, con un moño mal colocado y apenas consistente que parecía a punto de desmoronarse de un momento a otro. No le gustó ver a un desconocido en la puerta. Se puso brazos en jarras.

—¿Qué quiere?

—Estoy buscando a la señorita Velasco.

—¿Marga? ¿Para qué?

—Policía. —Optó por la vía rápida.

A la mujer le cambió la cara, aunque sin llegar a echarse a temblar.

—Pero si es una santa —fue lo primero que se le ocurrió decir.

—Tranquila —la calmó—. Necesitamos que nos diga un par de cosas que no tienen que ver con ella.

—Pues si no tienen que ver...

—Por favor, ¿sabe dónde está o a qué hora puede volver?

—Los sábados comen en casa de los padres, ella y el niño.

—¿Y viven...?

—Oiga, ¿por qué no vuelve luego? No va a ir a casa de ellos y darles el susto.

—No voy a asustar a nadie, se lo prometo. Deme esas señas, ¿quiere?

Se rindió.

—Dos calles más abajo, en la de Serrallonga. No sé el número, pero al lado hay una ferretería.

—Gracias. —La saludó con una inclinación de cabeza.

Como haría un policía de verdad.

Regresó a la calle y caminó hasta la de Serrallonga, que era más que breve, brevísima. Encontró la ferretería y un nuevo portal abierto y sin portera. Llamó a la primera puerta y un hombre le dijo que los Velasco vivían en el segundo. Subió la escalera y, antes de llamar al timbre, tomó un poco de aire. Al otro lado de la puerta escuchó la voz de un niño.

Fue él mismo el que abrió.

—Hola —lo saludó Miquel—. ¿Está tu madre?

—¡Mamá, un señor pide por ti! —gritó mientras regresaba al interior del piso.

Se escucharon dos voces más, casi al unísono.

—¡Comemos en quince minutos!

—¿Quién viene a verte aquí?

La mujer que apareció en el recibidor de la modesta casa

era joven y todavía guapa. Lo de «todavía» tenía que ver tanto con la sencillez con la que vestía y la ausencia absoluta de maquillaje como por la delgadez y las ojeras de cansancio. Si Federico García Sancho la había embarazado con diecinueve años, y de eso hacía ocho, ella tendría ahora veintisiete. Años atrás debía de haber sido una auténtica belleza juvenil.

En un segundo, odió un poco más al empresario al tiempo que sentía una profunda empatía y cariño por ella.

Una vida rota.

Promesas de cielo acabadas en la frialdad del infierno.

—¿Sí? —preguntó al ver que él tardaba en reaccionar.

—¿Margarita Velasco?

—Sí, soy yo —se lo confirmó.

—¿Podría hablar con usted cinco minutos, en privado?

—¿Sobre qué?

—Sobre Federico García Sancho.

El nombre no la alteró, sólo le produjo un atisbo de sorpresa.

—No entiendo...

—Soy detective privado —dijo dándose cuenta de que todavía no se había presentado—. No la molestaré mucho, se lo prometo.

Una segunda mujer apareció por detrás de ella, cortándole la reacción. Se parecían mucho. Miró a Miquel con aires de sospecha y preguntó:

—¿Pasa algo, hija?

—No, mamá. —Fue rápida Margarita Velasco—. Este señor quiere hablar de un trabajo conmigo. Le dije que hoy comía aquí.

—¡Ah, bueno, que pase! —Le cambió la cara.

—No, no —le detuvo el gesto—. Salgo yo y subo enseguida.

—Pero...

Margarita Velasco salió al rellano y cerró la puerta. Al otro lado su madre le gritó inútilmente que se abrigara, que hacía frío. No le hizo caso. Cruzó los brazos por encima del pecho con firmeza y bajó los dos tramos de escalera hasta el pequeño vestíbulo de la entrada. Una vez en él, se detuvo y se enfrentó a su visitante.

—¿Para qué quiere que le hable de él? —quiso saber.

—Estamos investigando a todos los que han tenido relación con el señor García Sancho en los últimos años. —No quiso darle más información de entrada para ver de qué manera reaccionaba.

No se alarmó en demasía.

—¿Y por qué investigan, si puede saberse?

—Está recibiendo amenazas de muerte.

Tampoco acusó el impacto de la noticia. Sí el hecho de que se la interrogara a ella.

—¿No irán a pensar que yo...?

—Lo único que hacemos es recabar información, tranquila.

—¿Tranquila? —Se agitó insegura—. ¿Le amenazan de muerte y usted viene aquí a preguntarme a mí? ¿Cree que he sido yo? ¡No le veo desde hace años! —Se encolerizó más y más—. ¿Les ha dicho él que hablen conmigo? ¿Es eso?

—No ha sido él, se lo juro. Esto es cosa nuestra. Su nombre ha salido a la luz, junto a otros muchos.

—Dios... —Se llevó una mano a la boca y apartó la mirada, como si estuviera a punto de llorar—. ¿Es que nunca me libraré de esta pesadilla?

—Es el padre de su hijo. Ya imaginamos que, si le pasa dinero cada mes, no va a estar tan loca como para desearle mal alguno. Le repito que sólo buscamos información, lo que pueda contarnos.

—¡Lo mío con él sucedió hace ocho años! —se desesperó—. ¡No he vuelto a verle! ¡Ni mi hijo sabe que existe! ¿Qué quiere que le cuente yo? ¡No sé nada de él ni de la gente con la que trata...! ¡Nada! ¿Entiende?

No llegaba a llorar, pero estaba crispada.

Ocho años y seguía pagando el gran error de su juventud, de toda su vida.

—Sabemos que la reputación del señor García Sancho no es precisamente buena.

—No, no lo es. —Apretó las mandíbulas—. Es un cerdo. Un cerdo con dinero y poder. ¿Quién le ha hablado de mí?

—Rosario Puentes.

—¿Rosario? —se extrañó.

—Nos habló de lo sucedido en el rodaje de aquella película.

—Pues no tenía derecho a hacerlo. —Siguió apretando las mandíbulas.

—Tuvo que ser duro —aventuró Miquel.

Ella podía cerrarse en banda, pero no lo hizo. La puerta ya estaba abierta. Fortuny decía que hipnotizaba a las personas a las que interrogaba. Miquel lo llamaba «persuasión».

Con los años, incluso era más fácil.

—Usted no se imagina...

—Lo que me diga es confidencial, se lo aseguro. En una investigación es tan importante cercar al culpable como descartar a los inocentes. Sé que usted lo es. Pero quizá, incluso inconscientemente, sepa algo que nos ayude.

—¿Qué quiere que sepa yo? —El tono de su voz era ahora apacible aunque amargo—. Mire, señor, lo que me pasó a mí es una de las historias más antiguas del mundo. Chica joven, ingenua, impresionable, y hombre poderoso. Ella es soñadora, él la seduce. Ella sueña con la gloria, él se la promete. Debuta en el cine pagando un precio y cuando todo va bien y el futuro es de color de rosa... queda embarazada. —Subió y bajó los hombros—. Fin de la historia. Ahí acabó todo. Nada más saberlo me echó y se acabó mi carrera. Me pidió que abortara. Imagino que lo había hecho ya alguna que otra vez, pero yo me negué. Y no seguí adelante para obligarle a nada, que conste. Fue un accidente. Pese a todo, no sé por qué extraña y cristiana razón, me paga una mensualidad para la manutención de mi hijo.

—¿Le dio el apellido?

—No.

—¿Y lo suyo con él... duró mucho?

Margarita Velasco se puso un poco roja.

Lo lógico era que le preguntara qué tenía que ver eso con la investigación.

—Perdone que le hable así. —Estuvo al quite él—. Estoy intentando hacer un patrón. Además de usted, tuvo que haber otras, y no tan buenas.

—¿Yo soy buena?

—Sí.

—Una tonta, eso es lo que soy. Podría haberle sacado mucho más dinero, ir a ver a su mujer...

—Pero usted no es así.

—No, no soy así. Y además, él me habría matado, se lo aseguro. No todo consiste en ser buena, señor. También cuenta el miedo.

—¿Oyó hablar de otras mujeres relacionadas con él?

—Por lo que supe entonces, Federico siempre tenía alguna, incluso algunas, en plural. Fijas y en la recámara. No era fácil estar con él. Le gustaban cosas...

—Practica el sexo duro, lo sé.

—¿Quién se lo ha dicho?

—Mujeres a las que pagaba por hacerlo —dijo.

Margarita Velasco asintió con la cabeza. Su mirada se extravió en algún lugar indeterminado. Se hizo vacua.

—Un día me dijo: «Hay cosas que tú no me harías, ni yo te pediría, porque eres un ángel, mi ángel. Pero siempre hay quien está dispuesta. Todo tiene un precio».

Miquel no dijo nada. Tuvo que tragar saliva porque, de pronto, pensó en Patro.

Cerró los ojos un momento.

—Suena muy desagradable, lo sé —manifestó ella—. Comprendo que estaba ciega. Es cuanto puedo decirle.

—¿No sabe de ninguna con la que tuviera relaciones después de lo suyo con él?

—Inmediatamente después, no. Bastante tenía yo con lo mío. Se me cayó la venda de los ojos de golpe. Luego sí supe de una, y no hace mucho.

—¿Recuerda el nombre?

—Marilole La Gitana.

Concepción Busquets la había citado. Seguía en la agencia.

—¿Quién es? —preguntó Miquel.

—Una artista de variedades, bailaora y cantante, aunque esto último... —Hizo una mueca de burla—. Sé de ella porque me encontré a una amiga y me lo contó. Me dijo: «La última amante de tu ex es una tal Marilole. A ver cuánto le dura». No le di importancia. Me daba igual. Pensé que sería otra ingenua. Pero casualmente la vi en el cine Selecto hace unos días, en el programa de varietés entre película y película. Me pareció... curioso, nada más. Como cantante es pésima, pero baila bien, y tiene genio, tablas. Me pareció muy salvaje, muy del plan que le gustan a Federico.

—¿Cuándo le habló su amiga de él y de Marilole?

—Hará cosa de unos meses, no estoy segura de la fecha.

—Así que la tal Marilole podría ser una de las últimas amantes de Federico García Sancho.

—Es posible. —Sonrió con agudeza—. Pero más bien diría que es la penúltima, o la antepenúltima, porque de lo contrario no la tendría haciendo varietés en un cine, que es lo más bajo del escalafón. Lo más seguro es que ya haya prescindido de ella y le busque las migajas del pastel. —Se estremeció de pronto y volvió a cruzar los brazos sobre el pecho.

Miquel comprendió que tenía frío.

—Lo siento, perdone. Me ha sido de gran ayuda, de verdad.

—¿En serio?

—Todo lo que sea acercarnos a la verdad lo es. En una investigación siempre se dan pasos muy cortos antes de dar el salto.

—No me extraña que le amenacen —dejó ir con toda naturalidad—. Federico no es bueno, aunque espero que no le pase nada. Dependo de él, ¿sabe?

—Lo entiendo.

—Yo no le he hablado a mi hijo de su padre, pero Federico tampoco ha querido verlo nunca. No existe. Eso es lo que a mí me parece más injusto y cruel. A fin de cuentas, es sangre de su sangre.

La lista de personas a las que el empresario había hecho daño crecía.

Se hacía más y más larga.

Infinita.

—Gracias por todo, señorita. Cuídese.

Ella asintió con la cabeza.

Soltera en la España de Franco, con un hijo. Sin nadie salvo sus padres. Rosario Puentes le había dicho que, por lo menos, Federico García Sancho evitó que le quitaran al niño.

Por lo menos.

La piedad era a veces una salsa extraña para un condimento amargo.

16

La mercería ya había cerrado, así que llegó tarde a casa. Patro nunca le reñía, pero a veces se quejaba. Sobre todo si andaba haciendo pesquisas y no daba señales de vida.

Fue lo primero que le dijo:

—Podías haber telefoneado.

—Se me ha liado la cosa, y tampoco es que tuviera un teléfono a mano. Vengo de Horta.

—No sé por qué no tenemos teléfono aquí, en casa.

—Ya lo tenemos en la mercería, mujer. ¿Para qué queremos más? Tampoco me gusta llamar la atención, ya lo sabes. Tener dos teléfonos es de esa clase de signo identitario que hace que se fijen en ti. Y para algunos, sigo siendo un indultado con el privilegio de seguir vivo. Mejor no darles carnaza.

—¿Qué tal os ha ido?

—Ahora te lo cuento. ¿Y Raquel?

—En el comedor. Y por tu cara veo que algo ha salido mal.

—Luego, ¿de acuerdo? Déjame que la vea.

Caminó hasta el comedor. Raquel estaba sentada en el pequeño parque improvisado en una esquina. Tenía allí casi todas sus muñequitas y juguetes. Nada más verle se agarró a los barrotes y se levantó dando saltos. Miquel la liberó de su cárcel tomándola en brazos.

En el fondo, lo de los barrotes no le gustaba nada.

¿Cómo olvidar los suyos en el Valle?

—Te estoy malacostumbrando —la riñó meciéndola.

Raquel le enseñó su muñeca.

—Bonita, sí. Como tú. —Le besó la cabeza.

Patro era de piel muy suave, pero Raquel...

—Ma-ma-má... —Señaló la puerta del comedor.

—Ahora viene, sí. Di «papá».

—¡Bfff!

—Papá. Pa-pá.

—¡Pa!

—Algo es algo. Venga. —La puso en el suelo y la sujetó con la mano—. A ver si ya das tus primeros pasos solita, sin caerte.

Patro entró en el comedor dispuesta a poner la mesa.

—Cuando los dé, ya podemos ir preparándonos —intervino en el monólogo—. Y a cerrar todos los cajones. Si ahora gatea a mil por hora, imagínate el día que se sostenga en pie y llegue a todas partes. Será un torbellino.

—Yo creo que ya debería hablar más, y caminar incluso.

—¿Qué quieres, una superdotada?

—No, mujer.

—Venga. —Patro estaba seria—. Déjala y ayúdame, que es un poco tarde y la comida está más que a punto.

Miquel se resignó.

Cuando estaba todo el día con Raquel, echaba de menos un poco de actividad. Ahora que la tenía, echaba de menos pasar más tiempo con ella.

El eterno inconformista.

La dejó en el corralito sin hacer caso de sus protestas y su enfado, aunque no era de las de llorar.

—Papá ha de comer —le dijo—. Pero estoy aquí, ¿ves?

Acabaron de poner la mesa y Patro trajo la comida. Nada más sentarse, ella ya no perdió ni un segundo.

—¿Qué has de contarme?

La única forma de decírselo era con naturalidad, aunque fuese falsa.

—Han matado a la mujer que vino ayer a contratarnos para que investigáramos el tema de los anónimos de su marido.

Patro no llegó a llevarse la cuchara a la boca.

—¿En serio?

—Tal cual.

—Dios, Miquel...

—No pasa nada. Nadie sabe que vino a vernos. Fortuny se lo ha contado a la policía.

Patro seguía con la cuchara en la mano, a medio camino entre el plato y la boca. Lo miraba consternada.

—¿Le amenazan a él y la matan a ella?

—Hay algo claro: los anónimos iban en serio. El asesino fue a por él, sin saber que estaba en Madrid, y se topó con ella.

—¿Es la única opción?

—No, pero parece la más evidente.

—¿Y todo sucede el mismo día en que ella viene a veros?

Miquel la miró impresionado.

—Siempre digo que habrías sido una buena policía.

—No me digas que no lo has pensado.

—Claro que sí. Pero de momento la explicación lógica, y casi siempre resulta la buena, es la que te he dicho.

—¿Seguro que él está en Madrid?

—Eso parece. ¿Te gustaría que la hubiese matado y fuese un asesino? Por mal bicho que sea García Sancho, te recuerdo que los anónimos los está recibiendo él y que la que vino a vernos fue ella. No tendría sentido y nada nos conduce a ese camino. Todavía no sé qué arma se ha empleado ni dónde ha aparecido muerta, en qué parte de la casa, pero todo hace pensar que fue como te he dicho.

—Pobre mujer. —Acabó dejando la cuchara en el plato.

—No creo que la quisiera mucho —conjeturó Miquel—. Salvo por el dinero, que era de la familia de ella. De lo contrario, no habría coleccionado amantes ni acosado a actrices o pagado a mujeres por sexo extremo.

Patro deslizó una mirada en dirección al corralito. Raquel volvía a jugar con sus muñecos, tranquila y apacible. Un destello de luz crepitó en sus pupilas.

—Hay que tener mucho estómago para hacer según qué.

Miquel no quiso que volviera al pasado.

—Olvídalo —dijo—. Y come, o se te va a enfriar.

—Se me ha cerrado el estómago —reconoció ella.

—Vamos...

La obligó a sumergir la cuchara en la sopa y a llevársela a los labios. Luego una segunda, y una tercera vez. Los dominó un silencio roto tan sólo por los ruiditos que hacía Raquel balbuceando y jugando con sus muñequitas.

Había distintos tipos de silencios.

Y no todos venían de la paz.

—Miquel. —Lo acabó rompiendo Patro.

—¿Qué?

—Has dicho «todavía no sé qué arma se ha empleado ni dónde ha aparecido muerta».

—Sí. —Se dio cuenta del razonamiento de su mujer.

Tampoco es que quisiera disimular u ocultarlo.

—Si vuestra clienta ha muerto... no hay caso, ¿o sí?

Se lo dijo de la mejor forma posible.

—Nos pagó por investigar, y fue generosa en su adelanto.

—¿Qué quieres decir?

—Podríamos devolvérselo al marido, pero no se trata de eso. Esa mujer merece algo más que olvidarnos de ella.

—La policía detendrá al asesino, seguro.

—¿Así que se lo dejamos a ellos?

—¡Es lo coherente!

—¿Y lo justo?

—¿Sigues hablando de justicia con lo que está pasando? —Apuntó con un dedo hacia la ventana.

—Precisamente porque estamos donde estamos, la justicia es más necesaria que nunca —arguyó.

—¡Ya no es un caso de amenazas! ¡Se trata de un asesinato!

—No tenía que habértelo contado. —Suspiró él—. En realidad, ni siquiera sé por qué lo hago.

—¿Porque ya no eres el policía que eras antes de la guerra ni yo soy como era tu mujer?

Sabía cómo dar en el blanco.

A Quimeta nunca le hablaba de sus casos. Los dejaba en la puerta. Ella jamás había sabido en qué se metía, ni si al llegar a casa dejaba atrás un día normal o lleno de peligros. El hogar era un santuario.

Ahora, hasta eso había cambiado.

No, Patro no era Quimeta. A ella se lo contaba todo.

—Sabes que no puedo dejar a un lado mis principios —dijo a modo de excusa.

—No tienes por dónde empezar, ¿a que sí?

—Ayer hablé con la actriz, Rosario Puentes. Hoy lo he hecho con una pobre chica a la que García Sancho embarazó... Tengo algunos nombres.

—¡Ay, Dios! —Patro se echó para atrás en la silla.

—¿No querías que hiciera de detective?

—¡Quiero que hagas algo, y Fortuny y su agencia te dan la oportunidad! Pero ¡esto...!

—¿Qué más da esto que otra cosa? ¿Cuántas veces te he dicho que no hay casos sencillos? Si haces de detective, haces de detective. Fortuny da la cara y yo me muevo entre sombras. Es lo que convinimos.

—¡Ay, cariño! —volvió a lamentarse Patro—. Me gusta que tengas conciencia, de verdad, pero tanta... Y estoy orgullosa, bien lo sabes. —Quiso aclarárselo—. Lo que hiciste con aquel chico homosexual y aquella mujer maltratada, permitiendo que se escapara sin contárselo a su marido, fue maravilloso. Eso no lo habría hecho Fortuny. Por eso tú eres necesario: si no existieras, habría que inventarte. Lo que pasa es que cuando se trata de asesinatos y cosas así... —Se estremeció.

—Probablemente no consiga nada. —Le cogió la mano libre—. Pero he de intentarlo.

Patro miró a Raquel.

—Hija, tu padre tiene un corazón de oro. Ojalá te parezcas a él.

—Mejor a ti —la corrigió.

Bajaron la intensidad de la discusión. Las últimas cucharadas de sopa las engulleron sin hablar. Patro señaló la sopera.

—¿Quieres más?

—No. Me como ya el pescado. Tiene muy buen aspecto.

—Lo he conseguido muy bien, aunque pagándolo, claro.

—No te preocupes.

—Las reservas del 47 siguen bajando —le recordó.

—No seas tonta. Hay de sobra.

Patro le sirvió el pescado. Ella se puso mucho menos. Seguía envuelta en sus pensamientos.

—¿Qué dice Fortuny? —quiso saber.

—¿Qué quieres que diga? Él lo habría dejado.

—Claro.

—A pesar de todo, me ha hecho caso.

—Siempre hará lo que tú quieras mientras sigas a su lado. Y en el fondo será el dueño de la agencia y el que dará la cara, pero acabarás llevándola tú.

—Yo no quiero eso.

—No vas a poder evitarlo. Fortuny ni se dará cuenta. Confía tan ciegamente en ti...

—Patro, que no.

—A lo mejor hasta consigues que se cambie de bando y deje de decir que todo está bien y que Franco hizo lo correcto. Discute contigo y te lleva la contraria para hacerte rabiar. ¡Y lo que le gusta discutir! Pero no es más que un junco que se tuerce según de dónde venga el viento.

—Este viento no va a cambiar, cariño. Está aquí para quedarse un largo tiempo. ¿Recuerdas lo que me dijo aquella espía rusa?

—¿Cómo quieres que lo olvide, si su compañero te pegó un tiro?

—Los Estados Unidos ya están reconociendo a Franco y su régimen por lo bajini. —Obvió su comentario—. En tres o cuatro años saldrá a la luz todo lo que están haciendo, el tema de las bases americanas en España, el apoyo político y económico. El país entrará en una nueva dimensión y eso acabará «legalizando» a Franco. No sólo serán los Fortuny de turno los que se sentirán bien, sino otros muchos que, poco a poco, olvidarán la guerra y se adaptarán a lo que sea.

—¿No crees que nosotros nos hemos adaptado? —preguntó Patro envuelta en un halo de tristeza.

—Tenemos una hija. No ha habido más remedio. Pero mientras viva, yo no olvidaré, cariño. Y estoy seguro de que tú tampoco lo harás. Ya sé que no tiene nada que ver, pero por eso me niego a enterrar este caso sólo porque Concepción Busquets esté muerta. Se trata de dignidad, ¿entiendes? Y la dignidad se manifiesta de muy diversas formas. Puedes bajar la cabeza cuando alguien te grita o amenaza, por miedo, porque somos humanos. Pero no renunciar a lo que sentimos, porque eso es nuestro, nos pertenece. Si ahora quiero seguir con el caso es por dignidad, mi dignidad, tanto como por ella.

Patro esbozó una sonrisa.

—Me gusta oírte hablar así.

—Ya —la secundó él—. Algunas veces me pueden los sentimientos.

—Y la oratoria.

—También.

—¿Qué tal el pescado?

—Muy bueno.

Acabaron de comer en medio de un nuevo silencio. Patro se levantó para ir a la cocina. Regresó con dos flanes caseros.

—¡Qué maravilla! —reconoció Miquel.

—Dentro de veinte años serás un señor gordo y con barriga.

—¿Dentro de veinte años?

—Cállate o te tiro el flan a la cabeza.

Optó por hacerle caso.

Veinte años.

En un mes y medio cumpliría sesenta y siete, y ya le parecían muchos.

Encima, gordo y con barriga...

—¿Te quedas o te vas? —le preguntó Patro al acabar de comer y empezar a recoger la mesa.

—Fortuny vendrá a las cuatro. Hemos quedado en la mercería.

—Oh.

—¿Qué pasa?

—Iba a darle de comer a Raquel, dormirla, y pensaba que podríamos estar un ratito juntos.

—¿En la cama?

—Claro. —Le guiñó un ojo—. Últimamente sólo lo hacemos por la noche, y ya sabes que me gusta mucho por la mañana, para verte sonreír todo el día después, y también a esta hora es muy bonito.

Miquel notó el cosquilleo.

Miró a Raquel.

—Desde que estás tú... —La apuntó con un dedo acusador.

Patro se le sentó encima. Le besó.

—¿Te he dicho alguna vez que eres un superdotado?

—Muchas.

—Y te ríes.

—Pues claro.

—Cariño, tienes una potencia que ni un joven de veinte.

—Eso es porque estuve tantos años sin ejercer. Debo de tener las reservas intactas.

Patro volvió a besarle, esta vez con mucha más intención.

El cosquilleo se hizo furia y evidencia.

—¿Uno rápido? —le propuso ella.

17

Llegaron a la mercería pasadas las cuatro y a la carrera. David Fortuny ya le estaba esperando, hablando con Teresina y riendo. Era imposible que estuviera con una mujer sin tratar de impresionarla. Nada más verles aparecer por la puerta, se levantó para darle dos besos a Patro. Raquel dormía en el cochecito. A Miquel le dijo:

—Tardón.

—He llegado tarde a comer —se excusó él.

—O sea, que ha comido y todo.

—Sí, ¿usted no?

—¿Tengo cara de haber comido?

—Sinceramente, sí.

El detective volvió a darle dos besos a Patro.

—Señora, me lo llevo. La libero de este implacable gruñón. No me dé las gracias. Algunos hemos venido a este mundo a sufrir.

—¡Ande, tire, tire! —Le empujó Miquel.

—¡Adiós, Teresina! —Agitó una mano desde la puerta.

Salieron a la calle.

Unas horas antes, era un hombre preocupado, asustado por la decisión de Miquel de seguir investigando el caso. Ahora volvía a ser el de siempre, en apariencia despreocupado y feliz, dispuesto a verlas venir.

—Simpática la chica —dijo refiriéndose a Teresina.

—Ni se le ocurra. —Echó a andar Miquel.

—¡Sólo he dicho que es simpática! —protestó.

—Tiene novio.

—¿A qué viene eso? ¿Está sordo? ¡Ha sido un comentario inocente!

—Usted no tiene nada de inocente —le advirtió Miquel—. Encima, hay muchos que pagarían por tener a una Amalia en su vida.

—Pero ¿qué le pasa ahora? —Trotó Fortuny a su lado.

—Pasa que, entre ayer por la tarde y esta mañana, llevo dos días preguntando cosas sobre un tipo que es un depredador sexual, con una esposa guapa y maravillosa, y que tiene o ha tenido decenas de amantes y ahora, encima, se ha quedado viudo porque alguien, presumiblemente, la ha matado a ella en su lugar. Eso es lo que me pasa. —Le lanzó una mirada implacable—. ¿Por qué hay personas que tienen algo bueno ante sus narices y no lo ven ni lo valoran?

—Mascarell, que yo quiero a Amalia, ya lo sabe.

—No lo parece.

—Que me guste tontear no significa que no la quiera. Lo que sucede es que eso de casarme...

—Allá usted. Pero no creo que le espere mucho.

—Caray, ¿le ha sentado mal la comida o qué? Ya lo único que le falta es recordarme que soy un tullido. —Se tocó su medio paralizado brazo izquierdo.

—Pues mire. —Se quedó a medias Miquel.

—¡Uy, que está de mal humor!

—Le aseguro que venía del mejor de los humores. Pero al verle con Teresina...

—¡Que no tonteaba con ella, se lo juro! —Se detuvo en la esquina. Miquel pensó que porque estaba harto—. Va, mejor dejarlo, que cuando se pone así...

No se había detenido porque estuviese harto.

Lo había hecho porque tenía la moto aparcada allí.

Con el sidecar.

Miquel se la quedó mirando como si fuese un instrumento de tortura. El tiempo seguía fresco. Meterse en aquella cápsula y circular, aunque fuese a poca velocidad, era como para pillar una pulmonía.

—¿Qué hacemos, hablamos aquí o vamos a alguna parte? —preguntó Fortuny al darse cuenta del tono crepuscular de su mirada—. Usted manda.

—¿Qué ha averiguado?

—Ahí le quiero ver. —Recuperó la sonrisa y la calma el detective—. Porque yo he hecho los deberes, ¿eh?

—Le diré a su jefe que le suba el sueldo.

—Sí, decididamente está agitado. —Movió la cabeza con pesar, pero prefirió contarle lo que había averiguado para acabar el conato de lo que fuera—. A Concepción Busquets la han matado esta noche entre las tres y las cinco de la madrugada. Iba en camisón y estaba en la cama. La han acuchillado mientras dormía.

—¿Acuchillado, acuchillado?

—Le cortó el cuello.

—Eso desmonta la teoría de que haya podido sorprender al intruso, y de que éste fuera un ladrón —reflexionó Miquel—. En este caso el asesino habría ido más a lo bestia y la habría acuchillado de cualquier forma. ¿Quién le ha dado esa información?

—Un amigo que tengo en la policía, después de que, amablemente, les contara lo de la visita de ella a mi agencia para encargarme el caso de los anónimos. Ellos dan por sentado que ya no voy a meter las narices en nada. No hay cliente, no hay investigación.

—¿No había rastros de sangre en ninguna otra parte?

—No. Por lo tanto no la mataron fuera de la cama y luego la llevaron hasta ella.

—¿Cómo entró el asesino en el piso?

—Eso lo están investigando todavía. En una casa grande, con dos terrazas, muchas ventanas...

—¿Pudo entrar por la puerta, con llaves?

—No lo sé, Mascarell. Ya le digo que eso lo están investigando todavía.

—Hay algo que no me cuadra. —Miquel se rascó la cabeza.

—Lo sé: ella estaba sola y el asesino la mató igual.

—Si despertó, es lógico. Incluso pudo reconocerlo si se trataba de alguien conocido. Pero... —Siguió rascándose la cabeza—. Una persona entra en una casa para matar a un hombre. Llega a la habitación. ¿Ve un bulto y ya está? ¿Pim pam? Lo normal es que hubiera dos cuerpos en la cama. Tuvo que ver que se trataba de Concepción Busquets.

—Usted hila muy fino —consideró Fortuny.

—Hilo normal —se defendió—. Si hubiera habido dos cuerpos, no tenía más que dejarla a ella inconsciente y acabar con su marido. Pero no, encuentra a una sola persona en la cama y la mata. Insisto: tuvo que darse cuenta de que era una mujer.

—Eso refuerza la teoría de que ella despertó y se vio obligado a acabar con su vida.

Miquel se quedó en silencio.

Seguía mirando la moto aunque sin verla.

—¿El arma? —preguntó casi por inercia.

—Ni rastro.

—Por lo menos su amigo policía ha cantado de plano.

—Es bueno tener amistades aquí y allá.

—¿No decía que policías y detectives se llevan mal?

—Ya, pero uno ha de tener contactos en todas partes, y más en el cuerpo. Cuando le he contado lo de los anónimos, se ha montado la marimorena. Ha llamado a sus superiores y el caso les ha dado un giro de noventa grados. Quizá incluso de ciento ochenta. Ah, y está claro que ha tenido que ser un hombre.

—¿Por qué está claro?

—Bueno, una mujer... No casa, ¿no cree? El mismo tajo en la garganta ha sido muy profundo. Ha sido propinado con mucha fuerza.

—Resumiendo: mi teoría de que los anónimos podían ser de una mujer...

—Al garete.

Miquel seguía apostado en la esquina, quieto, sin tomar ninguna iniciativa, preguntando y razonando. David Fortuny no se atrevía a pedirle que se pusieran en movimiento.

—¿Alguno de los policías ha hecho el menor comentario acerca de que pudiera ser Federico García Sancho?

—Es lo primero que han pensado, pero han hablado con él por teléfono. Además, eso no tendría nada que ver con el hecho de que ella nos pidiera ayuda para que investigáramos como detectives. Una cosa es matarla a ella premeditadamente, y otra que ella muera por accidente después de las amenazas dirigidas a él. Escuche, Mascarell. —Cambió un poco el tono, cansado de hablar de pie en plena calle—. Casualidad o no, las amenazas han resultado ser reales. Casualidad o no, la han matado a las pocas horas de venir a vernos, y no descarto que el asesino lo supiera, mire lo que le digo.

—Entonces el asesino también tenía que saber que García Sancho estaba en Madrid.

—¿Vamos a quedarnos aquí especulando mucho rato? —Se frotó las manos Fortuny.

—¿Tiene frío? —se burló Miquel—. Porque tendrá más en cuanto se suba a ese trasto.

—Va, ¿qué hacemos? —lo apremió.

—¿Algo de cuándo va a regresar García Sancho? —siguió con sus disquisiciones mentales él.

Fortuny se resignó.

—Según me han dicho, no le podían localizar, porque ha salido del hotel muy temprano para hacer sus gestiones. Por suerte, él ha telefoneado para decir que llegaría más tarde de lo previsto y entonces ha recibido la noticia. Eso le habrá hecho cambiar de planes. Ellos calculan que llegará a Barcelona entre las siete y las ocho, según el tráfico. Viene en coche. Por cierto, he olvidado algo.

—¿De qué se trata?

—El hijo del matrimonio, Alonso, vive con ellos todavía, como nos dijo su madre, pero ha pasado la noche fuera y ha llegado a casa en medio del marrón.

—¿La noche fuera... hoy?

—Ya es mayor de edad, hombre. Y sí, hoy. Ya veo que sigue pensando en los hijos, como esta mañana.

—Yo no pienso, sólo hago preguntas y amontono información —repuso—. ¿Algo más?

—No, ¿y usted?

—He hablado con una antigua amante de García Sancho a la que dejó embarazada y con un niño. Me ha dado el nombre de una de las últimas amantes del empresario. Una tal Marilole La Gitana. ¿Recuerda que Concepción Busquets la mencionó entre los artistas de la agencia?

—¿Ha ido a verla?

—Sólo tengo el nombre y el dato de que la vio hace unos días haciendo varietés en el cine Selecto. ¿Usted ha conseguido las direcciones que le pedí?

—He conseguido las señas de la hija, los padres de Concepción Busquets, de la hermana... Es lo más que he podido hacer. Y no me ha resultado fácil, así que no pregunte.

—Ya veo que ha usado su labia con una mujer.

—Para algo la tengo, ¿no? ¡Usted utiliza una forma de interrogar que hipnotiza, ya lo sabe! ¡Yo uso la mía! —se defendió Fortuny—. De todas formas, la policía sí que dispone de todos los datos del entorno de García Sancho. No vamos a adelantarnos a ellos.

—De acuerdo. —Se puso ya en movimiento Miquel—. Andando.

Para sorpresa de Fortuny, que creía que se iría en taxi negándose a montarse en el sidecar, Miquel se instaló en el pequeño cubículo y se subió el cuello del abrigo, dispuesto a soportar el frío. Por si acaso, él montó en la moto. Antes de ponerla en marcha le preguntó:

—¿A dónde vamos?

—Al cine Selecto, en el barrio de Gracia —respondió Miquel.

18

El Selecto estaba en el número 175 de Mayor de Gracia, aunque para la mayoría, sobre todo la gente de más edad, el nombre de la calle siempre sería Salmerón. David Fortuny detuvo la moto en la misma entrada, frente al arco, el ventanal y las dos columnas que flanqueaban la puerta. Los carteles decían que las películas en proyección eran *Apartado de Correos 1001* y *Mi doctora y yo*. También se anunciaban las *Altas Variedades*, con los cómicos Rosa y Noppi como estrellas.

Marilole La Gitana era la siguiente.

Seguía actuando en el mismo cine donde la había visto Margarita Velasco.

—Ésta le gustaría —dijo David Fortuny señalando el cartel de la película *Apartado de Correos 1001*—. Es policíaca, y de las buenas.

—¿La ha visto?

—Hace unos meses, antes de reencontrarme con usted. La vi con Amalia. Es muy buena. Puro cine policíaco español. No es lo mismo que ver al Bogart o al Cagney, pero Conrado San Martín y Tomás Blanco dan el pego. ¿Se la cuento luego?

—No, que me la destripa —dijo Miquel.

—La americana, en cambio, ni me suena. —Se quedó un segundo mirando el cartel de la otra película, una comedia protagonizada por John Carroll.

—Venga, vamos —lo apremió Miquel.

No se dirigió a la taquilla. Fue directo al hombre que cortaba las entradas para el acceso a la sala. El uniformado extendió la mano mecánicamente antes de ver que no le entregaban nada.

—Queríamos hablar con Marilole La Gitana. —No perdió el tiempo.

Ninguna pregunta. Bastaba el tono.

—Hoy no ha venido —dijo el hombre—. No sé si no le toca actuar o es que le ha pasado algo. Mañana seguro, porque es domingo y la sala se pone a reventar.

—¿No sabrá dónde vive?

—¿Yo? No.

—De acuerdo, gracias.

Regresaron a la calle, a la moto con sidecar.

Miquel pensativo.

—¿Y ahora? —preguntó Fortuny.

—No creo que tengamos suerte con la hija. —Miró calle arriba, hacia la plaza Lesseps—. Lo esencial sería hablar con el propio García Sancho.

—De entrada, llega en dos o tres horas, quizá cuatro como se le complique la carretera, y más en su estado. De salida, dudo que hable con nosotros en pleno duelo y estando la policía haciéndole preguntas.

—Recuerde lo que le digo siempre en casos de asesinato: han de resolverse en las siguientes cuarenta y ocho horas, setenta y dos a lo sumo. Es cuando el asesino resulta más vulnerable, comete errores, se acuerda de los posibles fallos, está nervioso...

—Ya, pero ¿qué quiere que hagamos? Tampoco es cosa de ir a ver a la familia. Ni siquiera sé si mañana será buen momento. Lo más seguro es que no la entierren hasta el lunes. Eso si no la rajan para hacerle la autopsia.

La palabra «rajar» hizo que Miquel se estremeciera, y esta vez no de frío.

—¿Lleva tarjetas de visita encima?

—Sí, claro.

—Deme una. Yo he dado la que llevaba.

—¿Qué va a hacer? —Se la entregó sacándola del bolsillo de la americana.

Miquel ya tenía la pluma en la mano. Le quitó el capuchón. Escribió unas palabras en el reverso de la tarjeta de la agencia de David Fortuny, despacio, con letra clara pese a hacerlo de pie. Cuando terminó se guardó la pluma y la sopló para que se secara la tinta.

Se la pasó a su compañero.

—«Su esposa me contrató para investigar las amenazas de muerte. Por favor, póngase en contacto conmigo, a la hora que sea. Tengo información» —leyó en voz alta antes de exclamar—: ¿Información? ¿Qué información? ¡No tenemos nada!

—Eso no lo sabe. Y, a lo mejor, para cuando llame, sí tenemos ya algo. —Subió y bajó los hombros—. Ese hombre es el centro de todo.

—¿Y cómo le hacemos llegar esta nota?

—Vamos a su casa. —Volvió al sidecar—. Pero de camino pare en alguna papelería, para comprar un sobre.

En cuanto caía la tarde y se acercaba el anochecer, la sensación de frío y humedad aumentaba. Miquel se empequeñeció lo más que pudo para soportar el viento que provocaba la moto al circular. Cada vez decía lo mismo, que no volvería a subir a aquel trasto, pero acababa haciéndolo. Otra cosa sería en diciembre, enero o febrero. O se tapaba con una manta, o se protegía con el plástico en forma de capucha para el sidecar, o él iría en taxi y David Fortuny en su maldita máquina.

Encontraron una papelería. El detective bajó para comprar un sobre. Se lo entregó a Miquel. La siguiente parada fue la casa de los García Sancho. Ya no había gente en la calle, arremolinada como por la mañana, pero sí un policía en la puerta. Miquel volvió a sacar su pluma del bolsillo interior de la chaqueta y en el sobre escribió el nombre de Federico García Sancho. Debajo, la palabra «urgente». Metió la tarjeta en él y lo cerró. Luego se lo entregó a Fortuny.

—Déselo al conserje, a la portera o a lo que haya —le pidió—. Lo haría yo, pero salir y entrar en esta dichosa cápsula es una tortura.

El detective lo hizo sin chistar. Pasó junto al policía de guardia, que lo miró sin decirle nada, y salió a los diez segundos con las manos vacías.

Quedaba esperar.

—¿Le llevo a algún sitio, señor? —preguntó Fortuny con su característico tono burlón al volver a ocupar su sitio en la moto.

Miquel lo estaba considerando.

Odiaba tener que detenerse en una investigación, aunque fuera por unas horas, por falta de caminos que seguir. Y con un domingo por delante.

—¿Me ha oído? —insistió Fortuny.

—Le he oído. Estoy pensando.

—Sí, casi puedo oír los engranajes de su cerebro —siguió bromeando—. ¿Puedo decirle algo?

—Adelante.

—Según usted, las notas tenían aire femenino. Según los indicios del crimen, el ejecutor fue un hombre. García Sancho es un mujeriego, y éste es un caso lleno de mujeres. Pero las mujeres también tienen novios, quizá maridos, incluso padres o hermanos.

—¿Qué quiere decir con eso?

—Nada. Sólo lo dejaba caer.

—Venga, arranque, que el policía ya nos está mirando mal.

—De acuerdo.

David Fortuny puso la moto en marcha. Miquel volvió a arrebujarse lo máximo que pudo. Un resfriado otoñal, justo antes del invierno, era de lo peor. Dejaba secuelas. Días y hasta semanas de malestar. Encima, ahora, con Raquel, lo que menos quería era contagiarla.

Fue en un semáforo cuando el detective miró la hora.

En la siguiente calle dobló a la derecha.

Miquel ya no pudo preguntarle a dónde se dirigía.

No lo hizo hasta que detuvo la moto, bastante después, en la esquina de la calle Sepúlveda con Entenza.

—¿Qué hacemos aquí? —preguntó Miquel.

—Ande, bájese, que aún faltan diez o quince minutos —lo animó Fortuny.

—Pero...

Hizo lo que le decía. Salió del sidecar y golpeó el suelo con los zapatos mientras se ponía las manos bajo las axilas. David Fortuny se había refugiado ya en el escaparate de una tienda de electrodomésticos, con las nuevas máquinas que hacían furor entre las mujeres. Miquel se colocó a su lado.

—¿Me lo dice o qué? —insistió.

—Es por el encargo de la mujer que quiere saber si el novio de su hija es trigo limpio. Me dijo que trabaja aquí. —Señaló un portal al otro lado de la calle Entenza—. Según ella, sale más o menos a esta hora.

—¿En sábado por la tarde?

—Por lo visto, sí. Hay que echarle horas extras, que si no... ¿quién llega a fin de mes? El novio se llama Felipe Fernández.

—¿Y no puede investigar eso usted solo? —protestó Miquel.

—Así me acompaña, hombre.

—Yo sí que le voy a cobrar horas extras.

—Venga, que al fin y al cabo hace esto por hobby, como pasatiempo, para no oxidarse. Se queja por inercia. ¡Si va como un marqués, taxi arriba taxi abajo! Y no le critico, ¿eh? Que usted ya está muy mayor para demasiados trotes.

—¡Será...!

David Fortuny soltó una carcajada de las suyas.

—¡Que es broma, Mascarell, que es broma! ¿Y lo bien que lo pasamos? Además, cuatro ojos ven más que dos. Usted es bueno en calar a la gente.

—Un día lo asesinaré, y lo haré bien, sin dejar pistas.

—Pero si usted es un santo.

—No me venga con ésas.

—Más que detective, parece juez —insistió Fortuny—. Siempre decide lo que es justo, no lo que parece real.

—Le dije que, si me metía en esto, seguiría mi ética.

—¡Si me parece bien! ¡Mientras los clientes paguen! ¡A fin de cuentas le ganamos al comunismo para eso, para ser capitalistas!

—¡La madre que lo parió!

David Fortuny soltó otra carcajada. Ya había olvidado la bronca de un rato antes, después del «tonteo» con Teresina. Volvía a ser el de siempre, parlanchín y falsamente cínico.

O no.

—¿Sabe cuál es la diferencia entre usted y yo? —No esperó a que le contestara—. Que yo intento vivir con lo que hay, no contra lo que hay. Si no se puede hacer nada, si no se pueden cambiar las cosas, amóldate a ellas y vive lo mejor que puedas.

—Siempre se puede hacer algo —objetó Miquel.

—No. A lo sumo uno acaba dándose golpes contra la pared. Y sí, sé que a usted lo represaliaron, que se libró de la muerte, que estuvo preso, lo sé todo y más. Pero en serio, piénselo: esto no está tan mal. Mire cómo está Europa después de la guerra mundial.

—¿En serio cree que esto no está tan mal?

—¡Uy, hacía tiempo que no discutíamos de política!

—Fortuny, que hemos estado con cartilla de racionamiento más de diez años, y con presos atiborrando las cárceles, fusilamientos... ¿No piensa en los exiliados?

—No se me exalte, va. —Quiso calmarle.

—Usted y yo siempre estaremos en bandos opuestos —lamentó Miquel.

—Así contrastamos pareceres, ¿no? Es bueno discutir y hablar de las cosas, ¿no cree? —continuó sin dejarle meter baza—. Y no estoy de acuerdo en lo de los «bandos opuestos». —Remarcó las dos palabras expresivamente—. Somos detectives y, en cierta forma, hacemos justicia a nuestra manera.

—¡No me haga reír! ¿Usted se está oyendo? ¿De verdad cree eso? ¡Un detective hace el trabajo sucio que la policía no puede hacer!

—Tanto como sucio...

—¿Y los primeros casos con los que tuve que lidiar en octubre pasado? ¡Un padre haciendo seguir a su propio hijo! ¡Un marido maltratador sospechando que su mujer tenía un amante! ¡Ahora una madre que no se fía del novio de su hija! ¿Hay algo más sucio que meterse en la vida de los demás a cuenta de alguien que pague por ello?

—Todo el mundo tiene derecho a saber la verdad —vaciló Fortuny.

—¿Qué verdad, la suya, la del que paga, la de la víctima? ¿Cuántas verdades hay? ¡Todo depende del lado en que se mire! ¿Franco está donde está por la maldita gracia de Dios?

—¿Qué tiene que ver Franco con esto?

—¡Franco tiene que ver con todo, coño!

—Me encanta discutir con usted, porque es un filósofo y aprendo mucho, pero cuando se enfada...

—Si es que a veces me saca de mis casillas.

—Venga, hombre. —Le dio un golpe cariñoso en el brazo—. Es usted mi mejor amigo, se lo juro.

—Soy su único amigo —rezongó chasqueando la lengua.

—Este país estaba mal, no me diga que no.

—Este país ha estado siempre mal, Fortuny. Siempre. Siglos de reyes corruptos y mujeriegos, dictaduras, la maldita Iglesia... Cuando en Europa reinaba la Ilustración, aquí vivíamos bajo el yugo de la Inquisición. Ahora que hay democracias florecientes en Europa, nosotros volvemos a la dictadura. Cataluña seguirá siendo anatemizada, sin que se reconozca lo que es. Y así seguiremos siempre, larvados. La triste verdad es que no tenemos remedio. Estamos condenados a repetir una y otra vez la misma historia.

—¿No hay esperanza?

—Yo tengo una.

—¿Cuál?

—Toda reconquista empieza despacio, así que quizá usted, un día, deje su cinismo de superviviente y abra los ojos.

—Para ver lo que usted ve, mejor tenerlos cerrados, ¿no cree?

Miquel iba a decir algo, pero su compañero lo impidió.

—¡Ahí está él! —dijo ante la aparición de un hombre joven en el portal que estaban vigilando.

19

Felipe Fernández tendría unos veinticuatro o veinticinco años, estatura mediana, cabello engominado y bigotito a la moda. Vestía traje y corbata, sin abrigo a pesar del frío. Echó a andar con resolución calle Entenza arriba, en dirección a la avenida José Antonio Primo de Rivera, la Gran Vía.

—¿Seguro que es ése? —preguntó Miquel.

—La madre de la chica me lo describió, sí. Venga, vamos, que es más joven que nosotros y tiene el paso vivo.

Regresaron a la moto y David Fortuny la puso en marcha antes de que Miquel se acabara de acomodar en el sidecar. Arrancó y aceleró un poco hasta quedar a unos metros de su objetivo. La doble suerte fue que no caminara en contradirección, con lo cual la moto habría sido inútil, y que no se dirigiera al metro. Se apostó en la parada del tranvía y se dispuso a esperar.

Fueron siete minutos.

Felipe Fernández se subió al número 63. El tranvía traqueteó por las vías con ellos pegados a su estribo posterior, atentos a cada parada por si el joven se bajaba en una. El frío impedía que Miquel pensara en cualquier otra cosa. Circularon por la Gran Vía hasta llegar a Sants y su objetivo se bajó a la altura de la calle Watt, por debajo de la España Industrial. Ya no caminó mucho más. Dobló a la derecha por la calle Premiá y se coló en uno de los primeros portales, una casa típica del barrio, cuatro pisos, oscura y sin balcones, sólo ventanas, la mayoría sin luces.

Ellos se bajaron de la moto.

—Guapo no es. —Fue lo primero que dijo Fortuny.

—¿Y eso cuenta? —Se lo recriminó Miquel.

—No, pero..

—¿Qué le dijo exactamente la madre de ella?

—Pues que habla poco, que es retraído y que, cuando le pregunta algo, disimula y echa balones fuera. Lo único que sabe es que vive con su madre, o al menos es lo que le ha dicho él. Por eso la mujer cree que oculta algo.

—¿Y por qué no le pregunta a su hija?

—La novia está en una nube y no aporta nada. O no lo sabe o no quiere hablar. Le replica a su madre que no se meta, que le quiere y ya está. Es lo único que cuenta.

Miquel miró el edificio. Desde la otra acera vieron a la portera haciendo calceta en un ínfimo cubículo, al lado de la escalera. No había ascensor.

—Venga, vamos. —Tomó la iniciativa.

—Pero déjeme a mí, ¿eh? —le pidió Fortuny.

—Toda suya. —Levantó las manos a la altura de los hombros.

Entraron en el pequeño portal. El detective cambió la cara y adoptó un aire casi siniestro. Miquel le observó de reojo. Nada más ver que se dirigían hacia ella, la mujer cinceló una expresión de susto en sus facciones. Paró de hacer calceta automáticamente.

—Buenas tardes, señora.

El tono, seco, la asustó todavía más.

—¿Qué desean?

—¿Conoce al hombre que ha subido hace un momento?

—¿Felipito? Sí, claro. Vive aquí.

—¿Qué puede decirnos de él?

La mujer levantó las cejas. Siguió sentada. A Miquel le recordó la portera de su vieja casa, en la calle Córcega. Era menuda, de apariencia frágil, y vestía de negro salvo por el delantal a cuadros sobre su falda. Lo que tejía también era oscuro, gris. El signo de los tiempos.

—¿Quiénes son ustedes? —preguntó con voz débil.

—Policía. Responda.

El susto aumentó al máximo.

—¿Y qué quieren que les diga? ¿Ha hecho algo malo?

—No, pero puede estar relacionado con una investigación que llevamos a cabo. —Fortuny mantuvo el mismo tono de aguerrido representante de la ley—. Usted diga lo que sepa de él y listos. Aunque será mejor que, una vez nos hayamos ido, se calle y no se meta en líos. ¿Me ha entendido?

—Sí, señor —balbuceó.

—Hable.

—Es... por su hermano, ¿verdad? —musitó con un crepuscular halo de miedo en sus ojos.

—Tal vez —contemporizó Fortuny.

—Pero si nadie sabe dónde está, ni siquiera Felipito o su madre. Huyó. Y de eso hace... Han pasado doce años, por Dios. Felipito es una buena persona, un chico muy decente, trabajador. Bastante han sufrido ya los dos.

Miquel intervino antes de que David Fortuny siguiera con su interrogatorio.

—Tranquila —dijo—. Mi compañero es un poco brusco y tiene un estricto sentido del deber. Sólo cuéntenos lo que sepa de él y nos iremos sin molestarla más.

—Es que no sé... —Aflojó la tensión creada por el interrogatorio de Fortuny—. Lo único que puedo decirles es eso, que vive con su madre, que es trabajador, buen muchacho, y que no sabe nada de su hermano. Miren que ya ha llorado bastante ella, ¿saben? No hay día que no piense en su hijo. Siempre se pregunta dónde estará. Pero eso no es malo, es su madre. ¿Qué quieren que haga? A una madre no le importa si su hijo es rojo o verde. Felipito incluso ayuda en misa los domingos, aquí cerca, en la parroquia. Fíjense si es bueno.

—¿Y el padre?

—Murió en la guerra —dijo con un leve hilo de voz—. Francisco, el mayor, escapó al acabar, todo el mundo lo sabe. A Fernando lo detuvieron y le hicieron preso. Ahí sigue. Felipito es el más pequeño, pero él nunca se ha metido en problemas. Era un niño entonces. En todos estos años ha sido el mejor de los hijos, cuidándola como se merece después de haber sufrido tanto.

—¿Tiene novia?

—Su madre me dijo que por fin salía con una chica, muy buena y muy decente. Está muy ilusionada.

—¿Y antes de ella?

—No, nada. Es muy introvertido.

—Pero... —Intentó retomar el interrogatorio Fortuny.

Miquel lo impidió.

Le cogió del brazo mientras le decía a la mujer:

—Eso es todo, señora. Gracias por su amabilidad. Y sentimos haberla molestado. Ahora vemos que Felipe no tiene nada que ver con lo que estamos investigando. Ha sido un error.

—Ya decía yo... —Se dirigió a Miquel—. Si es que... en serio, Felipito puede parecer cerrado, pero con todo lo que ha pasado... Bueno, ya me entienden.

—Esté tranquila. Buenas tardes.

Siguió tirando de David Fortuny, y no le soltó hasta que salieron a la calle.

Apenas dieron unos pasos.

—Mire que es delicado, ¿eh? —protestó.

—Sólo quería que hablara —se defendió el detective.

—¿Acosándola y asustándola? Eso de «será mejor que, una vez nos hayamos ido, se calle y no se meta en líos» sobraba.

—Es lo que diría un policía, ¿no?

—¿Lo ve? Hasta usted acepta que los métodos no son los más adecuados.

—¡Hay que ver cómo le saca punta a todo y lo lleva a su terreno!

—Esto es una dictadura, Fortuny. En otras partes nadie asustaría a una pobre portera, que además tendría sus derechos. Aquí, a callar por miedo.

—De acuerdo. —Pareció fastidiado—. Pero ya tenemos lo que queríamos. No hace falta investigar más. Caso resuelto y en un plis plas. Felipe Fernández es una buena persona. ¡Hasta ayuda en misa, ya lo ha oído! Ni siquiera ha tenido novias antes. Si es hosco, es porque lo ha pasado mal y su madre debe de estar enferma, con un hijo huido y el otro en la cárcel.

—En efecto, caso resuelto. —Miquel caminó en dirección a la moto rezongando por lo bajo, aunque no tanto como para que su compañero no pudiera oírle—. Maravillosa perspectiva. Ya puede decirle a la señora que su enamorada hija lo está de una persona normal y corriente. O sea, normal y corriente para lo que es la España de hoy.

—Espere, espere. ¿Le cuento también lo del padre y los hermanos?

—No. Eso debe hacerlo el propio Felipe, que para algo es su futuro yerno. Ella lo único que quería saber es si él está limpio de polvo y paja. Y lo está. Lo otro...

David Fortuny quedó convencido.

—Me falta mano izquierda —dijo—. Y no es un chiste. —Se tocó el brazo medio paralizado—. ¿Ve cómo le necesito? Usted sabe manejar estas cosas. Yo voy más a piñón fijo.

—No me venga con tonterías. Ande, suba a la moto antes de que me arrepienta. Se me ha ocurrido algo.

—¿Qué es? —Se animó el detective.

—¿No quería conocer a Rosario Puentes? —Fue lo único que le dijo mientras se instalaba en el sidecar una vez más.

20

Cuando detuvo la moto en la esquina de la calle Aragón con la de Calabria, David Fortuny todavía estaba nervioso.

—¡Ay, mire, estoy temblando! —le dijo.

—Parece un crío.

—¡Sí, ya, quién fue a hablar! ¡Míralo él, ni que tuviera sangre de horchata!

—Es una persona de carne y hueso.

—Pero ¡también una estrella de cine! ¡Una diosa! ¡Esa gente no habla con los mortales ni con los de a pie!

—Entonces tranquilo: usted no va a pie, va en moto, y además seguro que no le dejan morirse. Lo van a embalsamar para estudios médicos.

—Le gusta chinchar, ¿eh? —refunfuñó.

—Fortuny, parece mentira. Tengo una mujer guapa y enamorada, y lo mismo usted con Amalia. No necesitamos estrellas de cine, y además ya un poco venidas a menos, aunque igualmente me pareció una señora estupenda, toda una dama. Puede que al verla en persona, sin maquillar, le defraude.

—Dígaselo a los que pagan las entradas del cine. —Se detuvo en el portal, como si dando un paso más penetrara en una especie de nueva dimensión—. ¿Va a decirme qué estamos haciendo aquí, molestándola tan tarde y en sábado?

—Sólo será un minuto. —Miquel le empujó un poco—. Siguiendo a Felipe Fernández y hablando con la portera he recordado que, a veces, la verdad es lo más simple y está delante de nuestras narices.

—Explíquese.

—Quiero comprobar algo, nada más. —Tomó la delantera—. Mi instinto, ya sabe. He recordado que Federico García Sancho no está solo en Madrid.

—Espere, esper...

No le hizo caso. Abrió la puerta del ascensor y los dos se acomodaron en el pequeño espacio de madera. Lo mismo que el día anterior, la portera no les preguntó nada. El aparato se elevó hacia las alturas.

—Compórtese, ¿eh? —le advirtió Miquel.

—¡Ni que fuera a desmayarme!

—Por si acaso.

Se bajaron en el último piso. Miquel llamó al timbre. Esperaba que le abriera la criada esquelética, pero se equivocó. La que apareció en el umbral fue la misma actriz, vestida como si fuera a salir a cenar o a una gala de estreno. Estaba elegante y espléndida, aureolada por su distinción.

—¿Usted? —No le ocultó la extrañeza.

—Perdone que vuelva a molestarla, señora. —Miquel empleó el más dúctil de sus tonos—. Sólo será un minuto. Éste es el detective señor Fortuny.

«El detective señor Fortuny» no supo si darle la mano, inclinarse o quedarse tal cual.

—En... cantado, señora —tartamudeó—. Soy un... un gran admirador suyo. He visto todas... sí, todas sus películas y...

—Muy amable, gracias —le correspondió ella con precisa calma antes de volver a mirar a Miquel—. Iba a salir. ¿De verdad será sólo un minuto?

—Sí, sí, se lo juro.

—¿Quiere pasar?

—No es necesario. De verdad que sentimos importunarla. No sabía a quién acudir.

—De acuerdo. Adelante —lo invitó.

—¿Conoce a Betsabé Roca, la secretaria personal del señor García Sancho?

—Sí.

—¿Es joven, atractiva...?

—¿Betsabé? —repitió el nombre con un deje de incredulidad—. No sé su edad, pero tendrá cuarenta y cinco o cuarenta y seis años. Quizá incluso más. ¿Por qué?

—Como le acompaña en los viajes... Ahora está con él en Madrid, por ejemplo.

—Si piensa que es una más del harén de Federico, se equivoca. —Casi fue condescendiente—. Betsabé le es fiel. Más que fiel. Mataría o se dejaría matar por él. Le tiene en un pedestal. Se lo perdona o lo justificaría todo, hiciera lo que hiciese. Federico sacó a su marido de la cárcel al acabar la guerra. Puede que incluso evitara algo peor.

Miquel plegó los labios.

—¿Lo ve? —dijo—. Eso es todo.

Rosario Puentes lo miró con curiosidad. Luego a David Fortuny, que seguía encandilado.

—Si les he sido de ayuda...

—Gracias —se despidió Miquel—. Buenas noches. Ha sido muy amable.

Ahora sí, el detective le estrechó la mano, hizo una reverencia, casi se la besó. Rosario Puentes en el fondo parecía divertida. Cerró la puerta con una sonrisa.

El ascensor no se había movido del rellano.

Bajaron en él.

—¿Qué tal? —preguntó Miquel a un obnubilado Fortuny.

—¿Y me lo pregunta? —Se excitó—. ¡Qué mujer, qué porte, qué dama! —Se miró la mano—. ¡No me voy a lavar hasta que se vaya el aroma! —Se la olió y puso cara de éxtasis—. ¡Oooh...!

—Yo es que me asombro con usted —manifestó Miquel.

—A ver, ¿qué quiere? ¡Uno no conoce a gente así todos los días! ¡No me diga que no tiene algo, que por eso es una estrella!

—Lo que tiene son agallas —convino—. Debe de ser de las pocas que haya plantado a García Sancho, y sin pasar por su cama.

—¿Eso se lo dijo ella?

—Sí.

—¿Y la cree?

—Sí.

—No, si en el fondo yo también me lo creo —vaciló Fortuny.

Dejaron el camarín, cruzaron el vestíbulo y salieron a la calle. No era tarde, pero la oscuridad de la noche otoñal lo aceleraba todo. Miquel se quedó mirando la moto.

—Ya veo que quería saber si la secretaria y el jefe estaban liados —dijo el detective.

—Era una posibilidad muy real. Pero ya ve, mi instinto a veces falla.

—Encima, ha dicho que le idolatra.

—Como muchas secretarias enamoradas de sus jefes secretamente.

—Bueno, se pasan más horas en el trabajo que en casa. —Tuvo una tiritona—. Y ahora ¿qué?

—Ahora nada. Se acabó por hoy. Cada cual a su casa.

—¿Mañana...?

—Mañana nada, que es domingo.

—¿Cómo que nada? —se extrañó.

—Por hoy ya he dado bastantes palos de ciego. Hasta que hablemos con alguien de la familia...

—¿Y lo de Marilole La Gitana?

—Iremos por la tarde mi mujer y yo.

—¿Así que hasta el lunes... nada?

—No sé. Déjeme que piense un poco esta noche. Todo esto

ha sido muy repentino desde esta mañana. Si hay algo o se me ocurre lo que sea, le llamo por teléfono.

—¿De verdad?

—Que sí.

—No me diga que sí para que me calle, porque en el fondo es un lobo solitario y le gusta ir de aquí para allá a su bola.

—Venga, váyase a casa con Amalia.

—Le llevo.

—No. —Fue categórico—. Hace frío. Cogeré un taxi. Y a cuenta de las doscientas pesetas que me dio.

—¡No sea así, hombre, que le llevo!

No le hizo caso.

Se apartó de él, levantó la mano y detuvo al primer taxi que pasaba por allí.

—¡Buenas noches! —le deseó con un cierto aire de felicidad.

—¡Es de lo que no hay! —Fue lo último que oyó gritar a David Fortuny antes de que el taxista arrancara.

Día 4

Domingo, 18 de noviembre de 1951

21

Los domingos antes de Raquel eran de cama.

Los domingos después de Raquel eran un albur.

Miquel entreabrió un ojo. La mortecina luz que penetraba por entre las tiras de la persiana y las gruesas cortinas le permitió ver la esfera del reloj despertador. Las nueve y cinco. Miró al otro lado y descubrió a Patro.

Raquel no se había despertado.

Bien.

Se acercó a Patro, despacio, y le pasó un brazo por encima.

Ella reaccionó acurrucándose contra él.

Una sensación divina.

Quedaron así, en forma de cuatro, por espacio de un minuto o más, hasta que Miquel pasó la mano por debajo de la sábana y la manta. Patro llevaba una combinación muy delicada. La acarició primero por encima y luego por debajo, subiéndosela despacio para llegar a la pierna, después al vientre.

Era suave.

Dulce.

Cuando llegó al pecho le rozó el pezón.

La respuesta fue automática: se le puso duro.

Miquel se animó.

—No seas malo... —gimió Patro medio dormida.

—Ayer estabas que te salías —le susurró al oído.

—Eso fue ayer.

—¿Y lo de que te gustaba por la mañana y hace mucho que no empezamos el día así?

—También.

No le hizo caso. Del roce en el pezón pasó a cogerle todo el pecho con la mano. Se lo apretó.

—No me excites, va —volvió a musitar ella.

Miquel le besó el cuello. Su mujer se estremeció. Conociendo todos los resortes para animarla era mucho más sencillo. Besarle el cuello y tocarle el pezón era como meter la llave en la cerradura de una puerta. Lo único que quedaba era girar la llave y abrirla.

Patro no le dejó seguir. Se dio la vuelta y quedó de cara a él. Sonreía.

—¿No te cansas nunca?

—No.

—Sátiro.

—Ya ves tú.

Le besó ella a él, con delicadeza, poniéndole una mano en la mejilla. Sin embargo, lo que menos esperaba oír era aquello.

—Me ha venido el período.

Jarro de agua fría.

Y no porque le importase. El problema era que, a la que se descuidaban, lo dejaban todo perdido. Y la sangre siempre resultaba escandalosa.

—No fastidies.

—Esta noche. ¿No has oído que me levantaba?

—No.

—Pues se ve que ayer lo destaponaste, porque me ha venido en plan torrente. —Le besó otra vez y le pasó la lengua por los labios, que poco a poco perdían la sequedad de la noche y se iban lubricando—. Te quiero.

—Y yo a ti. —Lo aceptó él.

Le pasó el brazo por debajo de la cabeza y ella se apoyó

en su pecho. Volvió la paz, el silencio. Durante otros dos o tres minutos dejaron que la pereza del domingo les invadiera.

Hasta que Miquel recordó el caso.

De lleno.

—Ayer me olvidé de decírtelo. Hoy iremos al cine.

—¿Ah, sí?

—A ver *Apartado de Correos 1001* y *Mi doctora y yo*.

—¿Ya lo has decidido? —se extrañó Patro.

—Sí. Las hacen en el Selecto. Con varietés.

—Pero ¡si tú odias las varietés!

—Ya, pero he de interrogar a una amante de Federico García Sancho.

—¡Ya decía yo!

—Puedo ir solo.

—No, no. Ya sabes que la vecina está encantada de quedarse con Raquel, y Raquel con la vecina, que tiene de todo. Está siendo una estupenda ayuda, la mujer. Encima no es de salir, y menos los domingos. Dice que todo está lleno y se agobia.

—Perfecto.

Otro minuto más, abrazados. Las caricias ahora eran mecánicas.

Hasta que Miquel la miró apartando un poco la cabeza.

—¿Sabes que, si llegas a ser más guapa, te prohíben salir a la calle?

—Eres un romántico.

—Ya ves tú.

—Lo bueno es que sólo lo sé yo, implacable defensor de la ley.

—Menos coñas.

—Han sido cuatro años preciosos, cariño. Y lo que nos queda. Gracias.

—No seas boba.

—Me gusta que seas feliz.

Miquel miró por la ventana. Al otro lado, Barcelona, España. Al otro lado, la dictadura y el mundo que la consentía. En la habitación, en su piso, anidaban los colores, la esperanza y la resurrección.

Contrastes.

—Ayer Fortuny me soltó una de sus pullas.

—¿Qué te dijo?

—Que para ver lo que hay que ver, mejor tener los ojos cerrados.

—Ya sabes cómo es. —No le dio importancia—. Suelta barbaridades, unas veces porque cree en ellas y otras para pincharte. Con lo que le gusta discutir...

—Es una pura ambivalencia. En ocasiones llega a desconcertarme.

—Ya te lo he dicho mil veces: se mueve según por donde venga el viento. Pero no es mal tipo. Haría lo que fuera por ti.

—Lo sé.

—Digas lo que digas, hacéis muy buena pareja detectivesca, ya te lo dije.

—Y yo te dije que éramos el Gordo y el Flaco en versión policial.

—¿Tú cuál eres? —Se animó Patro.

—El Gordo, por supuesto.

—¿Siempre enfurruñado con el pobre Flaco?

—¿El pobre Flaco? —protestó.

—Ya sabes a qué me refiero —contemporizó ella.

Miquel soltó una bocanada de aire.

—Cariño, este régimen va a engendrar muchos monstruos, más de los que imaginamos, y esos monstruos van a marcar el futuro. Ellos, sus hijos, nietos...

—Pero siempre habrá gente como tú, dispuesta a resistir.

—¿De verdad crees que lo que hago es resistir?

—Sí. —Lo afirmó con rotundidad—. Resistes y luchas. Una gota aquí, otra allá. Así es como se hacen las buenas obras y se construyen o reconstruyen vidas. Cualquiera que te haya conocido seguro que se habrá vuelto mejor persona, lo tengo claro. Y no digamos aquellos a los que has ayudado.

—Tendrías que haber sido psicóloga —ponderó Miquel.

—Soy mujer. Y esposa. ¿No es lo mismo?

Le hizo reír.

La besó y se excitó de nuevo.

—¿Y si ponemos toallas debajo? —propuso—. Hay que aprovechar que la fiera duerme.

—La última vez pusimos media docena y, aun así, manchamos el colchón.

—Pues ponemos una docena.

—¿Sabes lo que cuesta luego lavarlas? —protestó ella.

—Yo...

No pudo seguir hablando. Lo que le interrumpió no fue el habitual llanto de Raquel, sino el timbre de la puerta, sonando con persistencia.

—Pero ¿qué...? —gruñó furioso.

Eran las nueve y veinte.

—Deja, ya voy yo. —Se levantó de la cama Patro—. Será la vecina.

—¡Pues parece que vaya a caerse la casa abajo! ¿Se ha vuelto loca?

El timbre seguía sonando.

Miquel se quedó solo, pensando en lo que podía haber sido y se acababa de estropear definitivamente. Si Raquel seguía dormida, los timbrazos acabarían por despertarla. Se resignó. Pasó ambos brazos por detrás de la cabeza y miró el techo tintado de sombras.

No pudo relajarse demasiado.

A los cinco segundos de parar el timbre, Patro reapareció por la puerta de la habitación y abrió la luz directamente.

—¿Qué haces? —Se tapó los ojos él.

—Es David —dijo ella.

La sorpresa fue mayúscula.

—¿Fortuny? —Se enderezó de golpe en la cama—. ¿Aquí, a esta hora y en domingo? ¿Qué quiere?

—Dice que es urgente. Va, vístete y ve a ver.

—¡Maldita sea! —Se puso en pie y buscó la bata—. ¡Yo lo mato!

Salió de la habitación dando largas zancadas, con Patro detrás sujetándose su propia bata para que no se le abriera. Cuando llegó al comedor se encontró con el detective de pie, visiblemente nervioso. Fortuny no le dejó ni hablar.

—¡Vamos, vístase! —le gritó—. ¡Me ha telefoneado Federico García Sancho! ¡Lo de la nota funcionó! ¡Quiere vernos en media hora!

22

Salieron del piso a la carrera, con Miquel poniéndose el abrigo a toda velocidad. No habían tenido tiempo de hablar, así que las preguntas eran muchas.

—¿Qué le ha dicho exactamente?

—Poco. —Fue explícito el detective—. Es de los de «ordeno y mando». Me ha preguntado si era el detective, luego cuándo me contrató su esposa, y finalmente me ha dicho que quería verme en su casa.

—¿Alguna pregunta sobre la información que le escribí que teníamos?

—No, nada. De verdad, oiga, me ha soltado un par de latigazos verbales y ha colgado.

Estaban ya en la calle. La moto les esperaba.

Miquel miró el cielo. Encapotado.

Quizá no llovería.

La suerte de los domingos era que no había apenas tráfico. Muchas calles estaban vacías, parecían desiertas. Algunas personas llevaban periódicos bajo el brazo. Otras salían de alguna granja con magdalenas o ensaimadas. A Miquel se le hizo la boca agua. No desayunar le quitaba un poco de humor.

Encima, Fortuny aceleró lo suyo.

El viento fue atroz.

Se bajaron en la esquina de la calle del empresario. El policía seguía allí, en el portal, como un perro custodio, a pesar de que los suyos ya habrían hecho su trabajo buscando pistas e indicios. Pasaron junto a él y tomaron el ascensor bajo la atenta mirada de un conserje que no les preguntó a dónde iban. Debía de saberlo. Además, el paso firme y decidido de los dos mostraba la resolución del que sabe a dónde va y no espera ser interceptado.

Miquel habló por última vez.

—Déjeme a mí —previno a su compañero—. Hijo de puta o no, ese hombre ha perdido a su esposa. Y encima, indirectamente, por su culpa.

—Todo suyo —aceptó Fortuny.

No sabían cómo era Federico García Sancho, pero no tuvieron la menor duda de que el hombre que les abrió la puerta era él. Debía de estar solo. Cara de bulldog, hinchada; barba de un día, escaso cabello y ahora revuelto, ojos mortecinos probablemente por la falta de sueño y gestos rápidos. Iba en mangas de camisa y su aspecto era desastrado. Debía de llevar todavía la misma ropa del día anterior después de pasar la noche en vela hablando con la policía o con sus hijos. Por detrás de él, en el espacioso recibidor del piso, había una maleta y dos bolsas, dejadas de cualquier forma nada más entrar al regreso de Madrid.

—¿Son los detectives? —preguntó.

—Sí, señor —respondió Miquel.

—Pasen.

Les franqueó la puerta, esperó a que cruzaran el umbral y la cerró. Más que triste o dolorido, estaba enfadado. En sus ojos centelleaba un ramalazo de odio. La muerte de su esposa era más que una fatalidad o un accidente. Probablemente fuera una piedra, una enorme roca caída de forma inesperada en mitad de su camino.

Los hombres como él no se detenían por nada.

—Por aquí. —Tomó la iniciativa.

Les guió hasta una sala. El piso era enorme, lujoso, repleto de detalles caros y excesivamente abundantes. En la sala había una mesa redonda y cuatro sillas. También butacas y un sofá, pero Federico García Sancho ocupó una de las sillas y ellos hicieron lo mismo con dos de las restantes. Miquel apenas tuvo tiempo de echar un vistazo a su alrededor. A un lado, una librería. Al otro, el clásico mueble con estantes llenos de fotografías y curiosidades. La foto que más destacaba era la de ellos dos, los dueños de la casa, tomada quince o veinte años atrás, cuando eran mucho más jóvenes, sobre todo ella. En otra imagen se la veía con el traje de novia firmando el registro en la iglesia de la boda y con su ya marido, sonriente, esperando su turno y observándola.

Tuvo que dejar de mirarla, sin saber qué le llamaba la atención, porque el empresario empezó a hablar.

—Toda la casa está revuelta, como pueden imaginar. Ha sido una locura. Si Concepción hubiera visto a tanta gente yendo de un lado a otro y tocando sus cosas...

—Ante todo queremos expresarle nuestras más sinceras condolencias, señor García —dijo Miquel.

El gesto del hombre fue rápido, cansado. Evitó que David Fortuny abriera la boca para sumarse al pésame. En sus reuniones, lo normal era que llevase la voz cantante. Su mujer estaba muerta y tenía a dos desconocidos en casa.

Dos inesperados desconocidos.

—He de reunirme con mis hijos y tengo poco tiempo —les advirtió—. Encima hay partes de la casa en las que ni siquiera me atrevo a entrar. Esto es... —Apretó las mandíbulas con fuerza y fue al grano—. ¿Qué es eso de que mi mujer les contrató? ¿Qué clase de información tienen?

Sus ojos volvían a ser dos piedras.

Miquel no pudo evitar imaginarlo con las compañeras de Patro en el Parador del Hidalgo, o con alguna de sus jóvenes actrices, seducidas por su poder.

Intentó ser profesional.

Recuperar al viejo inspector de policía.

—Su esposa nos llamó el jueves para concertar una cita el viernes por la mañana —comenzó—. Vino a nuestro despacho y nos habló de las amenazas de muerte. Estaba muy preocupada por usted y también asustada por ellas. Lo primero que nos dijo fue que usted no sabía nada de su iniciativa.

—Y así es —afirmó el hombre—. ¿Les contrató?

—Sí, para que investigáramos.

—¿Lo han hecho? —siguió hablando directamente.

—Dimos unos primeros pasos, sí, pero también le aconsejamos que se lo dijera a usted, para evitarse problemas. Comprendió que era lo mejor y nos aseguró que lo haría en cuanto regresara de Madrid.

—Muy propio de Concepción. —Movió la cabeza con pesar.

—Ha de entenderlo.

—Lo entiendo, claro. A mí los anónimos me daban igual. No era la primera vez que alguien me amenazaba. Pero ella... Le dije que no hiciera nada, que no le diera importancia. Creí haberla calmado. —Lanzó un suspiro—. Ya veo que no fue así. Y me extraña que acudiera a ustedes, encima a mis espaldas. No es propio de ella.

—Ha dicho que no era la primera vez que recibía amenazas. —Pasó por alto el último comentario.

—Siempre hay imbéciles, o resentidos, o malos perdedores.

—Pero nunca recibió anónimos.

—No, y menos tantos. A veces llegaban uno o dos al día. De locos.

Seguía más enfadado y rabioso que dolido. O al menos daba esa impresión. Era un gigante herido en su amor propio. Alguien le había arrebatado algo que le pertenecía.

—Han dicho que ya han dado unos primeros pasos —habló de nuevo—. ¿Cuáles?

—Buscamos posibles personas que le odiaran por hechos recientes y quisieran vengarse o hacerle daño, como Blas Tejada, Rosario Puentes... —dijo los nombres despacio, para ver su reacción, y más cuando agregó—: Margarita Velasco...

Federico García Sancho se crispó.

Esta vez, además de las mandíbulas, apretó los puños.

—¿Quién le ha dado este último nombre? —quiso saber.

—La señora Puentes.

—Maldita bruja... —Resopló echándose para atrás.

—Esté tranquilo, señor. —Le hizo ver que sabía de qué iba el asunto—. Todo forma parte de la confidencialidad detective-cliente. Muerta su esposa, ahora nuestro cliente es usted, salvo que nos despida. Y, aun así, lo que hemos averiguado será secreto de sumario.

Federico García Sancho no dijo nada.

De pronto, parecía agotado.

Miró la mesa, pero sin verla. Una mirada absolutamente perdida.

David Fortuny estaba más tieso que un palo. Ni se movía. Casi ni respiraba.

Miquel no quiso darle tregua al marido de Concepción Busquets.

—Como he dicho, parece que hay mucha gente que no le aprecia, señor García.

—¿Conoce usted algo del mundo del espectáculo? —No esperó la respuesta—. Esto es una selva, detective. Actrices que matarían por un papel, actores borrachos que aún se creen que están en la cresta de la ola, jovencitas dispuestas a todo por una oportunidad, teatros que quieren exclusivas para ganar a la competencia... Doy trabajo a uno y diez se enfadan por creer que soy injusto o porque piensan que son mejores que el elegido... Hay que tener mucho aguante y mucho estómago para lidiar con todo esto, siete días a la semana, trescientos sesenta y cinco días al año. —Se cansó de hablar y trató de recuperar el control—. ¿Tienen algún sospechoso claro?

—No.

—Pero le contaron a la policía lo de los anónimos.

—Sí. Era nuestra obligación. Ha habido un asesinato.

—Cuando me lo dijeron no podía creer que Concepción... Y luego, al ver su nota...

—¿A qué hora llegó usted?

—Tarde, pasadas las nueve de la noche. El tráfico era intenso, y tampoco es que estuviera muy en condiciones de conducir. Estuve a punto de salirme de la carretera una vez y de chocar con un coche al adelantar a un camión. Cuando llegué aquí... —Esbozó una mueca de sorna con evidente desprecio—. ¿Acaso el marido no es el principal sospechoso siempre?

—¿Le interrogaron?

—¡Por supuesto que lo hicieron, los muy hijos de puta! ¡Maldita sea, yo estaba en Madrid, no tienen más que preguntar allí!

Podía echarles de un momento a otro.

La nota decía que «tenían información» y no era verdad. No le estaban aportando nada. La suerte era que Federico García Sancho seguía conmocionado tanto como aturdido por la falta de sueño.

—Escuche, señor —habló despacio Miquel—. No tenemos derecho a hacerle preguntas, saber si sospecha de alguien o no. Nuestra clienta era su esposa. Pero, como le he dicho, ahora lo es usted por extensión, si es que está de acuerdo en que sigamos investigando en paralelo a la policía.

La mirada del empresario fue tremenda.

Dura, visceral.

—Encuentren al que hizo esto y les pago el doble de su tarifa. —Fue categórico.

Miquel notó cómo David Fortuny se relajaba.

—De acuerdo —aceptó.

—¿Son buenos?

—Sí, lo somos.

Federico García Sancho le echó un vistazo al reloj.

—¿Qué quieren saber?

—¿Quién conocía la existencia de esos anónimos?

—Mi secretaria y yo.

—¿Regresó anoche con ella?

—No. Betsabé tomó un tren por la mañana, muy temprano. Quería llegar por la tarde a su casa. Yo tenía trabajo y por eso me vine solo.

—¿Cuándo llegó el primer anónimo?

—No recuerdo el día. Hará cosa de un mes.

—Su mujer nos contó que recibió una llamada telefónica.

—Sí. Fue muy desagradable. Tuve que contárselo. A partir de ese momento...

—Ella nos mostró algunos de los anónimos, pero dijo que no conservaba los sobres.

—Le dio por fisgonear en el correo, sí. De todas formas, los sobres estaban escritos con máquina de escribir, sin remitente, y con matasellos de Barcelona.

—¿Ha averiguado ya la policía cómo entró el asesino?

—Según parece, se descolgó desde el terrado hasta la terraza. Pudo esconderse en él mucho antes y aguardar a que se hiciera de noche, o saltar desde las casas vecinas. Rompió un cristal de la terraza para colarse dentro.

—¿Pudo oírle su esposa?

—Cuando está... Cuando estaba sola tomaba siempre una pastilla para conciliar el sueño. El asesino debió de sorprenderla en la cama. Si, a pesar de todo, se despertó y le vio... —Arrugó la cara al recordar algo inesperado—. Y menos mal que no estaba mi hijo. No sé qué habría sucedido. Pasó la noche fuera con unos amigos, según me ha dicho.

—¿Está aquí ahora?

—No. En casa de su hermana. Se quedará con ella unos días, claro.

—¿La policía ha encontrado huellas?

—No. La conjetura más lógica es que incluso salió por la puerta y bajó hasta la calle. Tampoco han robado nada.

—¿Cree que el objetivo era usted pero que no sabía que estaba en Madrid?

La pregunta le pareció extraña.

—¿Qué, si no? Las amenazas iban dirigidas a mí.

—Pero debió de ver que en la cama había una sola persona.

—No puedo responderle a esto. A saber lo que pasa por la cabeza de alguien perturbado. Quizá también al encontrarse sólo con mi mujer decidió que matarla a ella era una forma de hacerme daño a mí.

No era una mala teoría.

O ella había despertado y el asesino la mató para que no gritara, o lo que acababa de decir Federico García Sancho tenía sentido.

—Antes le hemos mencionado a su rival, Blas Tejada.

—Miren, si quieren saber si sospecho de alguien, la respuesta es no. La lista de personas que pueden tener algo contra mí es larga. Blas Tejada es uno más de ella. Es un resentido. Pero de ahí a matar o pagar a alguien para que lo haga...

—¿Alguna mujer?

La palabra «mujer» era más bien una carga de profundidad. De inmenso calado. Por tercera vez, el dueño de la casa se tensó.

—¿Qué tiene que ver una mujer en esto? —dijo—. La policía está segura de que fue un hombre. Hay que tener fuerza y agilidad para hacer lo que hizo.

—Lamento mi sinceridad, pero dado que se le vincula con muchas mujeres...

Federico García Sancho soltó un bufido.

Esta vez no se enfadó, sólo mostró más cansancio.

—Cría fama... —escupió las dos palabras—. Escúchenme bien: en primer lugar, eso es asunto mío. Y, en segundo lugar, ¿de verdad creen que todo esto es obra de una amante despechada?

Miquel se dio cuenta de que ni siquiera negaba la que podía ser la parte más oscura de su vida. En el fondo era como si se jactara de ella.

La seguridad del poder.

Volvió a apartar de su mente la imagen del hombre que tenía delante de acuerdo con la descripción que de él le había hecho Patro.

Una mala persona.

Un monstruo.

Quizá por ello hizo la siguiente pregunta.

—¿Su mujer dejó un testamento?

Hasta el callado David Fortuny se envaró.

—Me está irritando, ¿sabe? —Fue directo el hombre.

—Lo sé, y lo lamento. Mi trabajo es hacer preguntas, y la mayoría suelen ser incómodas. Pero gracias a eso resolvemos los casos.

—Hay un testamento, sí —respondió con fastidio—. Su dinero va a parar a nuestros hijos y a mí, aunque no me haga falta y ni siquiera sé de cuánto pueda tratarse. Mis hijos están... destrozados, ¿entiende? —Se le nubló la mirada con un destello de súbita humedad—. En cuanto a mí... —Tragó saliva para aclararse la voz—. Si iban a por mí y lo ha pagado ella, tendré que vivir con esto el resto de mi vida. ¿Les parece poco? —Esta vez hizo algo más que mirar la hora. Se puso en pie—. Me temo que he de dejarles. Necesito asearme un poco y cambiarme de ropa. Imagino que, de todas formas, hemos terminado.

David Fortuny fue el primero en secundarle. Miquel tardó un segundo más.

Volvió a mirar la fotografía de Concepción Busquets firmando el acta matrimonial el día de su boda, con un sonriente Federico García Sancho detrás de ella.

Cuando se levantó, el dueño de la casa ya había abierto la puerta de la sala. El detective salió por ella y Miquel le siguió. Llegaron al recibidor, donde estaban la maleta y las dos bolsas del equipaje.

En una de ellas leyó un nombre y una dirección.

De Zaragoza.

No alteró ni un músculo de sus facciones. No dijo nada. Se volvió para estrecharle la mano al hombre.

—Estaremos en contacto —aseguró David Fortuny para dejar su huella en la conversación.

Federico García Sancho ya no respondió.

23

Llegaron a la calle sin hablar y, una vez en la acera, Miquel aceleró el paso en dirección a la esquina donde habían dejado la moto.

—¿Qué le...? —quiso romper el silencio el detective.

—Siga andando.

No supo entenderlo, pero hizo lo que le decía. Miquel no se detuvo hasta alcanzar la moto, a cierta distancia del edificio y de cualquier posible mirada. Por si acaso, volvió la cabeza y atisbó el panorama.

David Fortuny no tuvo más que ver su cara para saber que algo sucedía.

—¿Qué, qué? —le apremió.

—¿Ha visto la maleta y las dos bolsas del recibidor?

—Sí, ¿por qué?

—Una de las bolsas llevaba una dirección de Zaragoza.

—¿Y qué? —No entendió el detalle—. Zaragoza está de camino entre Madrid y Barcelona. Habrá parado a comer, hacer sus necesidades...

—Verónica Echegaray, la actriz de su nueva película, está en Zaragoza.

—¿Cómo lo sabe?

—Me enteré en la agencia.

David Fortuny lo meditó.

—No es que pruebe que él... —Dejó el comentario sin acabar.

—Rosario Puentes casi lo afirmó. Me dijo que la había preferido a ella, más joven y guapa, aunque no daba la talla para el papel. Por eso se enfadó y se marchó rompiendo lazos con él. ¿Hay que sumar dos y dos?

—¿Así que cree que la Echegaray y García Sancho...?

—Sí.

—¿Seguro?

—Estaban juntos en Zaragoza. Por eso la secretaria se vino en tren a primera hora desde Madrid. No creo que sea una casualidad.

—Pudo parar a ver cómo iba la película.

—¿Con su mujer muerta?

El detective negó con la cabeza.

—No, claro —dijo.

—A Federico García Sancho no le localizaron en Madrid. Llamó él, puso una conferencia para decir que llegaría un poco más tarde. Así supo de la muerte de su esposa. Tuvo que hacerlo desde Zaragoza.

—Coño —exhaló Fortuny impresionado.

Miquel se apoyó en la moto. La cabeza le daba vueltas. Lo malo era que lo hacía en círculos. Todo volvía al mismo punto de partida.

David Fortuny puso el dedo en la llaga.

—De acuerdo —aceptó—. La tal Echegaray es la nueva amante de García Sancho. Ella está rodando en Zaragoza. Él sale de Madrid en coche y va a reunirse con ella, aunque sólo sea por un par de horas. Telefonea y le dicen que su mujer ha muerto. —Abrió las manos explícitamente—. Sea como sea, los dos estaban fuera la noche del crimen.

—Lo sé.

—¿Cree que él pagó a alguien?

Evocó la figura del Federico García Sancho con el que acababan de hablar.

Su dolor parecía sincero.

Miquel conocía bien esa clase de sentimientos.

¿O de tanto trabajar con actores, al empresario se le había pegado algo?

—No lo sé —reconoció.

—O finge muy bien o ese hombre estaba hecho polvo —dijo Fortuny—. Le puede su soberbia, su mala leche y su rabia, pero estaba afectado. —Lo valoró todavía más al decir—: Imagino que, por muchas amantes que se tengan, la mujer siempre es la mujer, ¿no?

—Supongo que sí.

—Usted quisiera que el culpable fuese él, ya lo veo.

—No soy así —protestó de mala gana.

—Pero lo está pensando. Esto bien pudo ser un plan para matar a la esposa, ¿no? Así los anónimos serían para despistar. Una cortina de humo.

—No diría tanto. —Torció el gesto—. Los anónimos han sido reales y han durado mucho tiempo. Eso requiere minuciosidad. Lo que es extraño es el desenlace tan rápido que ha tenido la historia entre la visita que nos hizo ella y el asesinato.

—Sigo pensando que el objetivo era su marido y que su mujer pagó los platos rotos. La idea de que ella abrió los ojos y por eso la asesinó es probable. Pero la otra, la de que, al no encontrar a García Sancho, la liquidó para hacerle daño a él... Ésa también es buena.

—Pero la mataron muy rápido tras venir a vernos. Demasiado. Nos faltan muchas piezas que encajar.

El detective se rascó la coronilla.

—Un buen rompecabezas —admitió.

—Y un personaje siniestro lleno de aristas para adobarlo. —Bajó la cabeza Miquel.

—Bueno, hombre. ¿Cuándo le ha encajado algo a las primeras de cambio? Si todo fuera tan sencillo...

—A veces creo que disfruta —le endilgó.

—¡Me gusta verle trabajar! ¡Se le pone una cara...!

—¡Tire, venga, va! —Se dirigió al sidecar.

—Imagino que vamos a casa de la Echegaray, ¿no? Seguro que regresó con él en el coche. ¿Tiene la dirección?

Miquel la buscó en el bolsillo. Sacó varios papeles y tuvo que mirarlos uno por uno.

—Calle Sagués 34 —dijo.

—¿Dónde cae eso?

—Es una muy corta, paralela a Calvet. —Empezó a instalarse en el sidecar.

David Fortuny ocupó su lugar en la moto, pero todavía no la puso en marcha.

—Oiga, lo del hijo que pasó la noche fuera... ¿no le parece muy casual y raro?

—No tiene por qué serlo. Concepción Busquets nos dijo que tenía veintiún años. Ya es mayor.

—Si yo hubiera pasado una noche fuera de casa a los veintiún años... —Movió la mano de arriba abajo.

—Son tiempos nuevos. De todas formas habrá que preguntarle, cuando podamos, a ver qué nos dice. ¿Quiere arrancar de una vez?

Lo hizo. La máquina petardeó según su costumbre y volvieron a rodar por las calles de Barcelona, que seguían parcialmente desiertas. David Fortuny aplicado en la conducción y Miquel tratando de pasar el menor frío posible, hundido lo más que podía en la breve cárcel del sidecar. Tampoco fue un desplazamiento excesivo. Cogieron Mariano Cubí desde la Vía Augusta y, una vez en la calle Sagués, el detective aparcó en un hueco entre dos coches. El número 34 quedaba entre Mariano Cubí y la calle Porvenir.

Miraron el edificio, una casa vieja, excesivamente humilde.

—¿Una actriz vive aquí? —se extrañó el detective.

—No todo el mundo lo hace en un palacio. Además, parece que está haciendo su primera película. A saber qué hacía antes.

—¿Sabe si es joven? Igual vive con los padres todavía.

—Rosario Puentes me dijo que tenía treinta o treinta y dos años.

—Pues tampoco es una niña.

Miquel cruzó el umbral. No sabía el piso, así que volvió a llamar a la primera puerta que encontró subiendo la escalera. Le abrió una mujer de unos sesenta años, en bata y pantuflas. Debía de creer que era otra persona porque se tapó de inmediato, aunque no se le veía nada.

—¿Qué desean? —les preguntó con el ceño fruncido.

—Buscamos a Verónica Echegaray —dijo Miquel.

La mujer casi se echó a reír.

Se dominó, pero no antes de dos o tres segundos.

—Perdonen —se excusó—. Es que lo de Verónica se me hace raro, ¿saben? Y lo de Echegaray, más. Para mí siempre será Marieta. —Hizo un gesto de resignación—. Eso de que María López era demasiado vulgar... ¿Para qué la buscan?

—Quizá pueda ayudarnos en una investigación.

—¿Ella? —Mostró sorpresa.

—Por favor. —Fue cortés y educado.

No tuvo necesidad de decir que eran policías o detectives.

—Pues ya no vive aquí. Se mudó no hace mucho, cuando ya estaba embarcada en eso de la película que me dijo que iba a rodar.

—¿Tiene sus nuevas señas?

Se las dio sin ningún problema.

—Sí. Yo misma la ayudé en el traslado. Es en la calle Obispo Sivilla 19.

—¿Vive sola?

—Ahora sí. Su abuela falleció hace un año. Los padres murieron en la guerra. El piso está ya para alquilar. Una pena. Siempre habían vivido aquí. —Suspiró resignada—. Para mí es como una hija, ¿saben? Antes de salir con Jesús incluso fue un poco novia de mi hijo. Cosas de jóvenes.

—¿Jesús?

—Su novio. Jesús Romagosa. Muy guapo, todo hay que decirlo, casi una copia de ese actor tan famoso, Burt Lancaster; aunque, desde luego, no tan guapo como ella, que siempre fue muy llamativa. En el barrio la llaman «la Hayworth española». —Se le había desatado la lengua—. Yo es que a Marieta la he visto crecer. Se pasaba el día delante del espejo cantando, bailando y actuando. Ella solita. Ya decía entonces que sería una gran estrella, y al final...

—¿La ha visto desde que se mudó?

—No. Me dijo que estaría ocupada con lo de la película.

—Ha sido muy amable, sentimos haberla molestado —comenzó a despedirse Miquel.

—Oigan, ¿esa investigación...?

—Nada, no se preocupe. Un conocido de ella que ha tenido un problema y estamos hablando con las personas de su círculo de amistades.

—Bueno, si la ven díganle que se pase y me cuente cosas.

—Se lo diremos. Gracias.

Bajaron a la calle en silencio y no hablaron hasta llegar a la moto. Miquel estaba pensativo. David Fortuny, con una manifiesta incertidumbre.

—¿Novio?

—Ya lo ha oído.

—¿Y se ha liado con García Sancho, como parece?

—¿Le extraña?

—Hombre, no. Imagino que el novio será muy guapo, como ha dicho esa señora, pero rico...

—A lo mejor María López juega a dos bandas.

El detective lo meditó mientras los dos subían a la moto. Después la puso en marcha sin decir nada más.

El trayecto hasta la calle Obispo Sivilla fue tan plácido como los dos anteriores, aunque también corto. La primera diferencia que notaron al bajar fue la casa. El edificio era nuevo, daba la impresión de estar recién construido. María López, alias Verónica Echegaray, había dado el gran salto. Y eso que sólo estaba haciendo su primera película. A sus treinta años, o pocos más, debía de ser un sueño cumplido.

Probablemente incluso tardío.

Probablemente a golpe de ambición.

La puerta estaba cerrada y no había ni portera ni nadie a la vista. Tampoco timbres exteriores. Desde la acera miraron las ventanas y los balcones. Hacía frío, así que ni soñar que hubiera alguna persona asomada a una de ellas.

—¿Qué hacemos? —preguntó Fortuny.

—Esperar.

Esperaron.

El silencio, como siempre con el detective, fue breve.

—El novio sabe que su chica se ha liado con el jefe y le manda anónimos a él —dijo de pronto.

—Buen argumento para una película —reconoció Miquel.

—Tiene su lógica.

—También la tiene que ella haya roto ya con ese tal Jesús. Cuando una persona acaricia el éxito, el pasado es un lastre. ¿Quién quiere un novio si se dispone a vivir un sueño, fiestas, estrenos...?

Fortuny volvió a mirar el edificio.

—Mire, o le han pagado mucho dinero por esa película, que no creo aunque sea la protagonista, o esto va a cuenta de Federico García Sancho, ¿qué se juega?

—Nada. Yo no me juego nada.

—¿Lo ve? —Se mostró satisfecho su compañero.

Oyeron un ruido y levantaron la cabeza. Una mujer acababa de salir al balcón del primer piso. Estaba regando unas macetas con plantas. Los dos se pusieron en mitad de la calzada, aprovechando la ausencia de tráfico, para que les viera y poder hablar con ella.

—¡Perdone, señora! —Movió una mano Miquel.

Ella les miró.

—¿Qué quieren?

—Buscamos a una vecina suya, Verónica Echegaray. —Imaginó que ahora usaría definitivamente ese nombre—. ¿Sabe en qué piso vive?

—No está —les dijo sin responder a la pregunta—. Está en Zaragoza.

—¿Sabe cuándo regresa?

—No, no me lo dijo. Lo sé porque me dejó las llaves por si venían a que le instalaran el teléfono mientras estaba fuera. Pero no creo que sea para mucho. Habló de unas pocas escenas en el Pilar, la mayoría de noche. Yo no sé demasiado de esas cosas y no somos más que vecinas. Verónica se ha instalado aquí hace apenas un mes. ¿Para qué la buscan?

—Somos de una compañía teatral. Queríamos hablar con ella de un proyecto.

—Pues lo siento. Tendrán que volver.

—¡Gracias!

Regresaron primero a la acera y después a la moto. La mirada que intercambiaron fue de impotencia.

—No parece que haya nada más que hacer —manifestó Fortuny.

—No, por ahora no —convino Miquel.

—Le llevo a casa. Y no me diga que coge un taxi porque no hay ninguno. Es domingo.

—Fortuny, un día me quedaré congelado yendo en ese trasto —se quejó.

—Primero, no es un trasto, sino una máquina estupenda. Segundo, cuando haga frío de verdad le pondré el plástico de capota y no notará nada.

—Pareceré un huevo frito.

—¡Pejiguero, que es un pejiguero! —le increpó—. ¿Sabe cuánta gente daría lo que fuera por viajar en una moto así? ¡Es toda una experiencia!

—¿Con los coches, los tranvías, los autobuses y los camiones pasando a un palmo, tragando polvo y con la sensación de que el día menos pensado un caballo se te caga encima?

—¡Ay, calle, calle, pesado, tiquismiquis! ¡El caso es quejarse por algo! ¡Mire que le gusta!, ¿eh? ¡No sé cómo le aguanta Patro!

—Por la misma razón que Amalia le aguanta a usted, porque son unas santas.

—¡Suba, que aún se pondrá a llover y será peor!

Por una vez, le hizo caso.

Miquel pensó en lo a gusto que estaría en casa y se resignó, dispuesto al último sacrificio de la mañana.

24

El cine Selecto estaba abarrotado, incluso con gente de pie a ambos lados a la espera de que, vistas las dos películas, los primeros espectadores se levantaran y dejaran asientos libres. Nada que no fuese lo usual en cualquier cine de Barcelona un domingo por la tarde. Ellos tuvieron suerte y, pese a la cola, pudieron sentarse, aunque en una de las últimas filas y a un lado. Para postre, con un señor muy alto en el asiento de delante. Patro veía la pantalla inclinando un poco la cabeza. Miquel, a duras penas.

Esperaba el momento de interrogar a Marilole, pero, si la artista actuaba entre las dos películas, lo más seguro es que llegase un poco antes de salir a escena. Así que trató de olvidarse de la investigación y lo consiguió.

Apartado de Correos 1001 le absorbió por completo.

De entrada, con un encadenado de imágenes de Barcelona, casi en plan documental, mientras una voz en off anunciaba:

«Emisora Films, siempre a la vanguardia del cine nacional, ha querido realizar una película distinta a las demás. Una película que incorpora por primera vez en nuestras pantallas el sentido realista de la actualidad más palpitante. Su anécdota se basa en uno de los muchos casos que a diario ocurren desgraciadamente en una gran ciudad cualquiera. Es la historia silenciosa y abnegada de unos hombres que por vocación y honradez arriesgan su vida con el único objeto de defender a la sociedad de todos aquellos que intentan perturbarla. Esta película ha sido filmada en las mismas calles, plazas, edificios y ambientes naturales en los que se supone pudo ocurrir el hecho que se da como real».

Miquel tragó saliva.

«Hombres que por vocación y honradez arriesgan su vida con el único objeto de defender a la sociedad...»

Así era él antes de la guerra.

Así eran todos en la comisaría.

Y de eso parecía haber pasado una eternidad.

Ahora «la sociedad» era muy distinta, y la ley estaba al servicio de una dictadura.

Se sumergió más y más en la película.

Barcelona, actualidad. Un joven asesinado en plena calle. La policía averiguaba que había respondido a un anuncio con una oferta de trabajo. Un anuncio publicado en un periódico y que, en realidad, no era más que una estafa. Se montaba un dispositivo de vigilancia para controlar el apartado de correos y...

—¿No te trae buenos recuerdos? —le dijo Patro a media cinta, viendo los avatares policiales para encontrar al asesino.

—Ya sabes que las películas no tienen casi nada que ver con la vida real.

—Un poco sí, ¿no?

—Encima le ponen historia amorosa.

—Hombre, como en todas. Si no hay chica de por medio, todo son policías, ¿no? —Patro le cogió de la mano—. A mí me está gustando mucho.

—Y a mí —reconoció.

—Para que luego digamos de las películas americanas. —Se puso en plan patriota.

Ya no hablaron hasta el final.

La hora de las varietés.

Marilole La Gitana era un torbellino. Puro nervio. Cantando era mediocre, pero bailando... Su zapateado era capaz de agujerear la tarima del cine. Llevaba un traje rojo de lunares negros, avolantado, una peineta que sólo Dios sabía cómo era capaz de sostenerse allí arriba sin caerse y levantaba su falda con tronío para dejar ver dos esbeltas piernas que, los de las primeras filas, apreciaban mucho más y mejor. El guitarrista que la acompañaba rasgaba las cuerdas con soltura, cabeza inclinada, traje goyesco. A Miquel las varietés le revolvían el estómago, pero a la gente le gustaban. Marilole se llevó una ovación de las buenas.

Cuando se retiró del escenario, Miquel se levantó.

—Ahora vuelvo —le dijo a Patro.

Una señora que estaba de pie pensó que ya se iba y casi le saltó encima. Lo normal era lanzar el abrigo o una chaqueta desde la distancia, para apropiarse del asiento antes que otra persona. En este caso quiso entrar en la fila como un tanque. Miquel tuvo que pararla.

—Que voy al servicio, tranquila.

—¡Ah, bueno! —Se hizo la ofendida.

Abandonó la platea y se orientó. No veía por dónde acceder a los camerinos o a la parte de atrás del cine. Tuvo que preguntarle al hombre que cortaba las entradas antes de acceder a la sala. Le dijo que tenía que salir a la calle y entrar por una puerta, a la izquierda.

—Volveré —le dijo—. Quédese con mi cara.

La puerta era pequeña. Temió que estuviese cerrada. No lo estaba. Se adentró por un pasillo y nadie le detuvo hasta casi llegar a los camerinos. El escenario quedaba a la derecha y les tocaba el turno de actuar a las estrellas del espectáculo, Rosa y Noppi. Un grupo de personas miraba la actuación entre bambalinas.

Le detuvo una mujer entrada en carnes y años.

—¿A dónde va?

—Marilole. —Fue escueto.

Tanto por el tono y la mirada como por el aspecto, la mujer decidió que lo mejor era callar y obedecer.

Siempre era así.

—Ahí, la segunda puerta.

Miquel se detuvo. Imaginó que, después del tremendo baile, Marilole se estaría cambiando. Llamó con los nudillos y esperó.

—¡Pasa! —gritó una voz femenina.

La cantante y bailaora todavía no se había cambiado. Llevaba el traje de su actuación. Sí se había quitado la peineta y los zapatos. Con el cabello desparramado, estaba muy guapa, exuberante. Una mujer de temperamento, ojos negros y profundos, labios gruesos, pecho de categoría.

Estaba pasándose un cepillo por el pelo delante de un espejo.

Lo miró reflejado en él.

—¿Podría hablar con usted, señora?

Ella no volvió la cabeza.

Quizá estuviera acostumbrada a los admiradores.

Aunque Miquel tenía poco aspecto de ser uno de ellos.

—¿Conmigo? ¿De qué? —Detuvo su cepillado y dejó el utensilio sobre la mesa.

—¿Prefiere hacerlo en otra parte?

Lo de «otra parte» era una forma velada de decir «comisaría». Un truco más. Marilole La Gitana cayó en la trampa.

Ahora sí se dio la vuelta.

—No, no, aquí está bien, ¿qué es lo que pasa?

—Estamos investigando un asesinato. —No se anduvo por las ramas.

—¡Ay, Señor! —Se santiguó a toda velocidad—. ¿A quién han matado?

—A la señora Concepción Busquets, esposa del señor Federico García Sancho.

Marilole se quedó blanca.

Los ojos se le hicieron enormes.

—¿Qué me dice?

—¿La conocía?

—A ella no, pero claro... —No supo cómo reaccionar.

—Mire, esté tranquila. —Miquel alargó la mano, cogió una silla y se le sentó delante, prueba de que no pensaba marcharse de inmediato—. Sólo quiero información. Sabemos que usted y el señor García Sancho mantuvieron una relación por encima de lo laboral y de la amistad.

De blanca pasó a roja. Como su vestido.

—¿Quién le ha dicho eso?

—Parece ser de dominio público.

Dos enormes lagos afloraron en sus ojos. Se llevó las dos manos a las mejillas para contener las lágrimas. Su pecho subía y bajaba al ritmo de su desaforada respiración.

—Esas malas lenguas... —lamentó.

—Se lo repito —quiso calmarla él—. No estoy aquí para juzgar nada, y menos su vida íntima y sentimental. Necesito...

No pudo acabar la frase. Se abrió la puerta, sin que nadie llamara, y por el hueco apareció el guitarrista. Se quedó un poco parado al verle, pero acabó diciendo lo que iba a decir.

—Me voy. Te veo luego.

—Bien, Juan —lo despidió ella.

Volvieron a quedarse a solas.

Esta vez fue Marilole la que se adelantó a Miquel.

—Lo de Federico y yo fue hace mucho y se acabó, en serio, se lo juro. Ni siquiera sé cómo... —Se pasó una mano por la frente, cada vez más aturdida—. Dios, Dios...

—¿Fue él quien la acosó?

Bajó la mirada, avergonzada. Miquel le calculó veinticinco o veintiséis años, aunque maquillada aparentaba treinta.

—Sí —dijo.

—Le pareció que era una oportunidad, ¿me equivoco?

—No, no se equivoca. Imagínese: el empresario más fuerte de Barcelona se fija en ti y te propone cosas, te promete la luna... ¿Qué iba a hacer? ¿Tiene idea de lo que cuesta salir adelante en este mundillo?

—¿Sabe de alguien que quisiera hacerle daño?

—¿A su mujer?

—No, a él.

—A él mucha gente. Siempre me decía que el mundo estaba lleno de ingratos y desagradecidos. Se veía a sí mismo como un gigante al que los demás debían venerar. —Cambió de expresión al preguntar—: ¿No me ha dicho que la asesinada es su esposa?

—Sí, pero el que recibía amenazas era él. Pudieron matarla por error.

—Pobre mujer. Ella no tenía la culpa...

—¿Recuerda algún nombre en concreto?

—No, lo siento. No llegué a conocerle tanto. Todo fue muy rápido entre nosotros.

—¿Una amante despechada? —insistió.

Marilole se encogió de hombros.

—Tal vez. No sé.

—¿Cuándo acabó lo suyo con él?

—Acabó igual que empezó, sin más. Un día me mandaba flores y me tenía en el pedestal y al otro... adiós. Fue muy desconcertante y traumático.

—Pero sigue siendo su agente.

—Sí, aunque yo ya no hablo con él directamente. He de comer, entiéndalo.

—¿Le quería?

Marilole bajó la cabeza. Ya no lloraba. Sólo parecía una mujer vulnerable y afectada.

—No estoy segura —dijo—. Primero creía que sí, sin importarme la diferencia de edad. Le veía como alguien impresionante. Me creía todo lo que me decía. Ahora entiendo que eso debía decírselo a todas, pero me insistía en que estaba muy solo, necesitado de amor, afecto, caricias... Tardé en comprender que ésos eran sus argumentos, lo inmediato estando conmigo. Después seguro que se olvidaba. No fue fácil salir de ese sueño.

—¿Con quién tuvo relaciones después de usted?

—No lo sé, ni me importa. —Levantó la cabeza con desafío.

—Por favor, piénselo despacio. ¿No le viene a la mente ningún nombre?

—No, se lo juro. Se acabó y me concentré en mi arte, que es todo lo que tengo.

—¿Le dice algo el nombre de Verónica Echegaray?

—Una amiga me dijo que era la nueva estrella de una película que están rodando.

—¿Sólo eso?

—Bueno, cuando te dicen «nueva estrella» te imaginas algo, pero se lo repito: me da igual, y tampoco quiero hablar mal de alguien a quien no conozco. Igual es buena, sin necesidad de que se acueste con él para conseguir un trabajo. —Unió las manos sobre el regazo—. Federico es el hombre más inteligente y listo que he conocido, pero como persona... Al final uno tiene lo que siembra, recoge o merece, ¿no cree?

—¿Le hablaba de su esposa?

—Sí, a veces. Una noche le pregunté qué planes tenía conmigo, si lo nuestro era únicamente una aventura o me quería. Me miró fijamente y me dijo que, por encima de todo, su esposa era su esposa. Dijo que la quería y que no me hiciera ilusiones, que lo nuestro era bonito, precioso, pero que nunca la dejaría a ella. También me dijo que eso sería pecado. Imagínese: pecado. —Sonrió con amargura—. Como si no pecara bastante. —Tomó un poco de aire antes de acabar manifestando—: Lo mejor era tenerle contento, no enfadarle. Cuando se enfadaba tenía un pronto...

Se abrió por segunda vez la puerta del camerino. En esta ocasión la que apareció fue una mujer. No le importó que estuviese acompañada.

—¡Marilole, has estado inmensa!

—¡Gracias!

—¡Esto se te queda pequeño!

—Es lo que hay.

—¡Merecerías ser cabeza de cartel! ¡Te dejo, amor! ¡Chao!

Volvieron a quedarse solos.

—Señor... —comenzó a decir ella—. Una vive con sus culpas, sus alegrías, sus miserias, sus cosas... No sé qué más decirle. Federico me dio una oportunidad cuando yo cantaba y bailaba por cuatro perras gordas donde podía. Fue él quien me puso lo de Marilole La Gitana, aunque de gitana yo no tenga nada. Sigo trabajando, mal que me pese, donde puedo y donde me contratan. En la agencia me dicen el día y la hora. Eso es todo. Ya no sé más. Pasé página de lo que sucedió.

Otro camino cortado.

Si algo parecía Marilole, era sincera.

—Gracias. —Se levantó para irse.

—Lo siento por la señora. —Fueron sus últimas palabras—. Nadie merece ser asesinado, y menos por las culpas de otro.

Miquel salió del camerino y regresó a la calle primero y al cine después. El hombre de las entradas le reconoció y lo dejó pasar. Cuando entraba en el patio de butacas comenzaba el fatídico No-Do, con su musiquita persistente y farragosa. Justo antes de llegar a la fila para recuperar su asiento, la voz en off mencionó al Caudillo y en pantalla se le vio, como siempre, rodeado de militares y curas, inaugurando algo.

No quiso verlo.

Se sentó al lado de Patro y la miró a ella.

—¿Algo bueno? —le preguntó su mujer.

—No, nada. Tiempo perdido —lamentó.

—Tú nunca lo pierdes cuando investigas algo —aseguró con firmeza.

En la pantalla, un Francisco Franco Bahamonde, Caudillo de España y Generalísimo de los Ejércitos por la Gracia de Dios, sonreía en primer plano, satisfecho y feliz de haberse conocido.

Día 5

Lunes, 19 de noviembre de 1951

25

Era la tercera vez que pisaba Espectáculos García Sancho.

La diferencia estaba en que, ahora, lo que hacía era formar parte de un funeral.

La recepcionista tenía los ojos completamente vidriosos y la nariz enrojecida de tanto limpiársela con el pañuelo que ya sujetaba directamente en la mano, sin guardárselo. Por detrás de ella también pasaban en ese momento dos personas que eran como sombras, cabeza baja, sensación de desánimo. La noticia de la muerte de la esposa del dueño había caído como una nevada inesperada a las puertas de un lejano invierno. Para postre, cuando la mujer le vio, mostró todo su abatimiento con una ráfaga de desesperación y miedo en su semblante.

—¡Ay, no! —exclamó.

Miquel no perdió el tiempo.

—Buenos días. —La saludó primero—. ¿Está Betsabé Roca?

—¿No va a preguntarme ni a pedirme nada?

—Esta vez no. Gracias.

Pareció aliviada, pero no se movió de su silla.

—¿Está? —insistió Miquel.

—¡Oh, sí, perdone! —reaccionó.

Lo hizo de nuevo en persona, sin usar el interfono, como había hecho el sábado cuando él pidió por el director comercial. Se levantó, se alejó por el pasillo y reapareció a los pocos segundos. No llegó hasta el mostrador. Le hizo una seña.

—Señor, por aquí, si tiene la bondad.

Miquel la siguió. La oficina de la agencia era un funeral. No se oía ni el vuelo de una mosca. Nadie escribía a máquina. Todos parecían hacer algo, pero en realidad era como si flotaran o dieran vueltas en círculos. La recepcionista se detuvo delante de una puerta.

Antes de que llamara con los nudillos, Miquel volvió a hablarle.

—La dirección que me dio de Verónica Echegaray es antigua. Se mudó a un piso nuevo.

—¿Ah, sí? Primera noticia. Lo siento.

—No pasa nada —la tranquilizó él—. No sabrá cuándo regresa ella, ¿verdad?

—No.

—Dijo que usted misma le sacó el billete de tren. Pensaba que también el de vuelta.

—No, fue únicamente el de ida. Nunca se sabe cuándo acabarán de rodarse unas escenas. Creo que eran exteriores, y si llueve...

Dio por terminada la explicación. Llamó a la puerta y del otro lado una voz fuerte y grave anunció:

—¡Adelante!

La primera vez que había estado en Espectáculos García Sancho le dijo a la recepcionista que se trataba de una «investigación policial», sin más. En su segunda visita ya no hizo falta decir nada. Ahora no tenía ni idea de qué le habría dicho a la secretaria de Federico García Sancho.

No podía decir que era policía.

Se encontró en un despacho pragmático, sin los habituales carteles de películas ni retratos de actores y actrices. Podía ser el despacho de cualquier empresa. Muebles, armarios con estantes, una ventana grande y una segunda puerta que, lo más seguro, conectaba con el despacho de su jefe. Betsabé Roca le dio la impresión de ser una mujer fuerte, con los pies bien asentados en el suelo. Su aspecto era frío, distante. Vestía de negro y, salvo el anillo de casada, no llevaba ninguna otra joya encima. Estaba muy delgada, con el rostro enjuto marcado por las primeras líneas de la edad.

La secretaria perfecta.

Miquel recordaba con claridad lo que había dicho de ella Rosario Puentes.

«Si piensa que es una más del harén de Federico, se equivoca. Betsabé le es fiel. Más que fiel. Mataría o se dejaría matar por él. Le tiene en un pedestal. Se lo perdona o lo justificaría todo, hiciera lo que hiciese.»

No tuvo que decir nada. Lo hizo ella.

—Siéntese, señor.

La obedeció. Ocupó una de las sillas situada al otro lado de la mesa. Ya llevaba el abrigo desabrochado. Por segunda vez, habló su anfitriona.

—El señor García Sancho me llamó para decirme que probablemente se pasaría por aquí. —Le estudió de arriba abajo, valorándolo—. Usted es uno de los detectives, ¿no?

—Agencia Fortuny. —Evitó dar su nombre—. Me alegro de no tener que presentarme.

—Según tengo entendido, la señora Concepción les contrató para que investigaran el tema de los anónimos. —Fue al grano.

—Así es.

Se inclinó sobre la mesa, apoyó los codos, unió las manos en lo alto y dejó que la barbilla descansara sobre ellas.

Los ojos eran taladros.

—Puedo entenderlo —dijo—. Yo misma me asusté. Para el señor García Sancho no era más que una anécdota, pero para mí... Imagínese su esposa.

—Él no dio ninguna importancia a las amenazas.

—No, ninguna.

—El señor García Sancho me pareció que tiene la piel dura.

—Tiene una alta posición en un mundo muy competitivo. Es el mejor. Si hiciera caso de todo lo que se dice o de la gente que se molesta con lo que hace... —Siguió atravesándolo con la mirada—. Mire, no voy a ocultarle que me sorprende su presencia en esto. No entiendo por qué no se ocupa exclusivamente la policía.

—¿Le parece raro que sigamos en el caso?

—No. —Hizo un gesto vago—. Pero ¿detectives? Creía que esto sólo salía en las películas.

—Ya ve que no. La señora Concepción nos contrató y su marido nos dio permiso para seguir. Dijo que cuantos más busquemos la verdad, antes acabará esto.

—Usted no se imagina cómo está.

—Le vi ayer por la mañana.

—Le parecerá fuerte, una roca. Pero no. Lo peor es la rabia que ahora mismo le posee. Le han arrebatado lo que más quería.

—¿Se siente culpable porque ella ha sido la víctima de unas amenazas dirigidas a él?

—No lo sé —dijo tras reflexionar un instante, como si no lo hubiera pensado—. No lo creo. De todas formas, todo ha sido tan reciente, tan duro... —Retomó un poco el control, superado el atisbo de emoción—. Me pidió que, si aparecía por aquí, le ayudara en todo lo que necesitase. Así que... ¿en qué puedo servirle, señor?

—Cuénteme lo que sepa.

—No hay mucho. —Bajó los brazos y ahora unió las manos sobre la mesa—. Recibí los primeros anónimos, se los pasé a él, los tiró a la papelera y me dijo que no hiciera el menor caso. Cuando siguieron llegando, yo misma le propuse que avisara a la policía. Me replicó que la policía tenía cosas mejores que hacer que ocuparse de las amenazas de un loco. Luego me enteré de que también llegaban a su casa.

—Usted lleva con él muchos años.

—Sí.

—Conoce todas sus historias.

—Sí.

—Sabe quién le odia.

—Odiar es un término desagradable. —Hizo una mueca—. Aunque sí, sé quién le odia. En este trabajo los enemigos crecen como las setas en otoño; salen de debajo de las piedras, queriéndolo o sin querer. Siempre hay alguien que se siente agraviado o perjudicado. Y el señor García Sancho se pasa el día tomando decisiones, ¿me comprende? Por cada actriz feliz hay diez infelices. Por cada actor satisfecho hay diez insatisfechos. Por cada proyecto que se pone en pie hay diez que no. Se genera mucha energía, pero también frustración. Creer en algo y no poder sacarlo adelante, interpretar los gustos del público... No es fácil. Hay que saber mucho, tener mano izquierda, carácter.

—Su jefe tiene todo eso.

—Al cien por cien. Está entregado a su trabajo, por eso somos los mejores. Si me pregunta en serio quién podría amenazarle, le diré que la lista sería larga.

—Habrá alguien en primera posición.

—¿Quiere que dispare a ciegas, lanzando infundios contra personas que probablemente sean inocentes? No es mi estilo, señor. Lo siento.

—Tengo la intuición de que los anónimos los escribió una mujer.

—¿En serio? —Abrió mucho los ojos.

—Sí.

—¿Por qué?

—Por el tono de las palabras. Llámelo experiencia.

—La policía cree que fue un hombre.

—Ésa es otra historia.

—No lo entiendo.

—Es complicado —contemporizó—. Y la investigación está en pañales, claro. Pero desde luego, mujeres no faltan en la vida del señor García Sancho.

—Eso no me incumbe. —Se envaró ligeramente.

—Usted debe de estar al tanto de todo.

—Lo estoy, pero no tiene nada que ver con...

—¿No le ha pedido su jefe que ayude en cualquier cosa? —la detuvo—. Su esposa está muerta. Ya no ha de protegerla ni defender su buen nombre. Ahora se sabrán muchas cosas, es lógico.

—Señor. —Se crispó un poco más—. Yo trabajo aquí, sirvo a un hombre al que respeto mucho. Lo que haga en su vida privada es cosa suya. No juzgo. Cada cual debe vivir como pueda, quiera o le dejen.

—Muy loable. —Miquel no se echó para atrás. Ya no—. Pero detrás de todo esto se esconde alguien capaz de matar. ¿No quiere que se haga justicia?

—Parece que sabe ya mucho del señor García Sancho —repuso ella.

—Lo suficiente.

—¿Y qué quiere, una lista de mujeres con las que haya tenido algo que ver?

—Ya he hablado con alguna. —Pronunció los nombres despacio—: Rosario Puentes, Margarita Velasco, Marilole La Gitana...

Betsabé Roca apretó tanto las mandíbulas que se le marcaron dos ángulos de noventa grados a ambos lados de la cara. La mirada se hizo mucho más dura.

—¿Sabe lo incómodo que es esto para mí? —dejó caer.

—Sí, y lo siento.

—Muchas mujeres se acercan al señor García Sancho para buscar fortuna, una oportunidad. Y siempre hay alguna dispuesta a darlo todo por conseguirlo. Hasta a sí misma. La señorita Velasco, por ejemplo, llegó al límite.

—¿Por quedarse embarazada?

—Lo sabe todo, ¿eh?

—¿Se quedó en estado aposta para presionarle?

—¿Qué, si no?

—¿Lo sabía su esposa?

—No.

En el último minuto había conseguido convertirla en un muro. Las preguntas rebotaban en él.

Intentó que volviera a bajar la guardia, aunque era difícil.

—Señora Roca, usted estaba en Madrid con su jefe.

—Sí.

—Regresó en tren y él lo hizo en su coche.

—Así es.

—¿Sabe que él se detuvo en Zaragoza para ver a Verónica Echegaray?

—¿Qué tiene de extraño? Está rodando en la ciudad.

—Me han dicho que es la nueva... preferida de su jefe.

Betsabé Roca cerró los ojos.

Podía echarle de un momento a otro.

No lo hizo.

—Suponiendo que esa falacia sea cierta, ¿qué tiene que ver eso con los anónimos o el desgraciado asesinato de la señora García Sancho? —No le dejó responder—. Si, como dice, es verdad, cosa que ignoro ni me importa, no tendría sentido que los enviara ella, ¿no cree? Ni que quisiera hacerle daño. Sería absurdo.

—Estoy de acuerdo.

—¿Entonces? Debería buscar a alguien que quisiera matar al señor García Sancho, no a quien le quiere.

—Entienda que he de hacerme un cuadro mental de todo, señora. Verlo en perspectiva. Si uno no se aleja, tiene los árboles del bosque demasiado cerca, tapando a los que están más allá. Una nueva amante significa una amante anterior despechada. Necesito nombres.

Luchaba contra su lealtad y la necesidad de estallar, contra la protección de su bienamado jefe y la búsqueda de la verdad. Se había producido un crimen. El muerto podía haber sido Federico García Sancho.

—Este último año ha sido muy duro. —Se resistió una vez más la secretaria—. No ha habido mucho tiempo para... distracciones.

—¿Con quién se veía el señor García Sancho antes de Verónica Echegaray? —insistió Miquel.

Era el momento de salir en globo o...

—Olga del Real.

Miquel se relajó.

—¿Duró mucho?

—No. Un par de meses. Quizá tres, no sé.

—¿Y antes fue Marilole?

—Creo que sí —musitó con voz apagada—. Pero no estoy al tanto de todo, se lo digo en serio.

—¿Puede darme la dirección de la señorita Del Real?

—Se casó hace tres semanas.

Miquel no ocultó la sorpresa.

—¿Tan rápido?

—Sí.

—¿No lo haría por estar embarazada?

—Eso no lo sé. —Rezongó de manera desabrida mientras se levantaba de golpe de su silla.

Miquel la vio rebuscar en un archivador. Un bonito mueble de madera con el frontal en forma de cortinilla. No sacó ninguna ficha del interior. Regresó a la mesa y le dio las señas.

—Paseo de San Gervasio 38. —No le ocultó el cansancio que sentía—. ¿Le quedan muchas preguntas?

—No, descuide. ¿Cuándo regresa Verónica Echegaray de Zaragoza?

—No lo sé. Cuando acabe lo que está haciendo, hoy o mañana, quizá incluso pasado mañana. A lo mejor quiere estar presente en el funeral. —Plegó los labios—. Yo llevo la agenda del señor García Sancho, no la de las actrices o actores de la agencia.

—¿Venía mucho por aquí la señora Concepción?

—No, nunca.

—¿Por qué?

—No creo que le gustase mucho este mundillo.

—Me pareció una mujer muy resuelta, atractiva...

—Era una gran señora. —Apareció una mota de humedad en sus ojos.

—¿Conoce al hijo del señor García Sancho?

—¿Alonso? Sí, claro.

—Según parece, tampoco viene por aquí.

—Estudia abogacía. Bastante tiene el pobre.

—¿No querría su padre que se ocupara de la agencia?

—¿Quién dice que no vaya a hacerlo algún día? ¿Por qué pregunta eso?

—Creía que no era lo suyo.

—No irá a sospechar de él.

—La noche del crimen no estaba en su casa. La pasó fuera.

—Bueno, es normal. Un muchacho joven... No sé qué habría sucedido de encontrarse él en el piso. —Se estremeció.

—¿Es un buen chico?

—Tiene veintiún años, ¿qué quiere? —Parecía cada vez más cansada, se le marcaban unas repentinas ojeras—. Le gusta divertirse, eso es todo. ¿Qué chico no da quebraderos de cabeza a su padre? Pero estar fuera le salvó. Tal vez el asesino también le habría matado a él. —Se vino abajo súbitamente, como un castillo de naipes—. Señor, en serio, ¿esto va a durar mucho? Tengo cosas que hacer y le he dicho lo que sé. Con gusto haré lo que sea para que encuentren a ese loco, pero no puedo darle nombres al tuntún ni complicar todo esto más de lo que ya lo está haciendo suposiciones. No es mi estilo. Lo que más temo, incluso, es que el señor García Sancho siga en peligro. Ahora, si me lo permite...

Se puso en pie.

Miquel hizo lo mismo.

Despedida y fin.

No le acompañó a la puerta. Se dieron la mano y él salió del despacho. Conocía el camino. Al pasar por delante de la recepcionista le dirigió una sonrisa de aliento.

—Si alguna vez quiere cambiar de trabajo, la contrato en nuestra agencia —dijo.

—No habrá hombres tan guapos como aquí, pero se lo agradezco. —Le devolvió la sonrisa.

26

Olga del Real vivía en el paseo de San Gervasio, cerca del final de la calle Balmes y de la plaza de la Bonanova. Barrios altos. Clase. De camino, cuando el taxi pasó por delante de La Rotonda, haciendo confluencia con la avenida del Doctor Andreu, Miquel contempló el edificio. Uno de los más bellos y tal vez más ignorados de la ciudad. Lo apreció unos segundos antes de retomar el sentido del deber.

Las bombas del año 38 no le habían arrebatado a Barcelona toda su belleza.

Eso sólo lo haría el fin de los tiempos.

La casa era lujosa y regia. Cuando le preguntó al conserje, éste tardó un poco en responder.

—¿Olga del Real? Bueno, querrá decir la señora Olga Moragues, ¿no? Los Moragues viven en el ático.

Tomó el ascensor.

La criada que le abrió la puerta también iba de uniforme y era muy jovencita. No llegaría a los veinte años. Si Olga del Real, ahora señora de Moragues, se había casado hacía tres semanas, probablemente todo era nuevo. Incluso ella.

—¿La señora Olga, por favor?

Se trataba de una pregunta simple, pero a la chica debió de parecerle una montaña.

—Todavía está durmiendo, señor —respondió nerviosa.

Miquel miró la hora.

Las diez y veinte de la mañana.

—Tendrá que despertarla —dijo.

La montaña se convirtió en un Everest.

—No... puedo hacer eso... señor.

—¿La mataría?

Por la cara que puso, era evidente que sí.

—Tendrá que volver...

No le preguntó a qué hora volvía a la vida su afortunada señora.

—Dígale que es un asunto policial.

—¿Y eso qué significa?

—Que ha habido un asesinato y he de hablar con ella. Si quiere la despierto yo mismo —se ofreció.

—¡Oh, no, no, espere aquí, por favor!

La chica desapareció a la carrera. Miquel lo aprovechó para entrar en el recibidor y cerrar la puerta. Como en cualquier recibidor amplio, vio una mesita adosada a la pared, un paragüero, un espejo y algunos cuadros, en este caso paisajes marinos. Nada del otro mundo. Cuando la criada regresó, habían transcurrido un par de minutos.

—Ya... estaba despierta —anunció la chica, apurada—. Pero tardará diez minutos. Si no le importa esperar...

—Esperaré.

—Si me hace el favor...

No caminaron mucho. Al fondo del pasillo se veía una sala comedor enorme. La criada, sin embargo, lo dejó en una salita mucho más pequeña. La moda de los ricos de tener un lugar para leer o descansar se hacía cada vez más palpable. Salvo en los viejos pisos del Ensanche, como el suyo, grande, la gente normal tenía como mucho un trastero, porque más espacio... Las nuevas casas se hacían para la precariedad. Uno o dos hijos como mucho. Habitaciones pequeñas. La gente acabaría viviendo en cajas de cerillas.

Miquel se quitó el abrigo y se sentó en una butaca. En el

lugar no faltaban libros, pero, como en casi todas partes, también había fotografías, y en este caso eran de la dueña de la casa, siempre sonriendo a la cámara. Puro narcisismo. Era guapa y sensual. Mucho. Miquel trató de recordar si la había visto en alguna película. En el fondo, todas se parecían. Mujeres perfectas, con peinados a la moda, ojos profundos, labios de ensueño. La mayoría buscaba parecerse a las grandes estrellas de Hollywood. A Olga del Real le calculó unos veinticinco años.

Las dos únicas fotografías en las que se la veía acompañada eran del día de la boda, con su marido.

Miquel intentó hacer memoria, buscar a quién le recordaba el hombre.

Cerró los ojos.

La penúltima amante de Federico García Sancho se casaba tres semanas antes, en plena oleada de anónimos. ¿Un amor rápido? ¿Un marido rico y seguro? ¿Una venganza por parte de ella? ¿Una tapadera debida a otro embarazo, como el de Margarita Velasco?

Cuando las preguntas se amontonaban, lo mejor era esperar.

No forzar la máquina.

Olga del Real no tardó diez minutos. Tardó quince. Calculó que se había lavado y todo. Llevaba una bata de seda hasta los pies y olía a perfume caro. Iba perfectamente peinada, aunque sin maquillar. De haberse maquillado habría tardado mucho más. Lo primero que Miquel apreció fue que no necesitaba de ese maquillaje; al contrario, estaba mucho más guapa que en algunas fotos. Era menuda, de aspecto vivaracho. Quizá por esto, en persona, no daba la talla de estrella.

Miquel se puso en pie, pero no tuvo ni tiempo de abrir la boca.

—¿Es usted policía? —le soltó a bocajarro sin acercarse.

—Detective.

—No entiendo... Lola me ha hablado de un... ¿asesinato?

Miquel ya no trató de darle la mano.

—Ante todo, perdone que la moleste en su casa, señora. Si no se tratara de algo de suma gravedad, no estaría aquí.

—¿Y quiere hablar conmigo? —Siguió de pie—. ¿Qué tengo que ver yo con una investigación policial?

Era hora de soltárselo, porque ella no parecía muy dispuesta a colaborar.

—Han asesinado a la señora Concepción Busquets —dijo—. La esposa del señor Federico García Sancho.

Se le doblaron las rodillas.

Primero, tuvo que apoyarse en el marco de la puerta. Después dio tres pasos y se dejó caer en la primera butaca que encontró. La bata de seda se abrió y por ella asomaron sus hermosas y finas pantorrillas.

—¿Asesinada? —balbuceó.

—Veo que no lo sabía.

—¿Cómo iba a saberlo? ¿Cuándo...?

—Se descubrió el sábado por la mañana. Sucedió el viernes por la noche.

—Mi marido y yo llegamos a casa muy tarde anoche. Pasamos el fin de semana en su casita de Andorra. Él tiene negocios allí.

Miquel señaló las fotos de la boda.

—Creo que le conozco de algo —dijo.

—Es Narciso Moragues.

—¿El constructor?

—Sí.

Olga del Real había picado alto.

Quizá dejando atrás una nada segura carrera en el mundo del espectáculo, sobre todo sin Federico García Sancho.

—¿Qué tiene que ver la muerte de esa mujer conmigo, señor?

La hora de los disparos.

Como siempre, o salía en globo, o lograba conducir la situación, por complicada que fuese.

Y ésta lo era.

—Siento ser brusco, señora. No está en mi ánimo molestarla ni ofenderla. Es más, mejor hablar conmigo que con la policía, que es menos discreta. Por eso es importante atrapar al asesino cuanto antes, para evitar sufrimiento a otras personas con la investigación, dada la magnitud del caso. —Intentaba atraparla con la mirada, hacerle bajar la guardia, conseguir el extraño milagro de la confianza o hipnotizarla, como decía Fortuny que hacía en los interrogatorios—. Le juro que lo que me diga aquí será secreto de sumario, pero he de hacerle algunas preguntas... incómodas.

—¿Qué clase de preguntas? —vaciló—. No entiendo nada. Yo ni siquiera conocía personalmente a esa mujer.

—Es sospechosa igual —dejó ir.

Le cambió la cara.

La invadió una expresión de horror.

—¿Sospechosa yo? ¿Se puede saber qué está diciendo?

—El señor García Sancho ha estado recibiendo anónimos amenazando con matarle desde hace muchos días —habló despacio—. No les hizo caso. Su mujer, en cambio, se los tomó muy en serio. El mismo día que ella nos contrató para investigar, murió; probablemente de manera accidental, ya que el objetivo está claro que era él.

—Le repito que yo no... —desgranó sin apenas voz.

—En mi investigación, su nombre ha salido varias veces. Por eso estoy aquí.

—¿Y por qué ha salido mi nombre?

—Porque tuvo una relación con el señor García Sancho.

—¡Eso es mentira! —Se puso roja.

—Señora, no estoy aquí para juzgarla ni acosarla. Se lo repito: la policía será menos amable. Tengo la teoría de que quien amenazó al señor García Sancho es una mujer, y no

suelo equivocarme. Él tiene ahora una nueva amante, Verónica Echegaray. Pero antes de ella, él la tenía a usted.

Apareció por fin su primera línea de defensa.

—¿Se da cuenta de que estoy casada con un hombre muy
importante? —espetó.

—Sí.

—¿Y se atreve...?

—No me atrevo a nada. Sólo le pido información.

—¡No tengo ninguna información! —se crispó.

—El tiempo que estuvo con él, ¿todo fue bien entre ustedes? —No bajó la guardia Miquel.

—¡Era el empresario que manejaba mi carrera! ¡Sí, todo
fue bien!

—¿Acabaron de forma amigable?

—¡Pues claro! ¡Sigue llevando mi carrera! ¡La retomaré en
unas semanas!

—¿Quién rompió, usted o él?

Abrió la boca, pero ya no pudo decir nada. Su pecho subía y bajaba al compás de su desaforada respiración. Si su marido no sabía nada, quizá se estuviera jugando la buena vida
que pensaba llevar.

—Señor...

—No pasa nada —la tranquilizó—. Sé que usted no lo hizo,
y más si estaba en Andorra. Trato de ayudarla. Cuando salga
de aquí seré una tumba, se lo juro. Jamás le haría daño.

Se vino abajo.

Aunque le miró con rabia.

—Sucedió y ya está. —Encogió los hombros—. No fue más
que un desliz, aunque él...

—Es usted muy guapa. Dudo que García Sancho la dejara
marchar así como así.

—Yo estaba prometida.

—¿Se enteró su marido?

—¡No! —Se agitó como una coctelera—. ¿Es que va a hacerme chantaje? ¡Ni siquiera tiene pruebas! ¡No son más que habladurías!

—Le repito que no es un chantaje, cálmese. —Le mostró las palmas de las manos—. Hago mi trabajo y nada más. Y consiste en buscar a quien lo hizo.

—¿Y cómo creerle? ¡No le conozco!

—Sí me conoce —habló despacio, casi con voz paternal—. Soy alguien que está tratando de descubrir a un asesino, y con ello, el resto de las personas quedará a salvo de todo mal. Cuanto más tarde, será peor.

—¿Y si no lo consigue?

—Lo conseguiré —dijo con aplomo.

—Pues le deseo suerte. —Se llevó una mano a la cabeza y se presionó la sien—. No puedo decirle lo que no sé. Con Federico hablaba de trabajo, de mi futuro, y poco más. No me hacía confidencias, si es lo que cree.

—¿Por qué se casó nada más romper con él?

—Se lo he dicho: estaba prometida. Perdí la cabeza, la recuperé, y le dije que sí a Narciso cuando me lo propuso después de que Federico me apartara de un papel muy importante. Me deprimí y pensé que necesitaba asentar mi vida. Eso es todo. Le juro que ahora mismo soy la mujer más feliz del mundo.

—¿Llegó a conocer a Verónica Echegaray?

Afloró una sonrisa pesarosa en su rostro.

—Sí —reconoció—. Y le diré una cosa: no me extraña que cayera en manos de esa... puta —acabó por decir la palabra.

—¿Por qué?

—Sólo la vi dos veces, pero la calé enseguida. Es la clásica arribista ambiciosa y calculadora, dispuesta a todo para conseguir sus propósitos. Cualquiera es capaz de matar por un buen papel, pero esa bruja... Encima no tiene clase, actúa siempre, en todo momento, y se cree una diosa. Sé que Federico se cansará de ella, y después de una o dos películas, si llega, se dará cuenta de que ni siquiera es buena actriz. Pero mientras, imagino que Verónica soñará con ser la última conquista de Federico. La definitiva.

Lo dijo como si fuera una sentencia.

Quizá se tratara de eso.

Miquel se levantó.

—Siento haberla molestado y preocupado. —Le tendió la mano.

La nueva Olga del Real se mordió el labio inferior.

—¿Cree que la policía o en su agencia darán pronto con el asesino? —preguntó.

—Esperemos que sí —dijo Miquel.

—Encuéntrenlo, por favor. —Le apretó la mano y puso la otra encima de ambas, para dar más énfasis a sus palabras—. Ahora tengo otra vida, ¿entiende? Y le juro que quiero a mi marido.

Miquel asintió con la cabeza.

Pero ella siguió reteniéndole la mano, mientras en sus ojos se prolongaba también la súplica.

27

David Fortuny estaba solo en su despacho. Nada más verle aparecer refunfuñó:

—¡Vaya horas!

—Se me han pegado las sábanas —mintió él mientras se quitaba el abrigo.

—¿A usted, y en plena investigación de un caso de los que le gustan y apasionan? Lo dudo.

—De acuerdo. He estado investigando —admitió.

—¿Sin mí? —Volvió a enfadarse Fortuny.

—Ya sabe que me gusta trabajar solo siempre que puedo.

—¡Somos un equipo!

—Eso lo dice usted.

—¡Lo somos! —insistió.

Miquel se retrepó en una de las sillas. Alargó las piernas y cruzó las manos sobre el vientre. No respondió, se limitó a dirigirle una de sus habituales miradas llenas de alternativas.

David Fortuny reaccionó como esperaba.

—¡Mire que es cabezota!, ¿eh? ¿Qué ha hecho? ¡Venga, suéltelo!

—Poco. —Pareció hacer memoria—. Primero he charlado con la secretaria de Federico García Sancho. Muy seria, muy correcta, muy profesional. He conseguido que me diera el nombre de la última amante de su jefe: Olga del Real.

—No me suena.

—Es joven, guapa, y diría que lista —repuso él—. He ido a verla. Se casó nada más romper con García Sancho, y su marido no es precisamente un desgraciado. Hablamos de Narciso Moragues.

—Me suena.

—El constructor. Habrá visto letreros con su nombre en algunas obras de Barcelona.

—Entonces ya está, ¿no? —Se animó Fortuny—. Ella le contó lo suyo con el empresario y el tal Moragues, celoso, le envía anónimos amenazadores.

—¿Y se descuelga de noche en su casa para matarle y se carga a Concepción Busquets?

—¿Quedamos o no quedamos al final en que ella murió accidentalmente porque el asesino iba a por él o la mató para hacerle daño?

—Quedó usted. Yo no. Mientras haya opciones, no soy de los de llegar a conclusiones precipitadas.

—Conclusiones no, pero ¿qué le dice su instinto?

—Que Olga del Real se cuidó muy mucho de que su marido no supiera nada de su lío con García Sancho. Su miedo, ahora, es que se investiguen las relaciones femeninas de éste y su nombre salga a la luz. Ha pillado un buen partido, no sé si me explico.

—¿Algo más?

—No.

—Vamos, cuando pone usted esa cara...

—¿Qué cara?

—Esa de dolor de estómago, cuando algo le reconcome por dentro.

—¿Yo pongo cara de dolor de estómago? —No pudo creerlo.

—¡Sí, venga, suéltelo! ¿Qué le preocupa?

A veces, Fortuny daba en el blanco.

Se lo dijo.

—Es esa campanita de mi cerebro. Le he hablado a veces de ella.

—La que suena advirtiéndole de algo, sí.

—Pues ahí está, y lleva sonando desde hace... No sé. Pero suena. —Respiró a fondo—. Sé que he visto u oído algo que, en su momento, no me llamó la atención, y sin embargo ahora...

—Yo me fío mucho de su campanita y de su instinto y sus premoniciones —aseguró el detective.

—Es más que una alarma. Es casi un grito —dijo Miquel.

—¿Y no recuerda...?

—No, ni cuándo, ni por qué. Se ha desatado más hace un rato, cuando Olga del Real me ha dicho que Verónica Echegaray sería capaz de matar por el éxito.

—Hombre, si García Sancho cambió a una por la otra, está claro que la tal Olga debió de verla como una rival. Y eso de que se casara tan rápido... Puro despecho.

—La sombra de ese hombre es alargada, desde luego. Y deja un rastro lleno de mujeres heridas. —Reflexionó dando forma con palabras a sus pensamientos—. Tenemos a una con un hijo que depende del dinero de él, tenemos a otra que hace varietés en cines cuando es mucho mejor que eso, tenemos a Olga del Real casada ahora con todo un personaje, y tenemos a la actual amante de Federico García Sancho.

—No olvide a Rosario Puentes, a la secretaria...

—Le diré una cosa. —Frunció el ceño—. ¿Qué tienen en común esas mujeres?

—Hombre, su relación con Federico García Sancho, digo yo.

—La de Betsabé Roca es profesional. Y está casada. Pero el resto... No sé si Margarita Velasco y Marilole La Gitana tienen novio ahora mismo. Sin embargo, Olga del Real está casada y Verónica Echegaray, salvo que haya cortado con él recientemente, tiene novio.

—¿Un novio del barrio cuando tiene a un empresario forrado que puede llevarla al éxito? Lo dudo. Ésa ya le ha dado puerta al novio, fijo.

—Habrá que comprobarlo —dijo Miquel—. Pero no se deja de ser María López de la noche a la mañana, ni se corta con un novio al que tal vez incluso quiera, por el hecho de acostarse con su jefe. La tal Echegaray parece una mujer muy capaz de jugar a dos bandas.

—El novio es otro candidato a mandar anónimos a Federico García Sancho —opinó Fortuny—. ¿Y si es celoso? ¿O si se huele algo? Ah, y no se olvide usted del hijo, Alonso. ¿Sabe algo de él?

—Betsabé Roca me ha dicho que es joven y le gusta divertirse. Nada más. La policía quizá le haya preguntado ya dónde estuvo, con quién, y qué hizo. Y si no lo han hecho todavía, por el tema del entierro, lo harán después. Sería lo lógico, salvo que le vean tan afectado que no sospechen de él.

El detective hizo una mueca de fastidio.

—¿Estamos en un callejón sin salida?

—Yo no diría tanto. El quid de la cuestión sigue siendo que el responsable de todo actuó a las pocas horas de que Concepción Busquets nos viniera a ver. Y se lo repito: no creo en las casualidades. Pero tampoco le veo ningún nexo a la muerte de esa mujer con el tema de las amenazas a su marido.

—Pagó los platos rotos, se lo digo yo —insistió Fortuny—. ¿Cree que sólo usted tiene instinto, sexto sentido o como quiera llamarlo?

—Hay que encontrarle un sentido a todo. —Abrió las manos Miquel—. Verá cómo luego las cosas encajan.

—¡Oh, sí, pero para llegar a eso...! ¡Encima ahora tenemos a García Sancho echándonos el aliento detrás de la oreja!

—Que él nos haya permitido seguir investigando es mucho. Nos abre las puertas a todo, incluso a su familia.

—¿Está seguro? —No lo tuvo tan claro Fortuny.

—Sí, estoy seguro.

—Le cae mal pero no cree que sea responsable de nada, ¿verdad?

—Es responsable de todo, indirectamente. Pero está claro que quiere que encontremos al que mató a su mujer, más sabiendo que el asesino iba a por él. —Hizo una breve pausa—. Ayer Marilole La Gitana me dijo algo muy interesante. Según ella, una noche le preguntó a García Sancho qué planes tenía con respecto a su relación. Él la miró fijamente y le dijo que, por encima de todo, su esposa era su esposa, que la quería y, por lo tanto, no se hiciera ilusiones. Le dijo que lo que tenían entre ellos era bonito pero nada más, que nunca dejaría a su mujer. Si lo hiciera, además, sería pecado.

—¿Pecado, en serio?

—Da lo mismo. Federico García Sancho mataría con sus propias manos al asesino de su mujer. Se siente culpable. Eso, para alguien como él, es mucho. Dudo que jamás se haya sentido culpable de nada. Por eso no nos mandó a freír espárragos y nos dejó seguir con el caso. —Se levantó de la silla de golpe—. Salvo que encontremos más ex amantes y posibles alternativas, nos toca ver a la familia, sobre todo a Alonso.

—Hasta después del entierro no creo yo que lo consigamos.

—No podemos esperar tanto. Si le han hecho la autopsia a Concepción Busquets, el entierro no será hasta mañana.

Miquel cogió la guía telefónica. Encontró lo que buscaba. Descolgó el auricular y marcó el número.

—¿A quién llama? —preguntó Fortuny.

—A casa de García Sancho. Es sólo para comprobar una cosa.

—Estarán en el hospital.

—No, eso es en caso de enfermedad. Todavía no les habrán entregado el cadáver. —Colgó al comprobar que nadie recogía la llamada—. Si no está en su casa es porque estará con la familia, y lo más normal es que sea en casa de la hija.

—¿Nos presentamos allí por las buenas?

—Sí, vamos. —Recogió el abrigo—. Tiene las señas, ¿no?

David Fortuny le siguió al trote. Los dos bajaron la escalera a buen paso.

—Desde luego, se gana usted el sueldo —comentó con su habitual deje de sarcasmo.

—Querrá decir que me gano lo poco que me paga —objetó Miquel.

—Caramba, no diga eso.

—Es broma.

—Pues no me gaste bromas de ésas, que soy muy sensible. Ya sabe que cuando me ayuda vamos a medias en todo.

Miquel se detuvo en la acera.

Miró la moto.

El sidecar.

Levantó la vista al cielo, encapotado, amenazador.

—Yo sí que soy sensible —dijo—. ¡Va a ponerme la capota de plástico o voy en taxi! Elija.

—¡Será...!

Miquel alzó una mano dispuesto a parar un taxi.

—¡Ya, ya, un momento que la saco! —Lo detuvo el detective, aunque no dejó de protestar—. ¡Mire que es pesado!, ¿eh? ¡Y no me diga que es por la edad! ¡Es porque le gusta incordiar y poner pegas a todo!

Miquel no dijo nada. Ni le ayudó.

David Fortuny iba de un lado a otro en torno al sidecar sujetando la capota de plástico transparente para que el espacio quedara protegido.

Claustrofobia aparte.

28

Eugenia García Busquets también vivía en la parte alta, y no en un piso, sino en una casita unifamiliar de aspecto señorial, con jardín y dinero fluyendo de cada detalle. Otra criada, la tercera, les abrió la puerta. Al contrario de las de Rosario Puentes y Olga del Real, la de la hija mayor de Federico García Sancho tendría ya sus buenos cuarenta y cinco años. Permaneció inmutable cuando Miquel le dijo:

—Sé que es mal momento, pero dígale a la señora que no podemos esperar, que investigamos la muerte de su madre y que lamentamos molestarla.

La criada sólo vaciló unos segundos.

Les miró a ambos.

Luego les hizo pasar.

El mismo ritual de las casas ricas o elegantes: la espera tuvo lugar en una sala. A diferencia de las otras, en ésta había un piano de cola con fotografías repartidas por su superficie. David Fortuny se dedicó a estudiar los detalles. Miquel, las fotos. Las había de todo tipo: Eugenia, su marido, padres respectivos, abuelos, hermanos... En una de ellas consiguió reconocer a Concepción Busquets pintando un cuadro.

¿Una afición quizá olvidada?

Porque, desde luego, era ella, años atrás, con el mismo aspecto que tenía en las fotografías de la boda vistas en su casa el día anterior.

Iba a estudiar más a fondo el resto cuando se abrió la puerta. Por el quicio apareció un hombre joven, vestido de negro, con los ojos vidriosos, atractivo y nervioso. Al verlos, se detuvo y no supo qué decir.

Ellos tampoco.

Fueron apenas dos segundos.

—Perdonen —se excusó retirándose.

Volvieron a quedarse solos.

—Ése era Alonso, el hijo, ¿no? —dudó David Fortuny.

—Sí —asintió Miquel—. Se le parecía.

No pudieron seguir curioseando más tiempo. La puerta de la sala se abrió por segunda vez y por ella entró la dueña de la casa. Como les había dicho Concepción Busquets, se había casado con Federico García Sancho hacía veinticuatro años, muy jovencita. Eugenia llevaba un año casada. Alonso tenía veintiún años. La hija mayor estaba en los veintitrés años. El embarazo debía de andar por el quinto o sexo mes ya, y ni siquiera la prominencia abdominal le hacía perder un ápice de clase o elegancia. Era alta, guapa, distinguida pese a su juventud. El luto le daba una pátina de serenidad que contrastaba con la pureza nívea de su pálido rostro. Había algo en ella que, por un lado, la hacía parecer fuerte, y, por el otro, también le confería un extraño halo de fragilidad. Colgado del cuello llevaba un crucifijo de oro y pedrería ni mucho menos pequeño.

Fue la primera en hablar.

—¿Son ustedes los detectives?

—Sí. —Dio el primer paso Miquel—. Agencia Fortuny.

Les estrechó la mano. Y lo hizo con cierta firmeza.

—Mi padre me ha contado que mi madre les encargó investigar lo de las amenazas de muerte que él sufría.

—Sí, señora —asintió Miquel.

—¿En qué puedo ayudarles yo? —preguntó sin invitarles a sentarse.

—Imagino que la policía ya habrá hablado con todos ustedes.

—Sí, lo han hecho. Y me temo que les diré lo mismo que a ellos: no tengo ni idea de quién ha podido mandar esos anónimos a mi padre. Ni siquiera él la tiene.

—Lo supongo —convino Miquel—. Sin embargo, por la rápida resolución de todo este horror, he de hacerle unas preguntas.

Respiró a fondo y se cruzó de brazos.

—Hágalas —aceptó.

—Usted no trabaja con su padre.

—No. Me ocupo de mi marido y ahora... —Se tocó el vientre—. El negocio de mi padre no me interesa en absoluto. Para mí es otro mundo.

—¿Nunca ha trabajado con él?

—No.

—¿Ni por curiosidad?

—Mi padre lo adora. Para mí es un universo superfluo, lleno de vanidades y muy poco cristiano. Por eso le digo que no sé ni siquiera con quién se relacionaba él.

—¿Y su hermano?

—Estudia abogacía, pero es de esperar que, un día, tome el relevo de nuestro padre. De momento, ya tiene bastante con la carrera.

—¿Usted supo algo de los anónimos y las amenazas?

—No. Ni mi padre ni mi madre me dijeron nada. Imagino que a causa del embarazo. Mi padre me lo contó anoche.

—¿Sabe de alguien que quisiera hacerle daño?

—Se lo repito: de los asuntos de la empresa no sé nada. Lo único que puedo decirle es que estamos destrozados, todos. Mi madre murió por una tremenda equivocación y eso es... muy duro, señor. —No quiso perder la serenidad ni el control—. Era una buena mujer, se lo aseguro. Si acudió a ustedes fue porque estaría muy asustada, tanto como para hacer algo tan incomprensible en lugar de acudir a la policía. —Les miró con un atisbo de amargura—. ¿Detectives? Me resulta increíble. Ella era devota de las fuerzas del orden. Hasta tal punto debió de tener miedo que optó por meter en todo esto a dos extraños, y perdonen mi franqueza.

—No tiene por qué pedir perdón —dijo Miquel—. Pero déjeme decirle que lo que quería su madre era discreción, y de eso tenemos más que la policía. Piense que acudió a nosotros a espaldas de su marido.

No quedó convencida. Su rostro reflejó un lejano dolor.

—Mi padre me ha pedido... me ha ordenado que colabore en todo, y es lo que hago. Le obedezco dadas las circunstancias. Él está consternado, roto. Nunca le había visto así. Por lo general es fuerte, está seguro de lo que hace, maneja todo con mano de hierro. Pero esto... —Contuvo unas primeras lágrimas—. Mi madre lo era todo para él.

—Sin embargo, su padre tiene enemigos.

—Y supongo que hablan mal, cuentan mentiras... De acuerdo. Se lo repito: ¿por qué cree que nunca me ha gustado ese mundillo? Lo considero falso, lleno de egoísmos, egos, vanidades mal medidas, mentiras interesadas... Mi padre es un gran empresario y sabe lidiar con todo eso. Hace su trabajo y le gusta. Para mí es otra cosa.

La puerta de la sala se abrió una vez más. Por ella apareció un hombre, treinta y cinco años aproximadamente, bien vestido, bien peinado, con el sello del dinero y la clase impregnando todo su ser, desde los gestos hasta la pose. Ni siquiera se excusó por interrumpirles. Ni siquiera preguntó quiénes eran, aunque debía saberlo. Estaba claro que eran intrusos y sobraban.

Más en momentos como aquél.

—Cariño —se dirigió a su mujer—. Vamos a rezar el rosario. Tu padre y tu hermano ya han llegado.

—Sí, ya he terminado —asintió con voz más que respetuosa.

Una vez marcado territorio, se dignó mirarlos.

—¿Son los detectives? —preguntó.

—Sí —dijo ella.

—Tanto gusto. —Fue lacónico. Luego se dirigió a su mujer de nuevo—. No tardes.

Volvió a dejarlos solos.

Miquel tomó la iniciativa.

—Nos vamos ya. —Le tendió la mano como al llegar—. Gracias por todo, señora.

—No hay de qué. —Recuperó la sobriedad—. Y tanto mejor si logran algo al margen de la policía o con ellos. Lo importante es acabar con esta pesadilla y que descansemos en paz.

Todavía con la mano de Eugenia García Busquets retenida, Miquel dijo algo más:

—Necesitamos hablar con su hermano.

—¿Por qué? —Se envaró ella.

—Bueno, vive con sus padres y pasó la noche del asesinato fuera de casa.

—Santo Dios. —Retiró la mano y le miró con crispación—. ¿Se dan cuenta de que, si llega a estar allí, él también podría haber muerto? Alonso está destrozado, muy hundido. Apenas puede hablar.

—¿Qué hizo esa noche?

—Se quedó a dormir en casa de un amigo.

—Nos han dicho que le gusta divertirse.

—¿Eso es malo? —Se crispó todavía más, defendiéndole como una gata—. ¡Tiene veintiún años, es joven! ¡Claro que le gusta divertirse! ¿Qué quieren ustedes? ¿No se dan cuenta de que ahora esto va a marcarle el resto de su vida?

—No quería...

—Váyanse, por favor —les suplicó—. Por hoy es suficiente, ¿no creen?

Todo estaba dicho.

Otra puerta cerrada.

Como la de la casa, cuando la criada la cerró tras ellos.

29

No llegaron a la moto.

Como de la nada, surgieron dos hombres. Inequívocos. Trajes oscuros, abrigos oscuros, rostro de piedra no menos oscuro. Uno con sombrero y el otro sin él. Uno con bigote y el otro sin él. Uno con media sonrisa y el otro con media mueca.

Los policías de antes de la guerra eran diferentes.

Miquel lo sabía bien.

Se quedó muy tenso.

Ni le miraron. Estaban concentrados en David Fortuny. Miquel se dio cuenta de que su compañero estaba más que pálido, a pesar de lo cual éste expandió una enorme sonrisa en su rostro y abrió los brazos al recuperarse de la sorpresa y exclamar:

—¡Inspector Castellet! ¿Cómo le va?

El inspector Castellet era el del sombrero, el bigote y la media sonrisa. O no le gustó la pregunta, o no le gustó el gesto, o no le gustó la falsa alegría de Fortuny o no le gustó nada.

Miquel apostó por esto último.

El hombre empujó a Fortuny contra la verja exterior de la casa de Eugenia García Busquets.

Sin miramientos.

—¡Venga, no fastidie! —Puso cara de disgusto el detective aunque sin dejar de sonreír de manera forzada—. ¿A qué viene esto?

Castellet pegó prácticamente su nariz a la de Fortuny.

—¿Se cree que somos idiotas? —Arrastró las palabras por lo más pedregoso de su garganta.

—Para nada, se lo juro. —El detective levantó las manos, como si se rindiera.

—¿Piensa que no nos avisan de lo que pasa, y más en un caso como éste?

—Ya sé que...

El policía le hundió el dedo índice de la mano derecha en el pecho, igual que un taladro.

—¡Cállese! —le ordenó—. Se lo dije hace poco, ¿recuerda? Cuando aquel tipo intentó matarle en el hospital.

—Sí, lo recuerdo. —Hizo un gesto de dolor, porque el dedo le presionaba al máximo el esternón.

—Se salió bien librado de aquello. —Puso cara de incredulidad—. Defensa propia... Hasta mantuvo la licencia.

—Hombre, si es que...

—¡He dicho que se calle! —Volvió a empujarle con las dos manos, a pesar de que ya estaba empotrado en la verja.

—Pero ¿por qué la toma conmigo? —se empeñó en hablar Fortuny—. ¡Estamos del mismo lado!

—¿Has oído eso, González? —se dirigió a su compañero.

—Es gracioso —dijo siguiéndole el juego.

—Sí, tenía que haber sido cómico en lugar de metomentodo con licencia.

—¡Lo único que hago es ganarme la vida con mi trabajo! —insistió en hablar Fortuny.

—¿Metiendo las narices en casos de asesinato?

—¡Me contrató la señora García Sancho, y ahora lo ha hecho él mismo!

El inspector Castellet se pasó la lengua por el interior de la boca. Miraba tan fijamente a David Fortuny que parecía querer fundirle. De momento, era como si Miquel no existiera. Formaba parte del paisaje. Una estatua inmóvil.

A dos inspectores de policía no podía decirles que se llamaba Hugo.

—Fortuny, se me están hinchando los huevos —lo amenazó Castellet.

—Pero ¡si sabe que en cuanto averigüe algo... si tengo esa suerte, se lo diré a ustedes!

—La suerte que tiene es que no le rompamos todos los huesos una noche en cualquier calle oscura. —Siguió hablándole a un centímetro de la cara, con ganas de machacársela—. ¿Por qué no se dedica a seguir maridos infieles y mujeres cornudas? —De pronto miró a Miquel y preguntó—: ¿Y este pasmarote quién es?

Miquel pensó que a él sí se le acababa la suerte.

—Un amigo —fue rápido Fortuny.

—¿Trabaja con usted?

—No, no —dijo aún más rápido—. ¿A su edad? No fastidie, hombre. Me lo he encontrado de casualidad y le he pedido que me acompañara, para no estar solo.

El inspector Castellet no debió de creerle.

Tampoco era idiota.

—¿Cómo se llama? —preguntó.

Hugo no servía. Tocaba decir la verdad.

—Mascarell.

—¿Tiene nombre de pila?

—Miquel.

—¿Has oído, González? Éste todavía habla catalán.

Esperaron a ver si rectificaba y decía Miguel.

No lo hizo.

—Tengo sesenta y seis años, casi sesenta y siete. Estoy jubilado. David es un viejo amigo con el que trabajé hace años. Eso de que sea detective me pareció estupendo. ¿Qué quiere que le diga?

Esperaron el veredicto.

El maldito inspector Castellet se cansó del juego.

Un tullido y un viejo.

Se apartó de David Fortuny, pero siguió amenazándolo con el dedo índice de la mano derecha.

—Cuidado con lo que hace, ¿estamos?

—Lo tengo, lo tengo. —Respiró el detective.

—Y si se entera de algo, aunque sea por casualidad, y se le ocurre quedárselo sin compartirlo...

—Le juro...

—Lo aplasto como una chinche —remachó su amenaza el policía—. Será muy héroe de guerra, y dará mucha pena con ese brazo, pero éste es mi terreno. Haré que le quiten su maldita licencia y luego le meteré entre rejas por obstrucción a la justicia.

—No se preocupe.

—¿Qué hacía visitando a los García? —intervino González.

—Darle mis condolencias a la hija de...

Le tocó el turno al compañero de Castellet. Cogió a Fortuny por el cuello y lo apretó.

—¿Qué hacía? —repitió masticando cada sílaba.

—Pre... gun... tar... le... si... sos... pe... cha... ba... de... al... guien —jadeó a trompicones mientras buscaba aire que respirar.

González le soltó tan bruscamente como le había cogido.

—Lárguese —gruñó.

Dieron un paso hacia atrás, sin dejar de mirar a David Fortuny con desprecio. Miquel volvía a ser invisible. No pudo evitar pensar en sus primeras visitas a la Central de la Vía Layetana, cuando el comisario Amador le había agredido.

Humillar a los vencidos seguía siendo la guinda de la victoria.

Resistir, la venganza de los supervivientes.

—¡Detective! —Fue lo último que dijo el inspector Castellet escupiendo al suelo.

Se alejaron riendo sin disimulo.

Miquel se dio cuenta de que tenía los puños tan apretados que incluso se había clavado las uñas.

—¿Está bien? —le preguntó a Fortuny.

—Sí, sí, no pasa nada. —Quiso restarle importancia.

—¿Amigos suyos?

—Digamos conocidos. —Trató de recuperar su natural buen humor.

—No parece ser el más popular —dejó ir Miquel.

—Ya le dije que lo de ser detective privado es nuevo en España y que algunos de éstos aún no están acostumbrados.

—En su caso me ha parecido que era algo más que lo de «no estar acostumbrados».

—Bueno, es que Castellet es muy suyo. ¡Qué quiere que le haga!

—¿No me dijo que había hablado con la policía para comentarles lo del encargo de la señora García Sancho?

—Sí, pero no fue con Castellet. Tengo otros contactos más... asequibles. —Los dos hombres se metían en ese momento en un coche camuflado—. Deben de haberle asignado el caso a él. Mala suerte. O quizá sólo quiera tocarme los huevos, que es lo suyo.

Caminaron hasta la moto. Se habrían subido a ella, para irse de allí, pero evitaron las prisas al ver que quienes se marchaban eran ellos.

La calle quedó vacía.

En la casa, la familia debía de estar rezando el rosario.

—¿Quiere ir a tomar algo? —preguntó Miquel.

—No, estoy bien, en serio.

—¿Ha tenido otros encontronazos con ese inspector?

—Un par.

—Menos mal que los dos están del mismo lado.

—¿Qué, de guasa? —Se picó.

—No, no. —Puso cara de inocente.

—Con lo mal que lo he pasado por usted —se lamentó Fortuny—. Pensaba que, al decirle el nombre, igual lo recordaban.

—No soy tan famoso ya —dijo Miquel—. Aunque, en cierto sentido, el nuevo comisario me echó un cable en junio. El caso de la espía rusa de abril del año pasado ayudó un poco. —Miró con simpatía a Fortuny al darse cuenta de que era verdad: en el fondo había tratado de protegerle—. Ese tipo parece un mal enemigo.

—Lo sé. —Suspiró—. Y no le digo nada cuando resolvamos el caso. —Le miró con fijeza—. Porque lo haremos, ¿verdad? Aunque sólo sea por fastidiar a Castellet...

—No lo sé —reconoció Miquel—. Seguimos sin tener nada.

—¿Nada, nada? —Se preocupó el detective.

—Hay una persona a la que me gustaría interrogar.

—Ya. El hijo. Alonso.

—No: el novio o ex novio de la Echegaray.

—¿Una corazonada?

—No, pero usted mismo lo insinuó y tiene sentido: si ella es la amante de Federico García Sancho, está claro que o le ha dado puerta al novio o le miente. Si es el primer caso, tenemos un evidente motivo de venganza por parte de él. Si es el segundo, si la Echegaray se lo calla y el novio se ha enterado o sospecha algo, lo mismo. Y, por último, si no sabe nada y ella sigue con él por amor mientras se lo monta con su representante, tengo la misma curiosidad por conocerle.

—Sospechoso ha de ser. Si una mujer tan guapa te traiciona...

—Lo malo es que Federico García Sancho llevaba un mes recibiendo amenazas. Eso requiere calma. No lo hace un novio airado.

—¿Y quién le dice que sea un tipo airado? Lo único que sabemos es que es guapo y se parece a Burt Lancaster. Puede ser una persona cerebral, de los que lo planifican todo minuciosamente. ¿Y si a la larga resulta que quería hacer chantaje a García Sancho, amenazándole con contárselo todo a su mujer?

—No está mal —admitió Miquel un poco cansado de hacer conjeturas.

—A mí lo que me preocupa es que estamos dando vueltas en torno a personas allegadas de una forma u otra al dichoso Federico. Quizá el responsable de los anónimos y del crimen no tenga nada que ver con ellas —se lamentó Fortuny—. ¿Y si fue alguien completamente ajeno?

—Entonces vamos listos y perdemos el tiempo. Pero no sé, me da la impresión de que el responsable de todo es precisamente alguien cercano y que forma parte de un círculo más cerrado y próximo.

Llevaban allí demasiado tiempo.

—¿Vamos a buscarle? —Se animó Fortuny.

—Esta tarde. Ahora hemos de encontrar un lugar donde comer algo.

Se metió en el sidecar. El detective iba a ponerle la protección de plástico transparente cuando de la casa de Eugenia García Busquets salió alguien a la carrera, visiblemente nervioso.

Alonso.

El rosario no había sido muy largo.

—Arranque, rápido —cuchicheó Miquel.

Alonso García Busquets no reparó en ellos, sobre todo porque echó a andar calle arriba, en dirección contraria, y parecía muy sumido en sus propios pensamientos. O aplastado por ellos. Caminaba muy rápido, con la cabeza baja y las manos en los bolsillos.

David Fortuny hizo lo que le decía Miquel; arrancó y le siguió a cierta distancia para que el ruido de la moto no le alertara.

No fue demasiado lejos. Al llegar al paseo de la Bonanova, el joven detuvo un taxi.

—¡Allá vamos! —cantó el detective—. ¡Siento no poder ponerle la capota!

Miquel no dijo nada. Se aplastó lo más que pudo en el asiento del sidecar y se tapó la cara hundiendo la cabeza entre las solapas del abrigo. Llegó a maldecir su mala suerte, creyendo que iba a llover al recibir el impacto de unas gotas, pero resultó que no, que sólo eran unas pocas sueltas y escapadas de un camión cisterna lleno de agua. El taxi de su perseguido bajó de la parte alta hacia el centro y luego se desvió en dirección al Paralelo. Cuando se detuvo, quince minutos después, lo hizo en la calle del Doctor Pedro Mata, frente a un edificio pequeño y de aspecto lúgubre.

Alonso abandonó el taxi y, con el mismo nervio que un rato antes, entró a la carrera en el portal de la casa. David Fortuny paró el motor de la moto en la esquina de la calle con la de Vila y Vilá.

—¿Qué hacemos?

Miquel ya se estaba bajando, anquilosado, aterido, tratando de recomponerse y entrar en calor.

—Preguntar. —Fue lo único que dijo.

Caminaron el breve trecho y entraron en el vestíbulo. La portera era tan vieja como el edificio, y no menos lúgubre. Se asustó un poco al ver a dos hombres dirigiéndose hacia ella con el paso vivo y firme. La mortecina luz pareció convertirlos en gigantes, porque incluso menguó un poco y los miró desde abajo.

—¿Sabe a qué piso ha ido el hombre que ha entrado ahora? —le disparó Miquel.

Nada que objetar.

—Al tercero —respondió muerta de miedo.

—¿Quién vive ahí?

—La señorita Martínez...

—¿Martínez qué más?

—Milagros Martínez, señor. ¿Por qué...?

—¿Le había visto antes? —siguió Miquel con el mismo tono.

—El sábado por la mañana.

—¿Y más veces?

—No, únicamente ésa...

Les miró tan asustada que Miquel sintió un poco de pena, aunque ya era tarde para rectificar.

—De acuerdo. —Cambió el tono—. Tranquila. No pasa nada. Siento haberla molestado, señora.

Llamarla «señora» hizo mucho.

—Bueno. —Pareció entenderlo la mujer—. A mandar, ya saben.

Salieron a la calle y se apartaron del portal. Tampoco caminaron mucho. Se detuvieron a unos diez metros, cerca de la moto. David Fortuny le miraba con una de esas actitudes expectantes, de plena admiración.

—Caray, usted impresiona, ¿eh? Sin decir que es policía, la gente se lo suelta todo.

—Quien tuvo, retuvo. —Miró el viejo edificio.

—Pero que conste que la ha asustado igual que yo a la de anteayer, la del Felipito.

—*Mea culpa.* —Se golpeó el pecho con el puño cerrado.

—¿Y ahora qué? —quiso saber su compañero sin hacer caso del gesto.

—Esperamos —anunció Miquel.

—¿Por qué no subimos y les pillamos juntos?

—Porque no sabemos si ella tiene que ver algo en esto.

—Pero ¡si él ha salido a escape de casa de su hermana, y no me diga que tranquilo! ¡Está claro que oculta algo! ¿Con la madre muerta y viene a ver a una mujer?

—Mejor por separado —insistió.

—O sea que esto huele mal. —Se animó el detective.

—No lo sé, pero ya ha oído a la portera: le vio el sábado por la mañana. Alonso pasó aquí la noche de la muerte de su madre. De «amigos» nada. Y tantos nervios y prisas...

David Fortuny se mordió el labio inferior.

—Esto se complica —dijo.

—Bienvenido al Club de los Polis de Verdad. —Le palmeó la espalda Miquel.

30

Dejaron de hablar y vigilaron la casa los siguientes cinco minutos. Todo un mundo para esperar que David Fortuny estuviera callado. El detective acabó moviéndose como un perro enjaulado.

—Allí hay un bar —dijo—. ¿Quiere que vaya a por dos bocadillos?

—No, mejor seguir juntos.

—¿Por qué?

—Tal como estaba Alonso, y dadas las circunstancias, no creo que tarde mucho en salir.

—Ya veo que hoy no comemos. —Se resignó el detective.

—Yo también debería telefonear a Patro para decirle que no voy a casa. Se inquieta si no lo hago.

—¿Ve? —Pareció satisfecho—. Yo no tengo ese problema con Amalia.

Miquel optó por callar.

Odiaba estar de pie, inmóvil, y más haciendo frío. Pero acertó en su idea de que Alonso García Busquets no iba a estar mucho rato en el piso de la mujer. Pasaron otros cinco minutos y el joven salió de nuevo a la calle, acompañado por ella.

Milagros Martínez era mayor que él, guapa y llamativa. Sobre todo esto último.

—¡Vaya señora! —exclamó Fortuny.

Miquel estaba pendiente de ellos.

—Cuidado, vienen hacia aquí —advirtió.

Se apartaron de la esquina y disimularon frente a un escaparate de Vila y Vilá. La pareja parecía discutir más que hablar. Él era vehemente y ella buscaba tranquilizarle. Al menos sus gestos decían eso. No llegaron hasta la avenida Marqués del Duero, el Paralelo. Antes de desembocar en ella, él detuvo un taxi.

—¡Mierda! —dijo Fortuny—. ¿Nos separamos?

—Ya sabemos a dónde va él —lo detuvo Miquel—. Vayamos tras ella.

—Pero Alonso...

—Podemos pillarle en casa de su hermana si es necesario.

El taxi ya se alejaba por la calle Vila y Vilá en dirección al paseo de Colón. La exuberante Milagros Martínez se quedó quieta en la acera viéndolo. Daba la impresión de estar aturdida. Se llevó una mano a la frente y se la pasó por ella. Miquel calculó que si cogía otro taxi, tendrían el tiempo justo de ir a por la moto y seguirla.

Milagros Martínez reanudó la marcha.

A pie.

No fue una persecución muy larga. Caminó por Vila y Vilá y, cuando menos se lo esperaban, se metió en El Molino.

Se quedaron observando el gran cabaret de Barcelona, remedo del Moulin Rouge parisino, quizá el único lugar en el que la censura todavía no había cortado todas las alas y la diversión estaba asegurada, con hombres risueños y mujeres exuberantes.

Como Milagros Martínez.

—¿Será una vedette? —exclamó un asombrado Fortuny.

—Da la talla —reconoció Miquel.

—¡Pues vaya con el hijo de papá!

—Hay que hablar con esa mujer. Vamos. —Dio el primer paso.

Se dirigieron a la misma puerta de entrada del personal que acababa de utilizar ella. Nada más adentrarse en la parte oscura y prohibida del sacrosanto templo del pecado barcelonés, se les apareció un hombre. Y no uno cualquiera. Era una torre humana.

David Fortuny se achantó un poco.

Miquel no.

—¿Octavio? —exclamó.

—¿Señor Mascarell?

—¡Será posible!

—¡No puedo creerlo!

Se abrazaron con efusividad, palmeándose las espaldas como si se quitaran el respectivo polvo. David Fortuny cambió el resquemor por alivio. Los dos hombres acabaron separándose para mirarse el uno al otro.

—¡Le creía muerto! —gritó el llamado Octavio.

—Ya ves que no.

—Pero ¿de dónde sale, santo cielo?

—Estuve preso un montón de años.

—¿Y quién no lo estuvo? —El gigantón bajó la voz—. Esos hijos de puta... —Luego miró a Fortuny con el entrecejo fruncido.

—Tranquilo, es de confianza —le advirtió Miquel.

—Si va con el inspector, seguro que lo es —asintió Octavio tendiéndole la mano antes de dirigirse de nuevo a su viejo amigo—. Y ahora ¿qué hace? Porque inspector ya no creo que lo sea.

—Ayudo en investigaciones privadas.

—¿En serio?

—De incógnito, claro. El que da la cara es él. —Movió la cabeza en dirección a Fortuny.

—¡Usted era el mejor inspector de policía de Barcelona! ¡El mejor! ¡No sabe lo que me alegra que esté bien! ¿Su señora?

—Murió.

—¡Lo siento! —Se le ensombreció la cara.

—Tengo otra vida —le confesó Miquel—. He vuelto a casarme, he tenido una hija hace poco...

Para el hombre fue como si le anunciara que le había tocado la lotería. Su alegría fue inmensa.

—¡Dios bendito! ¿No me diga? ¡Esto es... fantástico! ¡Esos cabrones no han podido con nosotros!, ¿verdad?

—Un poco sí. —Quiso bromear sin ganas—. Pero resistimos. ¿Y usted?

—Pues ya lo ve: trabajo aquí. ¿No le parece de locos?

—¿Por qué iba a parecérmelo?

—¡Esto es El Molino! ¡Todo el día rodeado de mujeres guapas y artistas locos! ¡Ya me dirá!

Seguían hablando en mitad de ninguna parte, en penumbra. No había rastro de su perseguida ni de ninguna otra persona cerca. Y el tiempo apremiaba.

—Octavio —se recuperó Miquel—, precisamente quería hablar con una mujer que acaba de entrar. Creo que se llama Milagros Martínez.

—¿La Mila? Sí, por supuesto. Hoy tiene ensayo. Un número nuevo. ¿Quiere que la avise?

—No, no, si me dice dónde encontrarla... Prefiero sorprenderla yo.

—¿Ha hecho algo malo? —Se preocupó Octavio.

—No, pero quiero hacerle unas preguntas sobre alguien que conoce.

—Estas chicas conocen a mucha gente, sí. —Puso cara de resignación—. Allí están los camerinos. El de las coristas es el último.

—Gracias. —Miquel le palmeó ahora el brazo.

—¡Estaré por aquí si me necesita! ¡Y si una noche quiere darse un garbeo...!

—Gracias, Octavio.

Se apartaron de él y caminaron por un pasillo mal iluminado. Reinaba el silencio. El ensayo todavía no había comenzado. Los camerinos de las estrellas tenían nombre.

—¿Un viejo amigo? —curioseó Fortuny.

—Es una larga historia. —Suspiró Miquel—. Pero sí.

—Pues tiene un trabajo guapo.

—No sé qué decirle. Ver todo el día lo mismo debe cansar. Como trabajar en una pastelería. Acabas odiando los pasteles.

—¡Hombre, que no es lo mismo! ¿Quién va a cansarse de ver mujeres guapas y con poca ropa? ¡Yo ya firmo! —Meditó un segundo la parte negativa del asunto y agregó—: Aunque claro, si sólo las ves y nada más...

—A eso voy —repuso Miquel.

Llamó con los nudillos, pero nadie contestó ni abrió la puerta. Al otro lado se oían voces ahogadas. Acabó metiendo la cabeza por el hueco. Siete mujeres se estaban maquillando o cambiando de ropa frente a los espejos cargados de luces de sus respectivos puestos de combate. Estaban acostumbradas a ser vistas, así que ni se inmutaron cuando Miquel y David Fortuny entraron en el camerino. Una les miró curiosa. Otra, divertida. La tercera les sonrió. No estaban desnudas, pero al menos dos iban con muy poca ropa y otra más con una bata transparente que permitía soñar con sus intimidades. El detective no sabía a dónde mirar.

Igual era uno de los días más importantes de toda su vida.

Milagros Martínez, la Mila, estaba al final. Se había quitado el abrigo pero todavía iba vestida. Se acercaron a ella. Cuando reparó en su proximidad, les miró inquieta.

—Señorita Martínez...

—¿Sí?

—Hemos de hablar con usted.

La mirada inquieta se tornó asustada. Tuvo un pequeño temblor que logró dominar, como dominó su miedo creciente. Miquel le calculó unos veintiséis o veintisiete años. Destilaba sensualidad. La suficiente como para volver loco a cualquier hombre. Los labios eran sugerentes. Los ojos, mórbidos como los de Gloria Grahame.

—¿Qué quieren? ¿Quiénes son ustedes? —Se alarmó.

—¿Podemos hablar en privado?

—¿De qué?

Miquel no respondió a su pregunta. Esperó sin dejar de mirarla fijamente.

La resistencia de Milagros Martínez se vino abajo.

No hizo más preguntas.

—Vengan. —Se rindió.

Caminó por el camerino seguida por ellos dos. Las mujeres, ahora, no se limitaron a sonreír o mirarles. Alguna se dirigió a ambos con desparpajo.

—¡Volved!

—¡No te los quedes para ti sola, Mila!

—¡Me gustan mayores!

Salieron del camerino. Milagros Martínez les condujo unos metros más allá, hasta un lugar ocupado por bambalinas y atrezo de cartón para los números del espectáculo. Cuando se detuvieron, ella se apoyó en la pared, buscando un punto de seguridad. Intentó desafiarles con la mirada, exprimir la sensualidad con la que debía superar a cualquier hombre.

No lo consiguió.

Los ojos de Miquel eran dos piedras.

—Escuche, y escuche bien. —Habló el primero, como una cuña hundida en la debilidad de la mujer—. Le haré las preguntas sólo una vez, ¿de acuerdo?

—Señor, no sé...

—No somos policías, así que por este lado, no tiene nada que temer. Somos detectives privados. Si habla con nosotros, seguramente quedará a salvo. Con la policía sería otro cantar, ¿me ha entendido?

—Sí —balbuceó.

—Respire y tranquilícese. —La ayudó.

—Si es que... Yo... No entiendo... —protestó con debilidad.

—¿De qué conoce al señor Alonso García Busquets? —Le disparó Miquel la primera pregunta.

—¿Quién?

—Avise a la policía —le dijo a Fortuny.

—¡No, no, espere! —lo detuvo ella.

—Otra mentira y nos vamos.

—Somos... amigos.

—¿Sólo amigos?

—¿Qué quiere... que le diga?

—Él pasó con usted la noche del viernes al sábado.

—¿Cómo sabe eso? —Agrandó los ojos.

—Lo sabemos y punto. ¿Se lo repito? Escoja: la policía o nosotros.

—Ustedes. —Movió la cabeza levemente.

—¿Sabe que tiene veintiún años?

—Sí.

—Usted debe de conocer a hombres de verdad, mucho más interesantes e importantes que él, estoy seguro.

—Pero él es un joven... atractivo, vital... Nos gustamos, ¿entiende?

—Ha ido a verla a su casa hace un rato, y estaba nervioso, alterado.

Se vino un poco más abajo.

—Esa noche, la del viernes... se quedó dormido en mi casa y yo... No quise despertarle. Era la primera vez que subía. Por la mañana se marchó corriendo y hoy... Bueno, me ha contado lo de su madre. Estaba deshecho. Me habría gustado poder consolarle, pero tenía un ensayo... —Volvió a fallarle la voz.

—¿Cómo se conocieron?

—Tropecé con él, caí al suelo, me ayudó, tomamos un café... Ya sabe...

—¿Cuándo fue eso?

—Hace unos días.

—¿Cuándo?

—El martes pasado.

Tres días antes de la muerte de Concepción Busquets.

Miquel afiló el puñal.

—¿Quién le pagó para que hiciera amistad con él? —Se lo hundió a Milagros Martínez en pleno corazón.

La vedette acusó el golpe. Estaba de espaldas a la pared, pero no fue suficiente. Tuvo que alargar la mano y apoyarse en una panoplia de cartón. En la penumbra del lugar, sus ojos desparramaron un chorro de luces mortecinas con las primeras lágrimas.

La mirada que le dirigió a Miquel fue de súplica.

La pesadilla no se desvaneció.

—Fortuny, haga esa llamada. —La amenazó por última vez.

—¡No, espere, no! —Se le echó encima sujetándole por las solapas del abrigo—. ¡No le conozco, se lo juro! ¡Fue un hombre, me ofreció mil pesetas si entablaba amistad con Alonso y le mantenía conmigo toda la noche del viernes! ¡Eso fue todo! ¡Le invité a ver el espectáculo y luego fuimos a mi piso!

—¿Le dio algo para que se quedara dormido?

Cada pregunta era una cuña.

Le quemaba.

—Sí —reconoció.

—¿Lo ha sospechado él y por esa razón ha venido a verla hoy?

—No, eso no —habló sin apenas voz—. Me ha dicho que no ha dormido desde lo de su madre, y que no ha podido escaparse hasta hoy para venir a verme. Creo que... Bueno, creo que le gusto. Estaba muy asustado y confundido. Piensa que, de haber estado allí, quizá también habría muerto.

—¿Y si le explica a la policía dónde estuvo?

—Somos dos personas adultas, ¿no?

—¿Se da cuenta de que pueden acusarla de cómplice de asesinato?

Estalló.

—¡Yo no sabía nada de eso, se lo juro! ¡Sólo se trataba de retenerle a mi lado esa noche! ¡Ese hombre me dijo que era una especie de broma!

—¿Y apareció sin más?

—¡Sí!

—Tenía que saber que usted lo haría a cambio de ese dinero.

—¿Y qué quiere? —Lo desafió por primera vez con la mirada. Una mirada de gata encerrada y acosada—. ¡Una tiene que ganarse la vida! ¡Como pueda! ¡Soy guapa y buena actriz! ¿Por qué no aprovecharlo? ¡No pensaba que le hacía daño a nadie! Me dijo que una conocida le había hablado de mí y que sabía que podía confiar en mi discreción.

—¿Qué conocida?

—¡No lo sé!

—¿Cómo era ese hombre?

—Pues... —Hizo memoria, buceando por entre las marismas de su aturdimiento—. Era alto, muy guapo...

Miquel y David Fortuny intercambiaron una rápida mirada.

—¿Se parecía a Burt Lancaster?

Milagros Martínez entrecerró los ojos.

—Sí —reconoció—. Tenía un aire... a Burt Lancaster, sí.

Hora de relajarse. La vedette no iba a resistir mucho más sin venirse abajo del todo.

Tenían lo que buscaban.

Finalmente, un nexo.

Las lágrimas corrían libres por las mejillas de la mujer. Ni siquiera intentó apartarlas con la mano o limpiarse la cara. Ella misma se daba cuenta por fin de la dimensión de sus actos.

Miquel no quiso hacer leña del árbol caído.

—De acuerdo, Milagros. —Le acarició la mejilla como un

padre haría con su hija—. Haremos lo posible para que esto quede entre nosotros.

—¿Lo posible? ¡Me han dicho...!

—Si Alonso García no dice nada, nosotros no lo haremos. Y, de todas formas, usted tiene razón: son dos personas adultas. Él vino a verla y se quedó dormido hasta el día siguiente. No creo que sospeche nada, y menos que usted le engatusó primero y le puso algo en la bebida después. Sea como sea, depende de él. Supongo que volverá a verla.

—Yo no quiero volver a verle —gimió.

—Eso es cosa suya. —Dio un primer paso hacia atrás.

Milagros Martínez se quedó apoyada en la pared, rota, tan inmóvil como una bambalina más. De pronto, ya no era una mujer guapa y llamativa. Era una especie de muñeca rota y hundida en sí misma. En unos minutos, en el ensayo, tendría que renacer una vez más, sonreír, como si no pasara nada. Sonreír, cantar y bailar. Y por la noche, maquillada, exhibiendo su cuerpo, volvería a enamorar a los hombres y a darles un poco de esperanza. Era la vida de El Molino. La otra, la real, quedaba fuera de aquellas paredes, al otro lado de las puertas.

Ni la dictadura podía acabar con los sueños y el deseo.

—Es probable que resolvamos esto antes que la policía —quiso tranquilizarla Miquel—. Vaya con cuidado, nada más. Y, si no quiere volver a ver a Alonso, dígaselo. Tenga un atisbo de piedad y honradez con él.

No hubo respuesta.

No hacía falta.

Miquel y David Fortuny la dejaron allí y buscaron el camino de salida, que pasaba por despedirse de Octavio.

31

No hablaron hasta llegar a la calle.

Le tocó el turno de estallar a David Fortuny.

—¡Se quitaron de encima al hijo, para que no estuviera en la casa esa noche!

—Sí —asintió Miquel.

—¡Y el inductor fue el novio de la Echegaray esa!

—Eso parece.

—¡O sea que sí quiso vengarse de Federico García Sancho por quitársela!

Caminaban de regreso a la moto, con paso vivo. Era la hora de comer, pero de pronto lo que menos les acuciaba era el hambre. Miquel miraba al suelo, con la cabeza llena de ideas, conjeturas y teorías. El detective se dio cuenta de que detrás de su silencio había algo más.

—¿Qué le pasa?

—Que no sé si quiso matarle a él o a ella, eso es lo que pasa.

—¡A él, está claro! —insistió Fortuny—. Le salió mal porque lo calculó mal. ¿Por qué iba a querer matarla a ella?

—¿De verdad cree que lo calculó mal?

—¡Pues claro! —exclamó con asombro su compañero.

—Le pide a una vedette de El Molino de vida fácil que distraiga al hijo toda la noche, se toma la molestia de estudiar el terreno, ver cómo acceder al piso de la familia, ¿y se olvida de averiguar si su víctima estará en casa?

—¿Cómo iba a saber que estaba en Madrid?

—No me convence. —Plegó los labios Miquel.

—¿Y por qué iba a matar a la mujer? ¡No tiene sentido! ¿Hacerle daño? ¿García Sancho le robó la novia y él le paga con la misma moneda? ¿Y todo eso la noche del mismo día en que ella vino a vernos?

—¿Y si Verónica Echegaray y su novio todavía están juntos?

Caminaban rápido, así que Fortuny empezó a jadear.

—Coño, coño, coño... —dejó ir. Luego le miró y dijo—: ¿Es lo que su olfato de sabueso le susurra al oído?

—Ya sabe que me gusta ver todas las opciones en perspectiva. Encima, aquí siguen sin encajar un montón de piezas, comenzando por la primera: la presencia de Concepción Busquets en su despacho el viernes por la mañana.

—Usted y su vieja escuela...

—¿Ser minucioso y no dar nada por sentado es ser de la vieja escuela?

—No, pero hoy en día, del primero que se sospecha... Ya me entiende, ¿no? ¡A saco!

—Viva el régimen. —Chasqueó la lengua.

Llegaban a la moto, por lo que el detective no añadió nada más ni replicó su último comentario. Una vez instalado en el sidecar, Fortuny le puso la capota de plástico.

—¿Vamos a por el novio?

—Sí.

—¿A la primera casa de la Echegaray?

—Claro.

Subieron por la calle Urgel hasta la plaza de Calvo Sotelo. Habían estado en la calle Sagués veinticuatro horas antes. Con Verónica Echegaray en Zaragoza y nadie en su nuevo piso, la única opción de dar con Jesús Romagosa era preguntar en el lugar en que había nacido como María López.

Subieron la escalera y Miquel volvió a llamar a la puerta de la vecina que les había contado todo. Les abrió ella misma, esta vez vestida de calle. Se asombró al volver a verlos.

—¿Otra vez ustedes?

—Ya ve. —Hizo un gesto de resignación.

—¿Encontraron a Marieta?

—No. Está en un rodaje, en Zaragoza.

—Entonces ¿qué quieren ahora?

—Necesitamos hablar con Jesús Romagosa.

—¿Para qué? —se extrañó—. Dijeron que un conocido de ella había tenido un problema. ¿Qué tiene que ver Jesús en eso?

—Puede que él nos ayude, nada más.

—Pues... —Su cara reflejó la ignorancia que la dominaba—. Es que no sé dónde vive. Le veía por el barrio, y por aquí, cuando la acompañaba. —Hizo memoria—. Tendrían que preguntar en el bar que hay un poco más abajo. A veces tomaba algo ahí. Seguro que le conocen.

—Gracias, señora.

—Bueno —prosiguió, apoyándose en la puerta—, espero que se aclaren con esa investigación, aunque mejor les iría hablar directamente con ella cuando regrese. —Sonrió mostrando un orgullo familiar—. Esa chica... Ahora mismo no debe de parar, de aquí para allá. ¡Y se preparaba para esto!, ¿eh? ¡Si hasta se sacó el carnet de conducir, que tonta no es! La veo disparada a la fama. —Lo remató con un—: Espero que no se olvide de sus raíces.

Fue la última arenga. Les dijo adiós y cerró la puerta.

Una vez en la calle caminaron hasta el bar. Nada más entrar en él, les asaltó el buen aroma de la comida. Los dos se olvidaron de las preguntas y se sentaron a una de las mesas. No era como el local de Ramón, pero al menos tenían pan y algo de embutidos. Pidieron sendos bocadillos. Mientras se los servían, Miquel se levantó para utilizar el teléfono público. Con suerte, Patro estaría en la mercería.

Estaba.

La conversación fue rápida.

—Vamos progresando, pero es un caso complicado. Algo no encaja. Sea como sea, estamos cerca de resolver algunas dudas y despejar algunas incógnitas.

—Hasta la noche —le despidió ella—. Gracias por llamar.

Miquel regresó a la mesa. David Fortuny se había hecho con *El Mundo Deportivo*. En portada se destacaba la goleada del Fútbol Club Barcelona al Celta de Vigo por seis a uno, con cinco goles de Kubala, y el empate del Español en el campo del líder, el Atlético de Madrid. El viernes por la noche Ramón le dijo que les iban a meter cinco, así que se había equivocado por uno. Y el novio de Teresina también le expresó su ilusión de sacar algo positivo del campo del líder. Todos felices, pues.

Creía que Fortuny le hablaría de eso, pero no fue así.

—Voy a ver si averiguo una cosa —dijo el detective levantándose.

Miquel le esperó.

Los cinco goles del fenómeno Kubala estaban dibujados primorosamente en la página tres.

Los bocadillos llegaron antes de que Fortuny regresara. Acababa de hablar también por teléfono, así que le trajo noticias frescas.

—El entierro de Concepción Busquets es mañana a las once.

Mientras comían, pareció que dejaban de hablar del caso. Vana ilusión.

—Oiga, qué señora, ¿eh? —dijo con la boca llena, haciendo una clara alusión a Milagros Martínez—. Y menuda pájara.

—Ella misma lo ha dicho: es guapa y buena actriz. ¿Por qué no aprovecharlo? Le dieron mil pesetas por engatusar a un muchacho. Un trabajo fácil.

—No, si no digo nada. Era un comentario.

—Pues coma y calle, va.

Le hizo caso. Devoraron los bocadillos en un abrir y cerrar de ojos. Como se quedaron con hambre, repitieron. El primero había sido de queso. El segundo, de chorizo. Después de ocho años y medio en el Valle de los Caídos, más el hambre de la guerra, Miquel lo saboreaba todo de una manera que jamás hubiera pensado. Ya ni recordaba las buenas comidas de Quimeta antes del 36.

David Fortuny apenas pudo evitar un ligero eructo.

—Perdón —dijo.

Miquel esperó a recibir la cuenta para preguntarle al camarero:

—¿Conoce a Jesús Romagosa?

La respuesta fue demasiado rápida.

—No.

—Alto, guapo. Se parece a Burt Lancaster.

—¿Y ése quién es? —Optó por no esperar la respuesta y gritó—: ¡Jaime, ven!

Jaime era el hombre de la barra.

—¿Qué pasa? —gruñó al llegar, mirándolos como si no quisieran pagar la consumición.

—Tú conoces al Lindo, ¿no?

—Algo, sí —convino sin comprometerse.

—Estos señores preguntan por él —dijo mientras se apartaba ya de ellos.

Quedaron con Jaime.

—No habrá hecho nada malo, ¿verdad?

—Es para hablar de su novia.

—Ésa sí es un pedazo de mujer. —Asintió con la cabeza, lleno de admiración.

—¿Siguen juntos?

—Ni idea, pero... ¡vamos! —Expresó lo que sentía—. ¡Yo no dejo escapar a una hembra así ni que la hagan reina!

—¿Dónde podemos encontrarle?

—Lo mismo: ni idea. ¿Cree que sabemos dónde viven todos los que se pasan por aquí? Encima, a él hace bastante que no le vemos.

—Pero algo sabrá —insistió Miquel.

—Pues no. —Dio por terminada la charla—. Pregunten a la vuelta de la esquina, en la ferretería. Si no me equivoco, ahí trabaja un primo suyo.

Los dejó solos.

Del bar a la ferretería no había ni cincuenta pasos. La persiana estaba medio bajada. Tuvieron que inclinarse para pasar bajo ella y entrar en la tienda. Un joven les puso mala cara.

—Está cerrado —anunció mientras apilaba cajas de clavos en un anaquel.

No le hicieron caso. Acabó observándolos con desconfianza.

—¿Es usted el primo de Jesús Romagosa?

La desconfianza se acentuó.

—¿Pasa algo? —medio protestó.

—No —dijo Miquel en tono conciliador—. Sólo queríamos hablar con él. Quizá pueda ayudarnos.

—¿Ayudarles en qué?

—Una investigación.

Dejó de apilar cajas y se enfrentó a ellos. Miró a Miquel. Miró a David Fortuny. No preguntó si eran policías. Dedujo que no, uno por ser mayor y el otro por su aspecto, con el brazo izquierdo paralizado en parte. Pero la mayoría de las personas entendían que era así. Mejor responder y evitarse problemas. Todo el mundo tenía miedo, aunque no ocultaran nada.

Miedo a lo desconocido.

—Hace muchos días que no le veo —acabó diciendo—. Desde que su novia se mudó y dejó el barrio... La habrá seguido como un corderito.

—Algo nos han dicho.

—¿De ella?

—Que está muy enamorado.

—¿Conocen a María?

—Hemos visto fotos, sí.

—¿Usted no lo estaría de una mujer así? —proclamó con cansina suficiencia.

—Bueno, es guapa —aceptó Miquel.

—¿Sólo guapa? —Fingió una risa que no sentía—. Jesús mataría por ella, y eso que la muy...

—La muy ¿qué?

—No, nada —repuso con desidia.

—¿María ha cambiado? ¿Se refiere a eso? —insistió Miquel.

El primo de Jesús Romagosa no parecía tener muchas ganas de hablar, y menos de Verónica Echegaray.

—Pues claro que ha cambiado —masculló por fin—. Miren, a María esto se le quedaba pequeño. Encima, ya no era una niña. No ha parado hasta dar el salto. Y como todas las guapas, ahora que va a ser una estrella, lo que deja atrás acabará olvidándolo. ¿Para qué recordar los malos tiempos? Ella sólo se ha querido a sí misma, siempre. Jesús le iba bien, imagino. Pero si cree que va a retenerla mucho más tiempo... —Se dio cuenta de que, de pronto, hablaba demasiado. Cambió de actitud y volvió a ponerse a la defensiva. Ahora sí preguntó—: ¿Qué son ustedes? Han hablado de una investigación.

—Detectives privados.

—¿En serio?

David Fortuny le tendió una tarjeta, pero no se la dio. Lo único que hizo fue permitir que él la leyera.

—Una investigación rutinaria, nada más —dijo Miquel—. Pero, desde luego, también queremos hablar con María. ¿Sabe dónde vive Jesús?

—Él no está lejos. Calle Párroco Ubach, cerca de la calle Tavern. En el número 20. Ella no sé a dónde se ha mudado. Ni idea.

—A esta hora puede que no esté en casa. ¿Trabaja en algún lugar?

—¿Jesús? No, va siempre a salto de mata. Ningún empleo le dura demasiado. Es listo, pero... Bueno, allá él. —La conversación se había normalizado—. ¿Qué quieren que les diga? Jesús está más solo que la una, como muchos que lo perdieron todo. —No empleó la palabra «guerra» por si acaso—. Encima, va a lo suyo. A mí ni me va ni me viene. Que seamos primos no significa que seamos amigos, y él es de los que se da unos aires... —Lo resumió con un expeditivo—: La familia te cae encima y ya está, ¿no?

—Ha sido muy amable —se lo agradeció Miquel.

—¿En serio no está metido en ningún lío?

—No, no creemos —mintió.

—María siempre le ha vuelto loco, ¿saben? La ha sacado de tantos apuros... Si investigan algo, no me extrañaría que ella estuviese metida. —Abrió un poco los ojos—. ¿No trabajarán para los de las películas?

—No, se lo aseguro. Buenas tardes.

Se retiraron sin añadir nada más y salieron a la calle. David Fortuny echó a andar hacia el lugar en el que habían aparcado la moto. Miquel lo detuvo.

—No está lejos. Vamos a pie.

—Luego habrá que volver a por ella.

—Bueno, ¿y qué?

El detective miró al cielo, encapotado como los últimos días.

—¿Y si llueve?

—Tendrá una piscina portátil —bromeó Miquel—. O una bañera con ruedas.

No le rió la gracia.

Se reservó y habló a los tres pasos, acuciado por el nerviosismo.

—Está claro que Jesús Romagosa es el asesino —dijo.

—Probablemente.

—¿Probablemente? ¡Todo apunta a él! ¡Es el único que encaja! ¡Encima, con la novia en Zaragoza, se habrá vuelto loco de celos!

—Tranquilo, no se me altere —le pidió.

—¡Si estoy tranquilo! Pero ¿no cree que deberíamos decírselo a la policía y que se encarguen ellos?

—Aún no.

—¿Por qué?

Gritó tanto que una mujer que caminaba a unos tres metros por delante se asustó y cambió de acera a toda prisa.

—Porque siguen faltando piezas —dijo Miquel.

—¡Dios mío! ¿Qué piezas?

No hubo respuesta.

Ya no insistió. Le bastó con mirarle. Sabía que cuando Miquel no quería hablar, no lo hacía.

Así que lo dejó seguir pensando.

32

La casa número 20 de la calle Párroco Ubach era de las viejas, otro residuo urbano que, con el roce de una bomba en la guerra, se habría venido abajo envuelta en un suspiro. Candidata a ser derruida en cuanto Barcelona creciese y se necesitaran nuevos y más modernos espacios, se sostenía en pie porque en ella, seguramente, seguían viviendo sus vecinos de toda la vida, los que todavía la llamaban «hogar». La portera también era mayor, como casi todas ellas. Parecía no haber porteras jóvenes. Quizá fuese ya un trabajo demasiado duro.

Miquel la saludó de manera afable.

—¿El señor Romagosa?

—No está. —El tono fue igualmente cordial—. Hace días que no le veo. Estará en la otra casa.

—¿Otra casa?

—Su familia tenía una casita en Vallvidrera, con su huerto y todo. A veces va allí y se queda unos días. Como no tiene un trabajo fijo... A él le gusta mucho aquello, tan tranquilo, sin vecinos... ¿Para qué le quieren?

—Nada importante —siguió Miquel—. Queríamos que nos ayudara en una investigación que estamos haciendo.

—Sí, es muy buena persona —asintió sin que viniera a cuento.

—¿Conoce a su novia?

—No. Sé que tiene una, y muy guapa, pero aquí nunca la

ha traído. Igual le da vergüenza. —Miró la escalera con nostalgia de tiempos mejores—. Esta casa se cae a pedazos y Jesús tiene su orgullo. —Le cambió la cara—. ¿Saben quién puede decirles más? La vecina del segundo, la señora Felisa. Ahora son sólo amigos, pero hubo un tiempo, nada más acabar la guerra, en que salieron y fueron novios y todo el mundo pensaba que iban a casarse.

—¿Segundo piso?

—Segundo primera, sí. Suban, suban. Ella está ahora en casa.

No había ascensor, pero tampoco era un edificio con entresuelo y principal. Subieron hasta la segunda planta casi a oscuras y llamaron a la primera puerta. Les abrió una mujer de unos treinta años, quizá treinta y uno, atractiva pero con ojeras y aspecto de cansancio. En el recibidor, detrás de ella, vieron un cochecito de bebé. No les extrañó que hablara en voz muy baja.

—¿Sí?

—¿Podríamos conversar con usted un momento sobre Jesús Romagosa? —Volvió a tomar la iniciativa Miquel.

A ella le cambió la cara.

Angustia, tristeza...

—¿Qué ha hecho ahora?

—Nada, tranquila. Somos detectives. Ha aparecido su nombre en una investigación, sólo eso.

Lo aceptó. Quizá era lo que prefería. Recuperó la normalidad. Volvió la cabeza, miró hacia las profundidades del piso a través del pasillo y bajó aún más la voz.

—Mi hijo acaba de dormirse y está malito —dijo—. Así que mejor nos quedamos aquí, pero no hablen alto, por favor.

—Descuide, y sentimos molestar.

—¿Qué quieren saber?

—¿Son muy amigos? No quisiéramos ser impertinentes.

—Bueno. —Se encogió de hombros—. Vecinos... Ya sabe.

—Nos han dicho que fueron novios.

—¿Quién les ha dicho eso? —Levantó las cejas—. La portera, seguro. ¡Menuda chismosa! ¡Sólo le falta poner un anuncio!

—Pero ¿es cierto?

—¿Qué tiene que ver eso con su investigación? ¡Fue hace diez años, al acabar la guerra, por Dios! Nos conocíamos de toda la vida. Jesús se quedó solo; se ocultó aquí, mis padres le apreciaban mucho. Luego se entregó, hizo el servicio militar de nuevo y, al acabar, yo ya salía con mi marido. Tonteamos, pero éramos jóvenes y duró poco. —Repitió la primera pregunta—: ¿Qué tiene que ver eso con lo que investigan?

—Hay una mujer de por medio —se limitó a decir Miquel.

—Tampoco me extraña. —Ella se cruzó de brazos—. Lo de Jesús ha sido un no parar.

Miquel prefirió hacer un alto en el sentido del interrogatorio.

—Nos ha dicho la portera que tiene una casita en Vallvidrera.

—Sí. Nada del otro mundo. Casita, casita... No es más que una pequeña construcción, muy sencilla, cuatro paredes y poco más. Pero era de sus padres y le tiene cariño. A él le gusta porque suele llevar allí a sus novias. A veces pasa días sin volver por aquí.

—¿Tiene la dirección?

—Bueno, estuve dos o tres veces, en aquella época, no más. —Disimuló lo que pudo—. No sé las señas exactas, pero está subiendo la carretera de Vallvidrera a Las Planas. Cuando empiezan las curvas se llega a la Casa de la Sagrada Familia, muy reconocible con su muro de piedra, su campanario, tan bonita... Pasada la casa, a la izquierda, hay que tomar una pequeña senda de piedras que lleva a un puñado de chaletitos diseminados por el bosque. A cien metros a la derecha ya se la ve, es la primera, pequeñita y discreta.

Miquel volvió al punto en el que se había detenido para hablar de la casa.

—¿Conoce usted a la novia de Jesús?

—¿La actriz?

—Sí.

—Les vi una vez, de acera a acera. Ni me detuve ni él me llamó para presentármela, faltaría más. —Adoptó un falso aire de dignidad—. Yo... bueno, aún no lo entiendo. Claro que él tiene mucha labia, y es guapo, a qué negarlo. De eso se ha valido siempre con las mujeres para sacarles incluso dinero. Y que conste que no me gusta hablar mal de nadie, y menos de él —quiso puntualizarlo—. Pero de eso a salir con una vampiresa así... —Enderezó la barbilla—. Puede que haya sido la horma de su zapato, de conquistador a conquistado.

—Entiendo que no tiene un trabajo fijo.

—No, ¿para qué? No lo necesita. Cae bien. Suele gustarle a la gente. Por lo que me han dicho, está realmente enamorado. Son temas de comidilla. Y dicen que ahora ella va a hacer una película y todo.

—O sea, que cree que siguen juntos.

—Ay, no lo sé. Hace mucho que ni siquiera nos cruzamos por la escalera. Y cuando lo hemos hecho, «hola», «hola», «adiós», «adiós». Bastante he tenido yo con mi embarazo, que estuvo lleno de complicaciones, y ahora con mi hijo, que es de los que no paran en toda la noche. —Le cambió la cara de nuevo al asolarla una nube de preocupación—. Oigan, todo esto... ¿para qué es? Mi marido no sabe nada de lo que hicimos Jesús y yo siendo jóvenes. Tener a un ex novio, aunque no fuera para tanto, en la misma escalera... Ya me entienden, ¿no?

—Tranquila, señora. Esto es una investigación privada. Lo que nos diga queda entre nosotros. Una vez hablemos con Jesús de lo que nos interesa, aquí paz y después gloria.

Se calmó.

Aunque mantuvo su dignidad de esposa y madre, mujer

con un presente y un futuro que nada tenía ya que ver con la juventud y las locuras del pasado.

—De verdad, no es malo —contemporizó—. Pero... bueno, hay gente que nace con un don y el suyo es evidente: es guapo, encantador, hablador... Tiene mucho magnetismo. Lo que pasa es que hasta él ha resultado ser humano. Esa mujer debe de haberle absorbido. O, al menos, eso he oído.

Eso había oído.

—Ha sido muy amable, gracias —se despidió Miquel.

—No hay de qué.

La dejaron con la duda, como si quisiera seguir hablando. No cerró la puerta hasta que ellos llegaron al piso inferior. Saludaron a la portera y salieron a la calle.

—Para no saber nada de él, ha largado, ¿eh? —manifestó Fortuny.

—La ventaja de una dictadura es que la gente habla por miedo a lo desconocido. ¿Dos hombres preguntan? Mejor no meterse en líos. Lo sueltan todo.

—No pierde la oportunidad de largarlo, diga que sí. —Movió la cabeza con pesar.

—Como usted no se enfada nunca...

—¿Cómo voy a enfadarme, hombre? Si tiene razón, tiene razón. —Apretó el paso—. A Vallvidrera, ¿no? ¡Y hemos de ir a por la moto! Porque iremos en moto, no me diga que no. Ya sé que es en la montaña, pero un taxi nos cuesta un ojo de la cara. Y de vuelta... A ver dónde pillamos otro.

Miquel iba al paso, envuelto en sus pensamientos.

David Fortuny retrasó el suyo.

—Y ahora ¿qué? —vaciló.

—No, nada.

—Ya. Venga, suéltelo. ¿Qué le preocupa, Sherlock Holmes?

—El retrato que me estoy haciendo de Jesús Romagosa no cuadra con el del tipo que envía amenazas de muerte durante un mes.

—¿Ah, no? Pues a mí me parece que sí. Ése se caló al García Sancho. Con una novia como la suya...

—Lo de los anónimos es demasiado calculador. ¡Y tanto tiempo! Jesús Romagosa me parece de los viscerales. ¿Matar? Puede. Pero lo otro...

—Sigue pensando en una mujer.

—Sí.

—Pues no hay otra que la actriz.

—Ya, ya. —Bajó la mirada al suelo aplastado por una de sus nubes cargadas de plomo—. Ella, García Sancho, Concepción Busquets...

Fortuny se mostró preocupado.

—¿De verdad quiere que vayamos a Vallvidrera a ver a un tipo que seguramente es un asesino?

—Sí.

—¡Ay, Señor! —Subió las manos.

Caminaron otra docena de pasos más.

Miquel, bajo su nube.

—Le va a salir humo de la cabeza —advirtió el detective.

Se detuvieron en un cruce porque un camión pasó por delante de ellos.

—En casa de Eugenia vi una fotografía de Concepción Busquets pintando —dijo de pronto Miquel.

Fortuny no le pilló el sentido a sus palabras.

—¿Y qué? —preguntó.

Cruzaron la calzada.

La respuesta de Miquel llegó varios pasos después.

—No, nada. —Suspiró—. Sólo es que tengo esa imagen en la mente.

33

Subiendo por la carretera de Vallvidrera a Las Planas, en la falda del Tibidabo, la moto parecía una coctelera. Pero más lo pareció en el tramo final, cuando el camino de tierra se hizo abrupto e incómodo, con baches que eran como pozos hundidos en la irregularidad del piso. Por si faltara poco, la humedad se metía hasta los huesos. Miquel titiritó un par de veces a pesar de la protección del plástico transparente que lo protegía de las inclemencias del tiempo. David Fortuny, en cambio, parecía disfrutar como un niño con su vehículo. A lomos de su moto se le veía feliz.

La descripción de Felisa, la amiga-novia de Jesús Romagosa, era acertada. La casa de los padres de su objetivo estaba a la vista a pesar de que ya oscurecía muy rápido en la tarde noche otoñal. El detective detuvo la moto en el camino y los dos se apearon de ella. Cuando la noche se cerrara, allí no tendrían ni un atisbo de luz. La casa era muy vieja y estaba poco cuidada. Necesitaba reparaciones urgentes y una mano de escayola para tapar los agujeros y los desconchados del exterior. Las macetas que se alineaban en la fachada, a ambos lados de la puerta, ya no tenían flores, y las plantas de los alrededores crecían salvajes y libres.

Estaba claro para qué conservaba Jesús Romagosa aquella casa alejada y perdida. Fortuny lo resumió en dos palabras:

—¡Menudo picadero!

Miquel llamó a la puerta con los nudillos. No había timbre a la vista y el picaporte se había caído. La respuesta fue el silencio.

—No me imagino a esa tal Verónica Echegaray viniendo aquí —volvió a hablar Fortuny.

—No siempre fue actriz y, si lo fue, se dio muchos golpes antes de conseguir una oportunidad como la de ahora —repuso Miquel dando un paso atrás para volver a mirar la casa—. Da la impresión de que el éxito le ha llegado ya un poco tarde.

—Pero era guapa igual.

—Hasta el seductor más seductor acaba siendo seducido. Además, el amor crea extraños compañeros de cama. Mírenos a nosotros.

—¿Qué quiere decir?

—Amalia y usted, Patro y yo.

—¡Ni que fuéramos monstruos!

—Ellas son mejores, amigo mío.

—¿Por qué?

—Son unas santas. Nos aguantan.

—Me ha salido feminista, vaya por dónde.

—¿Me lo dice usted, defensor de un país en el que la mujer no cuenta para nada más que para el descanso del guerrero y procrear?

—¡Hala, hala! —protestó Fortuny.

Miquel ya no contestó, ni le dio pie a más. Torció el gesto y continuó parado frente a la casa, pensativo.

Recuperó sensaciones.

—Si no está aquí, y la portera nos ha dicho que hace días que no le ve...

—Puede dormir aquí pero estar fuera ahora mismo. Tocará esperarle o volver mañana. —Miró a su alrededor con desconfianza—. A mí, de todas formas, este lugar me da un poco de grima. Si es el asesino y nos mata, no nos encuentran en mil años.

—Tendrá un medio de transporte —dijo Miquel sin hacer caso de lo que funestamente acababa de decir su compañero.

—¿Usted cree?

—¿Cómo va y viene de este lugar si no? Si como parece, antes de engatusarse con María, les sacaba dinero a las mujeres, es lógico que disponga de algo. No creo que se arrimara a una pobre, seguro. Hay muchas viudas ricas solitarias y necesitadas después de la guerra.

—Veo que ya lo ha calado.

—En parte —dudó—. La verdad es que tengo muchas ganas de conocerlo. A él y a su novia, suponiendo que sigan juntos, algo que no tengo yo muy claro a pesar de que todo hace indicar que sí.

—Si ella tiene a García Sancho, ¿qué hace con él? El empresario no es un personaje con el que se pueda jugar a dos bandas. Ése sí es capaz de matarla a ella, o de darle una paliza para los restos. —Arrugó la cara—. La verdad es que todos son bastante siniestros, qué quiere que le diga.

Miquel se cansó de estar de pie frente a la casa.

Se apartó un poco más de ella. Por entre los árboles, a cierta distancia, se veían otras pocas construcciones. Algunas ya con luces mortecinas. Se dirigió a la moto, seguido por Fortuny, cuando inesperadamente apareció un perro frente a ellos.

Un perro grandote, de piel brillante, animoso y juguetón, que les saltó encima y brincó buscando una caricia.

Se escuchó una voz.

—¡Sansón!

Sansón no le hizo caso a su dueño. Se levantó sobre las dos patas traseras y apoyó las delanteras en el pecho de Fortuny.

—¡Eh, eh, que me manchas de barro! —protestó inútilmente.

Miquel lo acarició. El animal pareció feliz.

De nuevo, la voz.

—¡Sansón, ven aquí, no molestes!

El hombre apareció por el camino de tierra. Llevaba un bastón en el que se apoyaba y una boina en la cabeza para protegerse del frío. Se acercó a ellos sin preocuparse de que dos desconocidos merodearan por allí.

—¡Perdonen, es que no para!

—No importa —dijo Miquel—. Parece un animal estupendo.

—¡Oh, sí lo es! —Flotó el orgullo en su voz—. Y da mucha compañía. —Llamó al perro—. ¡Vamos, ven aquí, no seas pesado, no molestes a estos señores! ¿Están buscando a Jesús?

—Sí.

—No estará en casa. Cuando no hay luz... Va y viene siempre.

—¿Le conoce?

—Bueno, vivo ahí. —Señaló la casa más cercana, apenas vista entre los árboles—. Ésta es mi hora de pasear con Sansón, porque el campo huele de maravilla. ¿Verdad, amigo? —Le acarició la cabeza al perro, que seguía dando vueltas y olfateándolo todo—. Yo era muy amigo de sus padres. —Lanzó una mirada crepuscular a la casita—. Ahora todo es distinto. El día menos pensado esto se caerá, o lo venderá a algún especulador, vayan a saber.

—Hemos estado en su piso de Barcelona y nos han dicho que hace días que no le ven.

—No, claro. Ha estado aquí. He visto la luz un par de veces. Ayer por la noche seguro, porque tenía visita. Y eso que era tarde. Vi un coche aparcado al lado de la casa.

—¿No sería el suyo?

—No, él tiene una moto, y nunca la deja en el exterior, porque la mima. —Señaló la de David Fortuny—. Ésta es preciosa.

—Ya puede decirlo. Es una...

—¿Vio a alguien con el coche? —Miquel no dejó que su compañero interrumpiera el interrogatorio.

—No. —El hombre reaccionó un poco—. ¿Puedo preguntar para qué le buscan?

—Somos detectives privados —habló Fortuny, picado por no poder alardear de su moto.

—¿Detectives? —vaciló el hombre.

—No es nada —volvió a hablar Miquel—. Sólo queríamos hacerle unas preguntas sobre una mujer.

—¡Oh, bueno! —Se echó a reír—. Jesús ha tenido muchas novias.

—La última es una actriz de cine, Verónica Echegaray.

—No me suena. Aunque no es que vaya mucho al cine. Viviendo aquí... Y, además, no estamos lo que se dice puerta con puerta, como en un piso de la ciudad. —Desvió su atención de ellos al perro, que olfateaba la puerta de la casa de Jesús Romagosa y hasta parecía querer escarbarla con la pata—. ¡Sansón! ¿Qué haces?

El perro gemía.

Inquieto, nervioso.

Miquel se dio cuenta de ello por primera vez.

—¿Quieres parar? —Se enfadó el hombre—. ¡Ven aquí! ¡Mira que te ato, con lo poco que te gusta!

Sansón no le hizo caso. Seguía enfebrecido con la puerta.

Pasó de gemir a ladrar.

—Pero ¡bueno! —Su amo fue hacia él. Le cogió por el collar y lo sacó de la entrada de la casa. De inmediato inició una rápida despedida—. Será mejor que me vaya, a veces se pone nervioso por nada. ¡Buenas noches!

Se despidieron de él.

Lo vieron alejarse por la senda de tierra, de regreso a su vivienda, mientras seguía sujetando y riñendo a Sansón.

Se quedaron solos.

—¿Nos vamos? —propuso Fortuny.

—Espere.

—¿Aquí, a la intemperie?

Miquel miraba la puerta.

—Ese perro...

—¿Qué le pasa ahora? —El detective se dio cuenta de su mirada.

—Parecía oler algo.

David Fortuny se calló.

Miquel regresó a la entrada de la casa. No se detuvo en ella. La rodeó por la izquierda. Todas las ventanas estaban cerradas. Volvió a desembocar en la fachada, se acercó a la puerta, se agachó y la olisqueó por la parte de abajo.

Su olfato no tenía nada que ver con el de un perro.

Se incorporó soltando un jadeo.

—Mire en esas macetas. —Señaló las de la parte derecha—. Yo miraré en esas otras. La gente suele esconder la llave en lugares así, para no cargar con ellas, sobre todo si son aparatosas como las de esta cerradura.

—¿Quiere entrar ahí?

—Sí.

—¡Ay, Dios! ¡Menudo policía! —exclamó.

—Ya no lo soy. Y los detectives hacen esas cosas, ¿no?

—¡En las películas!

—Entonces ¿por qué se metió en esto si la vida real es un asco? —Le pinchó con una falsa sonrisa.

—¡Creía que era un trabajo fácil y emocionante! —gritó Fortuny.

—Venga, que en un rato ya no habrá nada de luz. Apenas me veo ya los pies —lo apremió.

Miquel empezó a levantar macetas. También hundía las manos en la tierra que contenían, por si acaso. Llevaba cuatro cuando escuchó el nuevo grito de su compañero, éste de alegría.

—¡La tengo!

Se encontraron en la puerta. Fortuny le entregó la llave a él. Miquel la introdujo en la cerradura.

—¿Y si aparece Romagosa? —Se preocupó el detective.

—Ya veremos.

—Nos mata, seguro. —Se estremeció.

La cerradura emitió un chasquido al girar la llave en su interior. Miquel abrió la puerta. Lo primero que vieron fue la moto del dueño de la casa en el recibidor, apoyada contra la pared.

—¡Está en casa! —cuchicheó Fortuny—. ¡Si tiene la moto aquí, es que está en casa, durmiendo, seguro, por eso no nos ha oído!

Miquel no le hizo caso. Olisqueaba el aire.

Dio un par de pasos hacia el interior.

—¿No huele? —preguntó.

—¿Oler qué? ¡Salgamos zumbando, hombre!

Abrió la luz.

—¡Ay, Dios! —gimió el detective, que seguía en la puerta, listo para echar a correr.

Si la casa, por fuera, era sencilla, por dentro no parecía mucho mejor. Pocos muebles, todos antiguos, y una evidente sensación de que aquello no era un hogar propiamente dicho. Resultaba frío y desangelado. Una sala con restos de comida en la mesa comunicaba con las puertas de dos habitaciones vacías. La principal con la cama revuelta y ropa por el suelo. De pronto, el silencio quedaba roto por el zumbido de unas moscas.

Moscas en la comida.

Moscas en el lavadero.

El cadáver de Jesús Romagosa estaba allí, en el suelo, boca abajo, en medio de un charco de sangre surgida de la herida producida en la cabeza.

34

Miquel y David Fortuny se quedaron mirando la escena en silencio, desde la puerta, de momento sin atreverse a entrar.

A la derecha, el lavadero; a la izquierda, una silla volcada; en el centro, el muerto completamente desnudo.

Nada más.

Él... y las moscas dándose el festín.

—¿Qué opina? —preguntó Miquel.

—¿Lo que parece? Pues que se subió a la silla para meterse en el lavadero y lavarse, resbaló y se dio con la cabeza en el borde.

—Usted lo ha dicho: es lo que parece.

—Y no, ¿verdad?

—¿Justamente ahora? No.

—¿Cuánto llevará muerto?

—Un día, puede que un poco menos. ¿No ha dicho el dueño de Sansón que anoche vio un coche aparcado aquí?

—Un coche —repitió el detective. Y agregó—: ¿El asesino?

—Es probable.

—Pues esto se complica —expresó con profundo pesar.

Miquel entró en el lavadero. Lo primero que hizo fue agacharse y examinar la herida en la cabeza del muerto. Lo hizo de forma minuciosa aunque sin tocarle. Por suerte, la sangre ya estaba seca y el contorno de la brecha quedaba muy diáfano. Una vez vista, se levantó y miró detenidamente el canto del lavadero, centímetro a centímetro por los cuatro costados, incluida la parte en la que se fregaba la ropa.

En los pisos y las casas viejas, la gente seguía lavándose así, en el lavadero, con ollas de agua caliente.

Él lo hacía en su casa.

Allí no había ollas.

—¿Hay sangre en alguno de los cantos? —preguntó Fortuny.

—No.

Miquel abandonó la presunta escena del crimen y se dirigió a la habitación principal. Primero miró la cama revuelta, un vistazo rápido. Luego se arrodilló y examinó la ropa tirada por el suelo. Cogió cada prenda y pareció escrutarla centímetro a centímetro.

La pequeña gota de sangre estaba en el cuello de la camisa.

Imperceptible.

La dejó y se tendió de bruces, con las manos apoyadas en el piso. Pasó la nariz a escasos centímetros del suelo a lo largo y ancho de un par de metros.

—¿Qué hace? —preguntó Fortuny.

Esta vez no le contestó. Se puso en pie apoyándose en la parte baja de la cama y se dirigió a la cocina. Había platos sucios en el fregadero y encima de la madera lateral. Abrió un par de cajones de la parte de abajo hasta que encontró el cubo y la botella de lejía completamente vacía.

Pareció suficiente.

En el resto de la casa, nada.

Sin rastro del arma del crimen.

Miquel regresó al lavadero, siempre con David Fortuny pegado a él.

—Lo mataron en la habitación —dijo—. No sé con qué, pero debió de ser un objeto muy contundente. El golpe, por la espalda y a traición. Luego lo arrastraron rápido hasta aquí, para que la mayor parte de la sangre le saliera en el lavadero, o quizá quedó inconsciente y el impacto definitivo se lo llevó a la segunda. Tanto da. Lo cierto es que luego le quitaron la ropa y la dejaron en la habitación, como si se hubiera desnudado en ella antes de ir a lavarse. Para quitar los restos de sangre, emplearon el cubo, un estropajo y la lejía. Guardaron el cubo y la lejía, pero se llevaron el estropajo, lo mismo que el arma del crimen.

—Una chapuza.

—Más bien sí —dijo él.

—Pero contando con lo aislado que está esto y que nadie sabe mucho de Romagosa...

—Lo lógico era imaginar que nadie daría con el cadáver en días, semanas, incluso meses.

—Mascarell, ¿por qué habla en plural? «Lo mataron», «lo arrastraron», «le quitaron»...

—Deformación profesional. No me haga caso.

—Le han asesinado para hacerle callar, ¿me equivoco?

—Jesús Romagosa asesinó a Concepción Busquets, sí.

—O sea, que hay alguien más detrás de todo esto.

—El cerebro, sí. Los anónimos... Falta saber si ese desgraciado mató a la mujer de García Sancho por error o...

—¿O si ella era la víctima?

—Sí.

—Entonces todo lo hizo el marido, para quitársela de encima. Él mismo se mandó los anónimos.

—No —dijo Miquel.

—¿No? —Se asombró Fortuny.

—Piense.

—¿Qué quiere que piense?

—El objetivo siempre fue ella, Concepción Busquets. Pero Federico García Sancho no tenía por qué matarla. Ya hacía lo que le daba la gana. A su manera, la quería.

—¿Y quién...?

—Verónica Echegaray.

—Pero ¡si está en Zaragoza haciendo esa película! ¡No pudo matar a Romagosa! ¡Fue la persona que vino en coche anoche!

—¿Recuerda lo que nos dijo su vecina, la que aún la llama Marieta? Según ella, había aprendido a conducir y tenía carnet. ¿Cuánto hay de Zaragoza a Barcelona en coche? ¿Cuatro, cinco horas? Tiempo suficiente para venir, matarle y regresar sin que nadie se dé cuenta de su ausencia. Entre nueve y diez horas, visto y no visto.

—¡Para quedarse con Federico García Sancho! —exclamó el detective.

—Me lo dijo Marilole La Gitana ayer en el Selecto. —Recordó sus palabras una a una—: «Una noche le pregunté qué planes tenía conmigo, si lo nuestro era únicamente una aventura o me quería. Me miró fijamente y me dijo que, por encima de todo, su esposa era su esposa. Dijo que la quería y que no me hiciera ilusiones, que lo nuestro era bonito, precioso, pero que nunca la dejaría a ella».

—¡Eso se lo diría a todas, para prevenirlas!

—La diferencia era que las demás lo aceptaron y Verónica Echegaray no. Pensó que, si la esposa desaparecía, el lugar acabaría ocupándolo ella.

—¿Tan loca...?

—Ambiciosa —repuso Miquel—. Y segura de sí misma, convencida de su poder y sus armas de mujer. Las mismas que utilizó para conseguir que su novio fuera el instrumento de todo el plan. Un plan que, una vez consumado, no le incluía a él.

—Qué hija de puta... —musitó Fortuny como si le faltara el aliento—. ¿Y hubo que acelerar el plan cuando Concepción Busquets vino a vernos?

Miquel no respondió a la última pregunta.

—Será mejor que nos vayamos —sugirió.

—Espere, espere, ¿por qué no contesta?

—Porque no estoy seguro y porque me sigue rondando algo que se me escapa. Una de esas cosas intangibles que se me meten dentro y me pinchan sin saber por qué.

Ya estaban en la puerta.

En la mirada final de Miquel, antes de apagar la luz y cerrarla, hubo mucho de tristeza.

Se quedaron prácticamente a oscuras.

—¿Cómo podemos demostrar todo lo que acaba de decirme?

—Déjeme unas horas.

—¿No avisaremos a la policía? —Se asustó el detective.

—No.

—¡Uy, eso sí es malo, oiga! ¡Ahí dentro hay un cadáver y se trata de un asesinato! ¡Además, nos ha visto el vecino!

—Fortuny, se lo repito, necesito unas horas para pensar.

—¿Y sólo porque le ronda algo que se le escapa?

—Sí. —Le entregó la llave—. Déjela donde la ha encontrado.

—Pero ¡Mascarell! ¿Qué más da que le ronde algo por la cabeza? ¡Como si es el Séptimo de Caballería en pleno! ¡Si ha resuelto el caso, ha resuelto el caso y punto!

—Sigo pensando en ella, en la señora García Sancho. —Bajó la vista al suelo—. Le dije a usted el primer día, después de saber que la habían matado, que se lo debíamos. Y seguimos debiéndoselo. Si el plan se aceleró porque vino a vernos, con su marido en Madrid y Verónica Echegaray marchándose esa misma tarde a Zaragoza, ¿quién podía saberlo? Según ella, nadie. Ni su marido. Eso es lo que no entiendo ni me encaja.

—Y usted, erre que erre, quiere que todo encaje.

—Sí.

—¡Menudo socio tengo! —se lamentó Fortuny.

—Despídame.

Por si acaso no era una broma, el detective no dijo nada más. Guardó de una vez la llave en la maceta en la que la había encontrado y caminaron en dirección a la moto bajo la os-

curidad de la noche, vigilando dónde pisaban para no trope-
zar y caer.

Miquel ya no habló.

Se metió en el sidecar y David Fortuny le aseguró la capota de plástico transparente.

La última mirada fue hacia la vivienda.

En un caso como aquél, ya con dos muertos, el detective
tendría que justificarle muchas cosas a la policía si le asaetea-
ban a preguntas, comenzando por insistir en que trabajaba
solo y que todo lo había deducido por sí mismo.

Miquel sintió una opresión en el pecho.

La moto arrancó y empezó el camino de regreso a casa.

Con Patro y Raquel.

Las necesitaba.

35

Cuando la moto se paró en la esquina de la calle Gerona con la de Valencia, delante de su casa, Miquel ya estaba harto. Tenía suficiente por un día, aunque ni mucho menos había sido como la excursión a Olot de junio. Aquello sí que fue un viaje terrorífico. Un suplicio.

Se bajó aún aterido, hecho un cuatro, y tuvo que dar golpes en el suelo con los pies y estirar los brazos para desanquilosarse y quitarse el frío. David Fortuny, imperturbable al desaliento, recuperaba su buen humor eterno mientras plegaba y guardaba la capota de plástico del sidecar.

Inasequible al desánimo.

—¿Está bien?

—¿A usted qué le parece? —se enfurruñó Miquel.

—Yo diría que sí. A fin de cuentas, gruñón lo está siempre.

—Me voy. —Se dispuso a dar media vuelta y enfilar la portería.

—Nos pasa cada cosa... —lo detuvo Fortuny.

—No pluralice.

—Estamos metidos en esto por su culpa, por querer quedar bien con su conciencia, por seguir con el caso cuando lo más lógico era dejarlo al morir nuestra clienta. Así que no me venga ahora con matices.

Miquel abrió y cerró la boca.

A decir verdad, su compañero tenía razón.

Menguó su irritación.

—¿Nos vemos mañana? —preguntó el detective.

—Sí —convino.

—¿Iremos al entierro de Concepción Busquets?

—Por supuesto. Allí estarán todos. Puede que incluso Verónica Echegaray.

—¿Qué es lo que piensa hacer?

—Ya se lo he dicho antes: necesito reflexionar unas horas.

—Será muy difícil probar que ha sido ella —insistió Fortuny—. Si su teoría del coche es buena, como no haya parado en una gasolinera y alguien la reconozca...

—Es actriz. Buena o mala, ya conoce trucos. Pudo ponerse una peluca, o disfrazarse, cambiar la voz, qué sé yo. Seguro que nadie la podrá reconocer. No la creo tan tonta de ir con su aspecto natural. Y en cuanto al coche, ni habrán notado su ausencia si, como pienso, hizo el viaje después del trabajo y regresó de noche, antes de que amaneciera.

—Menudo elemento. —Fortuny pareció hablar para sí mismo—. Con treinta años cumplidos pensaría que era su última oportunidad. Por eso ha hecho lo que ha hecho. Pesca a un tío rico, se lanza como estrella, no quiere ser una más del harén y juega sus cartas: engatusa al novio, le promete el oro y el moro, él mata a la esposa y luego se lo quita de en medio para estar libre del todo, con García Sancho viudo y ella dispuesta a ser su sostén.

—Eso es lo que parece —dijo Miquel.

—Con una pájara así, no será fácil jugar.

—Fortuny.

—¿Sí?

—Buenas noches.

—Caray, qué prisas.

—Es capaz de quedarse aquí una hora de palique. Yo no. Nos vemos mañana.

—Está bien. —Se rindió—. ¡Que descanse!

Miquel logró entrar en la portería. La portera casi nunca estaba en su sitio, así que no la vio. Mientras subía la escalera sintió un cansancio extremo, como si hubiera quemado las últimas fuerzas para llegar hasta allí. Pero, más allá del cansancio, lo que peor llevaba era lo de la campanita en la cabeza.

No dejaba de ver la fotografía de Concepción Busquets pintando.

¿Por qué?

Estaba cerca de la verdad absoluta, lo presentía. Le faltaba apartar la última bruma, o las ramas del árbol que le impedían ver el resto del bosque. La verdad absoluta respondía a todas las preguntas y resolvía todos los interrogantes más allá de la verdad relativa, que ya estaba clara.

¿Qué pieza no encajaba?

Y no sólo era la fotografía de Concepción Busquets pintando.

Había algo más.

Algo pasado por alto en su momento.

¿Dónde estaba el vínculo?

Abrió la puerta del piso y todo cambió.

Adiós a Verónica Echegaray, adiós a Jesús Romagosa, muerto en su casa montañesa.

Patro llevaba a Raquel en brazos.

—¡Hola, preciosa! —La tomó en los suyos.

La niña se le echó encima, feliz. Miquel casi no pudo ni darle un leve beso a su mujer. Al coger a Raquel se dio cuenta de que Patro llevaba la mano derecha vendada.

—¿Y eso? —se alarmó.

—No es nada. —Ella le quitó importancia—. Me he hecho un pequeño corte con un hierro en la mercería.

—¿Profundo?

—No, no. Me han puesto un par de puntos y ya está. Era más aparatoso que otra cosa. El vendaje es por precaución.

—¿Te duele?

—Tendré que usar la izquierda un par de días. Pero no, en serio, no me duele.

—Lo siento. —Esta vez sí logró darle un beso, con Raquel como testigo.

Al separarse, la niña reía como si hubiera visto una película cómica.

—¿Tú qué, te diviertes? —La agitó Miquel.

Raquel soltó un montón de babas.

—¿Me ayudas? —dijo Patro—. La cena casi está, pero si me echas una mano...

—Claro, tonta.

Se dirigieron a la cocina. Sin soltar a Raquel, Miquel se entretuvo en recoger los cubiertos, los vasos, las servilletas y los platos. Aunque fuese con una mano. Patro usaba la izquierda para el resto.

—¿Qué tal el día?

La pregunta obligada.

¿Le hablaba del muerto?

—¿De verdad quieres que te lo cuente?

—Sí, ¿no? A ti te va bien decir las cosas en voz alta. Y más si el caso es complicado.

Se lo dijo sin que sonara a pedantería.

—He descubierto el crimen casi perfecto.

—¿En serio? —Patro dejó lo que estaba haciendo para mirarle.

—Sí.

—¿Y por qué casi perfecto?

—Porque, de haber sido perfecto, no habría dado con la clave. Y porque la persona responsable ha cometido errores, como todos los asesinos que matan sin atar los cabos sueltos. —Sujetó la mano de Raquel, empeñada en cogerle la nariz—. No, cariño. Esto es de papá y la necesito para oler lo que cocina mamá. Además, ya tienes uñas y me rascas. —Volvió a dirigirse a Patro—: ¿Te lo cuento mientras cenamos?

—No, espera. —Sonó ansiosa—. ¿Habéis ido ya a la policía?

—Mañana.

—¿Cómo que mañana? —Se asustó—. ¿No dices que lo has resuelto?

—Ahora hay que probarlo.

—¡Ay, Señor! —Se le enfrió el ánimo.

—Voy a lavarme las manos —dijo él.

Salió con Raquel en brazos. Una vez en el pasillo dio unos ridículos pasos de baile con ella. Al llegar al lavadero la dejó en la repisa.

—Tú quieta, no te caigas.

Se lavó las manos.

El lavadero era como todos. Universal. Cuadrado y con una parte alargada y en diagonal para restregar la ropa. Pensó en Jesús Romagosa, tendido en el suelo al lado del suyo, a la espera de que ellos dos contaran lo que sabían.

Bueno, eso lo haría David Fortuny.

Habían entrado en una casa de manera ilegal.

Y seguían sin pruebas de que una mente diabólica y retorcida hubiera orquestado todo aquello.

Sí, era un lío. Como al inspector Castellet le diera por ponerse de mala gaita con Fortuny y le apretara las clavijas...

Raquel estaba pendiente de su padre.

Quiso coger el jabón.

—No. —Lo evitó él alejándolo de la proximidad de la niña y secándose con la toalla—. Vamos con mamá, que ya ves que se ha hecho pupa.

La mano.

La mano de Patro.

La mano derecha de Patro.

Cerró los ojos.

—¿Estás ya? —Escuchó la voz de ella llamándolo.

Día 6

Martes, 20 de noviembre de 1951

36

Patro estaba tan dormida que, por una vez, no se atrevió a despertarla con uno de sus abrazos. Se la quedó mirando un rato, como solía hacer tantas veces, preguntándose de dónde habría salido y por qué tenía tanta suerte.

Dormida en la cama, con la respiración acompasada, bañada tan sólo por el crepúsculo blanco del amanecer, parecía un ángel.

Porcelana animada.

Podía pasarse horas así, quieto.

Un hombre en un museo contemplando una obra de arte.

Acabó levantándose despacio, para no mover demasiado la cama, y tras calzarse las pantuflas y estremecerse un poco a causa del cambio de temperatura salió de la habitación igual que una sombra. Lo primero, echarle una ojeada a Raquel. Su segunda princesa también dormía, con la boquita entreabierta y muy despatarrada en su cuna. Se había quitado de encima la mantita.

Se la puso de nuevo y fue a la cocina, a preparar el desayuno.

La noche había sido irregular. Vueltas, sueños, pesadillas, voces saltando de un lado a otro de su mente, y también imágenes. Como la de Jesús Romagosa muerto. Lo curioso era que a Romagosa le estaban viendo en el cine, en una película, Patro y él. Y en la película también salían Federico García Sancho, Concepción Busquets y una mala sin rostro.

Verónica Echegaray.

Con el desayuno casi listo, fue por segunda vez a echarle un vistazo a Raquel, sorprendido de que durmiera tanto. La encontró ya despierta, pero callada, y de nuevo sin la mantita encima. La niña se lo quedó mirando muy seria, tal vez dudando de si seguía dormida o no.

—¡Eh! ¿Qué haces con los ojos abiertos? —le susurró.

Ella continuó seria.

—¿Por qué no has llamado? —Se inclinó sobre la cuna y le puso una mano en el pecho.

Raquel sonrió por fin.

—Llevo días sin hablarte, ya lo sé —continuó él con la voz apagada—. He estado un poco liado, cariño. Por ahí fuera hay gente mala, ¿sabes? Ojalá no tengas que verlo nunca.

Seguía hablándole a menudo, cuando se encontraban los dos solos. Quería que escuchara su voz, por si no llegaba a verla crecer. Patro decía que eran manías, que estaba como un toro y llegaría a los setenta, los ochenta y los noventa. Pero él continuaba dudándolo. Quizá Raquel no recordara nada de aquello, pero el sonido de la voz se le quedaría muy dentro, de eso estaba seguro.

—Mira que eres preciosa —le dijo—. Te quiero mucho.

Creía que aún podría regresar a la cama, abrazar a Patro, darle un beso y despertarla para decirle que el desayuno estaba listo, pero de pronto escuchó la voz de su mujer por detrás de él.

—¿Otra vez hablándole?

—Buenos días. —Se volvió para verla.

—Tú y tu manía de que no la verás crecer porque te morirás antes. —Se lo reprochó sin ocultar su pesar, poniendo voz a los pensamientos que acababa de tener él—. Cuando estés a punto de llegar a los cien, Raquel tendrá incluso dos o tres años más que yo ahora, ya ves tú.

—¿Los cien?

—Bueno, pues los noventa, va. Y tendrá veinticuatro. Serás abuelo y todo.

—No fastidies. —Se acercó a ella.

—Ya lo verás.

—En el futuro las mujeres no parirán tan pronto. Trabajarán y serán autónomas.

Patro mostró un poco de asombro. Dejó que él le diera el primer beso de buenos días.

—¿Hablas del futuro o de ciencia ficción? —se burló.

Miquel la abrazó.

—Ya te he preparado el desayuno —le dijo al oído.

—¡Oh, qué bien! ¡Me haré daño en una mano más a menudo! —Le mostró su lado más risueño.

Miquel se quedó así unos segundos, sintiéndola.

Raquel seguía callada, algo inaudito.

—Venga, nos organizamos, te dejo en la mercería y me voy. —Se apartó de Patro para regresar al mundo oscuro.

—Sí, lo del entierro de esa mujer —recordó ella—. ¿De verdad has de ir?

—Estarán todos, imagino. Puede que encuentre la pieza que no me encaja.

—Si ya sabes quién lo hizo...

—No basta con eso —repuso.

—Pero habéis encontrado un muerto y no lo habéis comunicado a la policía. Eso es grave.

—Tranquila.

—¡Oh, sí, mucho!

—Sabes que Fortuny me cubrirá siempre las espaldas. Ahí sí confío en él. Y en algunas cosas es lo bastante listo como para caer de pie cada vez. Con su cuento de ser un «héroe de guerra», el brazo medio paralizado... —Se dio cuenta de que Patro iba a coger a Raquel a pesar de tener la mano vendada y se le adelantó—. Ya la cojo yo, no te preocupes.

La tomó en brazos.

Se quedaron los tres juntos.

La niña era la viva imagen de la serenidad. Los miró a ambos, de nuevo seria.

—Lo capta todo —apuntó Patro.

—Eres hija de un sabueso, ¿verdad, cielo? —dijo él.

—Un sabueso que sabe mover muy bien la cola —bromeó su mujer guiñándole un ojo mientras tomaba la iniciativa para dirigirse a la cocina.

Miquel la siguió con una sonrisa.

La mañana de un día normal cobraba forma, aunque éste no lo era.

El entierro de Concepción Busquets estaba ahí.

—A veces no sé de dónde sacas tu buen humor y tu calma —dijo Miquel en la cocina mientras dejaba a Raquel en una sillita y la ataba con un cinturón viejo.

—¿Acaso tengo motivos para estar de mal humor? —repuso ella.

—No, pero...

—Cuando tú estás preocupado, yo te sereno; cuando yo estoy nerviosa, tú me das confianza. Así va esto, ¿no? Somos un equipo. ¿De qué serviría que los dos estuviéramos siempre igual? Creo que ni siquiera te das cuenta de que eres el equilibrio perfecto.

—¿Yo?

—Sí, tú.

—Pensaba que mi equilibrio eras tú.

—Bueno, en eso consiste también quererse. Creer que el otro es la clave de la estabilidad.

—El jueves te llamé filósofa —recordó él.

—Soy mujer. —Le sacó la lengua mientras recogía algunas de las cosas que él había diseminado para preparar el desayuno.

—¿Quieres sentarte, que ya lo hago yo? —Se lo reprochó Miquel.

Demasiado tarde.

Patro acababa de coger un cazo con la mano izquierda. Creyó que pesaba menos, o simplemente se le escurrió de entre los dedos.

—¡Cuidado!

El cazo se estrelló contra el suelo.

—¡Mecachis...! —lamentó ella.

—No pasa nada. Yo lo recojo.

Raquel empezaba a llorar, asustada por el pequeño estruendo y la agitación de sus padres. Patro fue hacia ella.

—Ya está, amor, ya está —le dijo—. Mamá es torpe con la mano izquierda. Siempre lo ha sido.

Agachado sobre el suelo, Miquel se quedó paralizado.

La escena, congelada.

Patro arrullaba a Raquel.

Ahí estaba la clave, finalmente.

—Mierda... —Quedó arrodillado en el suelo.

La clave siempre estuvo ahí, ante sus ojos, desde que vio la fotografía de Concepción Busquets firmando el acta de matrimonio el domingo en su casa y desde que la vio en la siguiente, pintando, sobre el piano en la casa de su hija.

—¿Qué te pasa? —le preguntó Patro al ver su inmovilidad.

La miró como si flotara.

—Que Concepción Busquets era diestra —dijo él.

37

Cuando los primeros asistentes al funeral empezaron a llegar, Miquel y David Fortuny llevaban ya casi una hora en la puerta de la iglesia.

Silenciosos.

Cuatro ojos fijos en lo que sucedía a su alrededor.

La única conversación mantenida un rato antes, producto de la admiración y el reconocimiento del detective, había sido concisa:

—Es usted un lince.

—No, Fortuny, no —había dicho Miquel—. Hace años me habría dado cuenta a la primera, con la foto de matrimonio en la firma del acta, y más con la de ella pintando. Me hago viejo.

—Calle, calle.

Nada más.

Los personajes de la Gran Comedia Humana empezaron a llegar. Algunos, los menos, conocidos. Otros, los más, desconocidos.

La familia de la fallecida, padres, tal vez hermanos, Eugenia, su marido, Alonso y, por supuesto, Federico García Sancho al frente de los primeros. Los de la agencia, Betsabé Roca, Benito Soldevilla, la recepcionista y el resto, después. No faltaban actores y actrices, algunos presentes en la memoria y otros no tanto. Viejas glorias del pasado y valores de futuro.

Otro pequeño enjambre lo formaban hombres de rostros graves y trajes oscuros, los amigos o conocidos de García Sancho a través de su trabajo. Así hasta un centenar de personas que llenaron la iglesia.

Ella llegó de las últimas.

Destacando del resto. Incluso del resto de las actrices congregadas allí.

—¿Es la nuestra? —vaciló Fortuny.

—Creo que sí —dijo Miquel.

—No la reconozco, la verdad.

—Nos engañó bien.

—¡Lo que hace el cine! —Suspiró el detective—. Eso, si su teoría es cierta.

La respuesta fue aplastante.

—Lo es.

La última pieza del rompecabezas.

Entraron en el templo cuando ya no quedaba nadie en la calle, y se quedaron en la parte de atrás. La ceremonia fue intensa. Con el ataúd presidiendo el altar, el sacerdote glosó la figura de Concepción Busquets, esposa maravillosa, madre feliz, arrebatada por el infortunio cuando estaba a punto de ser abuela. Una vida truncada en el esplendor, dada su edad todavía joven. También habló del cielo, de la justicia, de lo divino y lo humano. Un buen discurso desde las entrañas de la religión que lo presidía todo.

Probablemente lo que los presentes querían escuchar.

Poco antes de que la ceremonia terminara, Miquel y su compañero volvieron a salir a la calle. Esta vez cruzaron la calzada y se apostaron en la acera opuesta, pero bien a la vista de todos. No había nadie más, así que no pasaban desapercibidos.

Las puertas de la iglesia vomitaron al personal.

La hora de las despedidas, de los apretones de mano, de las palabras más o menos sentidas. Federico García Sancho, sus hijos, su yerno y la familia de su mujer formaban una fila compacta por delante de la cual iban pasando el resto de los asistentes.

Betsabé Roca fue la primera en darse cuenta de la presencia de los dos hombres al otro lado de la calle.

Quizá no se hubiera acercado.

Pero captó el gesto de Miquel.

Todavía tardó un par de minutos en cruzar. Lo hizo despacio, primero atenta a la punta de sus zapatos, luego a los ojos del hombre que acababa de reclamarla. En los de ella aleteaba un atisbo de curiosidad.

—Señor detective... —lo saludó.

—El señor David Fortuny —les presentó él.

—Tanto gusto, señora. —Hizo la correspondiente ceremonia.

Betsabé Roca no perdió el tiempo.

—¿Sigue buscando al asesino de la señora García Sancho?

—No, ya no.

La sorpresa le hizo abrir mucho los ojos.

—¿No? —vaciló.

La respuesta de Miquel fue una sonrisa cauta. No de superioridad ni orgullo, sólo calmada.

—Es usted una caja de sorpresas —reconoció la secretaria de Federico García Sancho.

Miquel miró al otro lado de la calle. Verónica Echegaray no estaba ni mucho menos cerca del núcleo familiar. Pero, a un lado, apartada de ellos, seguía brillando con luz propia. Incluso enlutada, llamaba la atención y despertaba el eco de las miradas masculinas. Betsabé Roca se dio cuenta del interés que mostraba en ella.

—¿Ésa es Verónica Echegaray? —preguntó Miquel.

—Sí. —Se lo confirmó la mujer.

—¿Cuándo ha regresado de Zaragoza?

—Ayer acabó su parte del rodaje allí. Creo que llegó anoche, tarde, casi de madrugada. Aunque supongo que habría venido igualmente si no hubiera acabado el trabajo.

—Una mujer guapa —alabó él.

—Sí, supongo. —No le dio importancia Betsabé Roca—. Si me permite...

—No, espere. —La detuvo—. ¿Van todos al cementerio?

—La familia y los más allegados, sí.

—¿Usted?

—Claro.

Miquel se metió la mano en el bolsillo del abrigo. Extrajo la nota previamente escrita y se la entregó a ella.

—¿Podría darle esto a su jefe?

—¿Ahora? —Se extrañó de la petición.

—Le gustará saber la verdad, ¿no?

En los ojos de la secretaria brilló una luz negra.

Seguía siendo una mujer fuerte.

Contuvo sus emociones, aunque preguntó:

—¿En serio sabe...?

Miquel evitó la respuesta directa.

—Désela —le pidió—. Queremos hablar con él antes de hacerlo con la policía.

Betsabé Roca asintió levemente con la cabeza sin dejar de escrutarle con los ojos. Se guardó la nota en uno de los bolsillos del abrigo. Ya no dijo nada más. Dio media vuelta y se alejó de ellos cruzando otra vez la calzada.

Los primeros asistentes al funeral iban marchándose.

Los coches negros que debían llevar a los parientes hasta el cementerio, siguiendo al coche fúnebre con el ataúd, esperaban ya en la calle. Faltaba poco para que todo se desvaneciera en el aire. Verónica Echegaray se alejó acompañada por un hombre y una mujer.

Cuando apenas quedaban unos minutos de duelo y la comitiva entraba en los coches oficiales, Betsabé Roca se acercó a su jefe, le susurró algo al oído y le entregó la nota.

Federico García Sancho levantó la cabeza y miró al otro lado de la calle.

Vio a Miquel.

No hizo ni dijo nada.

Pero fue un segundo que duró una eternidad.

Bastaron sus ojos.

Acto seguido, entró en el coche junto a Eugenia, el marido de ésta y Alonso.

El vehículo con el ataúd repleto de coronas de flores se puso en la cabecera de la marcha. Uno a uno, el resto de los coches arrancó y lo siguió en dirección a Montjuich.

La calle quedó vacía.

Incluso el último curioso desapareció.

Todos salvo ellos.

—Y ahora ¿qué? —preguntó David Fortuny.

—A esperar a que sea la hora —repuso Miquel con toda la calma del mundo.

38

Verónica Echegaray les abrió la puerta todavía vestida de calle, a pesar de que hacía ya dos horas de su regreso del funeral por Concepción Busquets. Traje negro, ajustado, sin escote, zapatos de tacón, peinado impecable y maquillaje a tono con la ocasión, nada estridente. Sin duda era una mujer de bandera, de formas contundentes y de rostro tan bello como enigmático. Miquel pensó que en una película podía hacer tanto de buena como de mala.

El poder de las actrices.

Ella, sin duda, era diferente a las amantes de Federico García Sancho que habían conocido.

Se los quedó mirando un par de largos segundos. Demasiado largos para ser simple curiosidad por la inesperada visita de dos desconocidos.

Pero lo que más la traicionó fue el destello en los ojos.

La mirada sorprendida.

Pese a ello, logró dominarse.

—¿Sí? —preguntó—. ¿Qué desean?

Miquel no dijo nada. Dio un paso y cruzó el umbral de la puerta. David Fortuny le siguió como una lagartija silenciosa.

—¡Eh, eh, oigan! —Reaccionó la mujer—. ¿Qué hacen?

No se detuvieron hasta llegar al otro lado. El recibidor olía a nuevo, a casa recién pintada, a hogar dulce hogar.

—Cierre la puerta —ordenó Miquel.

—¡No! —gritó ella recuperando el tono grave—. ¡Hagan el favor de salir de aquí! ¿Quiénes se creen que son?

Miquel la miró a los ojos.

Cuando era inspector, en tiempos de la República, bastaba esa mirada para desarbolar a los sospechosos. Se venían abajo. Habían pasado muchos años, pero la intensidad seguía allí, sin menguar. La única diferencia era la edad. Ahora era la mirada de un viejo, acentuada por la experiencia.

—Vamos, María. —La llamó por su nombre real—. Esto se ha terminado. ¿Por qué no lo hablamos tranquilamente sentados?

—¡No les conozco de nada! ¿De qué quieren hablar? —Se aferró a su papel.

Junto a la mirada, lo más importante eran las pausas, los silencios, los tiempos.

Miquel se tomó el suyo.

A María López, Verónica Echegaray, le tembló el labio inferior.

—Usted estuvo el viernes pasado en nuestro despacho.

—¿Yo? —Se estremeció.

—Una peluca, gafas grandes, el abrigo, maquillaje de cine para aparentar más edad... ¿Quiere que siga?

No esperó la respuesta de la dueña del piso. Echó a andar por el pasillo, con David Fortuny siempre pegado a sus talones. La casa ya estaba amueblada, con gusto, detalles bonitos aunque escasos. Al pasar por delante de una de las puertas vio una enorme cama de matrimonio con sábanas de seda.

—¿Qué hacen? ¡Voy a llamar a la policía! —les alertó corriendo tras sus huellas.

Miquel llegó a la sala. Se quitó el abrigo y se dejó caer sobre una de las butacas. Fortuny prefirió seguir de pie, al menos de momento. María completó el cuadro con el rostro rojo y el miedo tintando sus ojos.

Ya no sabía qué hacer.

—Siéntese —ordenó Miquel.

—¡Le digo que...! —Hizo un último y desesperado intento, al borde de la impotencia.

—Ya basta. —Miquel levantó las dos manos, con las palmas hacia ella. La voz era tranquila. El aspecto, sereno—. Hagamos esto fácil, ¿de acuerdo? Fácil y sencillo. No va a llamar a la policía y lo sabe. También lo sabemos nosotros. Le hemos descubierto el truco. Hábil, ingenioso, pero... —Plegó los labios con suficiencia—. El juego ha terminado y, cuando el juego termina, hay que hablar. Mejor dicho: negociar.

A María López se le doblaron las piernas.

Se apoyó en la mesa del comedor con una mano.

Luchaba contra lo imprevisto y perdía.

—Siéntese —repitió Miquel.

Vaciló. Miró detrás de sí, hacia el pasillo, como si quisiera salir corriendo. Cuando volvió a centrar los ojos en Miquel, se rindió.

Se sentó en una de las sillas.

Juntó las rodillas. Las manos sobre ellas.

David Fortuny seguía de pie.

—Voy a contarle una historia —comenzó a hablar Miquel—. La conoce bien, por supuesto. No en vano es usted la protagonista absoluta. Pero si me equivoco en algo, me corrige, ¿de acuerdo? —No esperó a que ella dijera nada—. Si nos vamos al principio, imagino el cuadro. Tuvo una vida difícil, una infancia y adolescencia duras, luego la guerra, un futuro incierto... Pero tenía algo, una ventaja, un don, un regalo de los dioses, llámelo como quiera: su belleza. O lo que venía a ser igual: la llave de su destino. Pronto comprendió que, bien utilizada, le abriría muchas puertas, aunque no todas conducían a un final perfecto, lo sabemos. Mujeres guapas hay muchas. Listas, pocas. La guinda que cerraba su perfil era que desde niña soñó con ser actriz. Eso la hizo también ambiciosa. Quería ser una estrella, para lo cual se enfrentaba a no escasa competencia. —Miquel hizo una pausa. Su público le seguía ahora como si estuviera hipnotizado—. Durante años lo probó todo, y pese a ser guapa, el mundo de la fama se le resistió. Cuando ya cumplió los treinta, pensó que nunca tendría su oportunidad. No me imagino la rabia que la poseería. Otras con menos talento lograban lo que a usted se le negaba. Pero, finalmente, el destino la puso en el camino de la persona adecuada en el último momento: Federico García Sancho. No sólo era agente, productor, representante, lo que hiciera falta. También era un mujeriego reconocido. Un tiburón del mundillo con el poder suficiente para hacer de usted lo que siempre anheló. ¿Cómo no lanzarse de cabeza? ¿Cómo no aferrarse a él con uñas y dientes? ¿Cómo no darle todo lo que le pedía, fuera lo que fuese? Se le abrían las puertas del paraíso de par en par. Y las cruzó. Por desgracia, usted tenía en ese momento una carga: un novio. Jesús Romagosa.

—No...

Miquel levantó la mano. Fue suficiente.

—Su novio, además, no era común. Quiero decir que no era una persona normal y corriente. También tenía su recorrido. Guapo, vividor... Hacían buena pareja. No era alguien de quien usted pudiera desprenderse así como así. Optó por lo más sencillo, seguir con él mientras se convertía en amante de Federico García Sancho. Un juego a dos bandas que claramente, a la larga, debía tener un solo ganador: el empresario. No sé si al comienzo Jesús sabía lo suyo con él, si calló, si optó por beneficiarse... Pero al paso de los días lo más probable es que empezase a sospecharlo, aunque no es la parte esencial de la historia. Sigamos con usted y García Sancho. —Tomó aire antes de soltar su siguiente parrafada—. El empresario se volvió loco con su nuevo hallazgo. Natural. Usted por un tiempo se sintió como una reina. Lo tenía todo. Hasta iba a protagonizar una gran película. ¡El mundo en sus manos! Poco a poco, sin embargo, supo más cosas de su amante, sobre todo la larga lista de mujeres con las que se le relacionaba. Una colección. Y siempre, una tras otra, acababa dándoles puerta. No le faltaban candidatas, jóvenes, guapas, dispuestas también a lo que fuera. Cuando comprendió lo efímero que sería su papel al lado de García Sancho, se negó a ser una más. Su orgullo le pudo. ¿Para qué disfrutar de unos meses de gloria cuando lo que quería era toda esa gloria para sí misma? ¿Qué podía hacer para quedárselo por completo? ¿Cómo aspirar a convertirse en la nueva señora García Sancho?

—Está loco —exhaló ella.

—No, no lo estoy —siguió calmado Miquel—. El principal escollo para ello era que García Sancho no sólo estaba muy casado, más allá incluso de los vínculos católicos, sino que amaba a su mujer. A su manera, pero la amaba. No como al comienzo, pero la amaba. Una extraña fidelidad. Marilole La Gitana me lo dijo. A ella la advirtió de que nunca rompería el sagrado vínculo con su esposa. Si lo hizo con ella, es lógico pensar que lo hacía con todas. Alguna tuvo que proponerle que dejara a su mujer y comenzara una nueva vida. Algo a lo que él siempre se negó. Seguro que también se lo diría a usted, para que no se hiciera ilusiones. Por supuesto, no hay que olvidar que Concepción Busquets era la adinerada. El dinero con el que él reflotó la empresa al acabar la guerra era de los Busquets. Por lo tanto, el escollo que separaba a cualquier amante de convertirse, con suerte, en la nueva señora García Sancho era ella, la esposa. La clave: eliminarla. Así de sencillo. Cuando la idea penetró en su mente, comenzó a perpetrar su plan. Mataba a Concepción Busquets, consolaba a su hombre durante el año de luto, tal vez para mayor seguridad se quedaba embarazada, y después... se casaba con él.

—¡No sea absurdo! —gritó demudada—. ¿Cómo iba a matar yo a Concepción?

—No, usted no podía, eso está claro. El plan era mucho más complejo —dijo Miquel manteniendo la serenidad—.

De entrada, necesitaba una coartada: estar lejos cuando sucediera todo, para no levantar sospechas. A continuación, que también estuviera de viaje Federico García Sancho, no fueran a acusarle a él de matar a su esposa para quedarse con el dinero. Necesitaba a alguien que diera el golpe, una mano ejecutora. Y tenía que ser alguien en quien confiar. ¿Quién mejor que Jesús? De paso, una vez consumado el plan, también tenía que prescindir de él, para no dejar rastros ni cargar con un novio pesado que le impediría llegar a su destino. Una maniobra, pues, perfecta. Realmente maquiavélica.

David Fortuny ya no aguantó más de pie y también se sentó en otra silla. El ruido de las patas les arrancó un momento de su abstracción.

Sólo un momento.

—Su plan era simple, María. Y, desde luego, muy bien orquestado. Su ejecución final, su papel haciéndose pasar por Concepción Busquets, ha sido lo que me ha hecho ir de cráneo estos días. Algo no me cuadraba... hasta que lo vi claro anoche. —Ordenó sus ideas antes de lanzarse a tumba abierta—. Primero le envió amenazas de muerte a él. Una forma de preparar el terreno. Como era de esperar, Federico García Sancho no se asustó demasiado. Es hombre de piel dura. Tampoco era necesario asustarle, eso era lo de menos. De lo que se trataba era de crear una historia y apuntando a una víctima: el amenazado era él. Mientras los anónimos llegaban, esperó el momento adecuado, es decir: el día en que estuvieran usted y su amante fuera de Barcelona. La oportunidad llegó por fin. Usted rodaba en Zaragoza y él viajaba a Madrid. Sólo quedaba un último escollo: Alonso. Había que desembarazarse del muchacho para que no estuviera en casa la noche del crimen. Y no fue muy difícil conseguirlo. Un joven parecido a su padre en su afán de pasarlo bien fue presa fácil de Milagros Martínez, la Mila, una corista de El Molino. Jesús le pagó para que primero conociera a Alonso y esa noche se lo llevara a su piso, donde le puso algo en la bebida para que pasara la noche allí. Con esto, Concepción Busquets iba a estar sola en su casa. —Hizo otra pausa, con la boca seca, aunque no se atrevió a detenerse para ir a por un vaso de agua—. Llegamos así al día decisivo. El viernes por la mañana usted vino a vernos fingiendo ser la señora García Sancho. Peluca, maquillaje para parecer mayor, gafas grandes para ocultarle los ojos, abrigo que no se quitó porque dijo que tenía frío... Todo perfecto. Una muy buena actuación, la felicito. Se hizo pasar por ella y actuó como la mejor. Sabía que nosotros nunca veríamos con vida a la verdadera Concepción Busquets. Ni siquiera en foto. Y ése fue su error. En realidad, nosotros no éramos más que unos comparsas de su plan. Sólo nos necesitaba para dejar constancia ante la policía de que Concepción Busquets tenía miedo por su marido y había contratado los servicios de una agencia de detectives para que investigaran el caso. Detectives que, una vez muerta su clienta, se quedaban sin trabajo. Algo lógico. Nosotros le diríamos a la policía lo de su visita y su miedo, y la policía deduciría que Concepción Busquets había muerto accidentalmente porque el asesino lo que quería era matar a su marido.

—Ya basta... —Se llevó una mano a la cabeza, a punto de derrumbarse.

—Aún no he terminado. —Fue contundente Miquel—. Con lo que usted no contó fue con nuestra ética. Nos quedamos sin clienta, sí. Y además nos hizo un generoso adelanto para que calláramos y nos quedáramos con él. Quiso asegurarse de que nos apartaríamos de inmediato, pensando lo que cualquiera habría pensado: que dos detectives de medio pelo optarían por lo más sencillo. Nadie sabía lo de ese adelanto. Pero... ¡ah, se lo repito: la ética! ¿Íbamos a permitir que una mujer que nos había contratado muriera impunemente? —Dejó que la pregunta flotara en el aire—. La respuesta es «no». Y nosotros continuamos investigando. —La pausa fue breve, para evitar que ella despertara del letargo en que ahora estaba sumergida—. Pero sigamos con ese día, el viernes. Cuando se marchó de nuestra agencia, usted se fue a Zaragoza a trabajar. Esa misma noche, Jesús hizo el trabajo sucio. Usted tuvo que explicarle cómo entrar en el piso. ¿La llevó García Sancho alguna vez, cuando su mujer no estaba? Supongo que sí, aunque no importa ahora. Jesús mató a Concepción Busquets y fin de la historia. O no. Porque el escollo final era él. ¿Cómo iba a consagrarse en cuerpo y alma a García Sancho con Jesús colgado de su espalda? ¿Qué le prometió, dinero, seguir juntos, que esperara unos meses hasta esquilmar a su amante? Jesús la creyó. Estaba enamorado de usted. Fue la horma de su zapato. La jugada perfecta pasaba, pues, por eliminarlo también a él. Y es lo que hizo.

Ahora sí, la actriz reaccionó.

—¿Cómo? ¡Volví anoche a Barcelona! —gritó.

—Veo que no me pregunta cómo sé que está muerto, ni cómo sé las circunstancias de su muerte —repuso Miquel—. Verá, averiguamos que usted sabe conducir. Un buen detalle. ¿Cuánto hay en coche, ida y vuelta, entre las dos ciudades, y más de noche a la vuelta? ¿Nueve horas, diez? Usted volvió a disfrazarse, peluca, maquillaje, para que nadie la reconociera cuando parase a poner gasolina... y, probablemente en un coche del estudio, viajó a Barcelona, fue a ver a Jesús a su casa de Vallvidrera, le asestó un golpe en la cabeza a traición y montó una presunta escena de accidente, aunque un poco chapucera. Una gota de sangre en la camisa, lejía para quitar las manchas del suelo... ¿Quién iba a encontrar el cadáver en días, semanas o meses? Ah, ¿que cómo lo sabemos? Pues porque anoche estuvimos en esa casa, María. Encontramos una llave en una maceta y entramos. ¿Qué le parece?

El rostro de María López era un retrato lívido, una pintura borrosa. David Fortuny, cerca de ella, estaba al quite por si se desmayaba.

No lo hizo.

—La historia acaba ya, no se preocupe —dijo Miquel—. Usted regresó a Zaragoza, fingió haber estado durmiendo toda la noche, y ayer se vino de nuevo para estar en el entierro de Concepción Busquets. Plan cerrado. El asesino era alguien que odiaba a Federico García Sancho y, en lugar de matarle a él, había matado a la pobre esposa. Esposa que ese mismo día había ido a ver, muy preocupada y asustada, a dos detectives novatos dispuestos a contarle esa parte a la policía y ayudar así a que toda la historia cuadrase perfectamente.

Ya no trató de negarlo.

Empezó a deducir que, si estaban allí hablando con ella en lugar de ir a la policía, era por algo.

—¿Cómo sabe que era yo la que fue a verles?

—Porque usted escribió las señas de su presunta casa con la mano izquierda, María. Por eso —se lo aclaró Miquel—. No caí en la cuenta. Ni caí cuando, en casa de Federico García Sancho, vi una fotografía de Concepción Busquets firmando con la mano derecha su acta de matrimonio. Ni cuando, en casa de Eugenia, vi otra fotografía de ella pintando un cuadro, también con la mano derecha. Usted es zurda, querida. Fue su único error, aunque la autoría de toda la historia ya la tenía clara en mi cabeza desde que encontramos a su novio muerto.

Los ojos de María López se convirtieron en dos rendijas. Seguía muy pálida, pero con un sorprendente nuevo aplomo aflorando en su cuerpo. Parecía estar pensando a marchas forzadas.

Miró al silencioso David Fortuny.

Miró a Miquel.

Se pasó la lengua por los labios.

—¿De verdad siguieron investigando por ética? —quiso saber.

—En parte —dejó ir Miquel—. Primero sí. Luego...

—Vieron que podían sacar tajada, ¿me equivoco?

—No, no se equivoca —asintió él.

María López levantó una ceja.

—Así que lo que quieren para callar es... dinero.

—¿A usted qué le parece?

—¿Cuánto?

Miquel cerró los ojos.

Finalmente, la tenía donde quería.

Una confesión plena, y el deseo de perpetuar la historia comprándoles.

Cuando volvió a abrirlos, él ya estaba allí.

En la puerta de la sala.

Quieto, con el semblante rígido.

Silencioso, tras haber entrado detrás de ellos utilizando su propia llave.

María López, Verónica Echegaray, no se dio todavía cuenta.

—En realidad, nada —dijo Miquel respondiendo a la última pregunta—. Sólo quería que él nos escuchara.

Por primera vez, ella comprendió que ya no estaban solos.

Tragó saliva y no se movió.

Fue el mazazo final.

—Además de usted como falsa señora García Sancho, el domingo nos contrató también su marido —acabó de decir Miquel mientras se levantaba de la butaca.

Ella siguió inmóvil. No volvió la cabeza.

Sabía que Federico García Sancho estaba detrás.

39

El silencio, más que espeso, fue amargo.

David Fortuny también se puso en pie.

María López quedó en medio de los tres hombres, inmóvil en su silla.

Federico García Sancho seguía fuera de su vista.

Hasta que ella intentó incorporarse.

No lo consiguió.

A su espalda, dos zarpas de hierro en forma de manos, una en cada hombro, la obligaron a permanecer sentada.

La actriz cerró los ojos.

El empresario dio tres pasos para situarse delante de la mujer. Pero no la miró a ella. Se dirigió a Miquel.

—Son ustedes buenos —dijo.

Ni él ni Fortuny abrieron la boca.

Lo hizo María.

—Federico, por favor...

Abrió los ojos de nuevo y miró a su amante. En el fondo de sus pupilas aleteaban todos sus sentimientos y contradicciones, desde lo más patético de su rendición hasta el miedo más absoluto.

Su mundo se había venido abajo en apenas unos minutos.

El empresario mantenía una extraña calma.

—Lo hice por nosotros —gimió ella—. Porque te quiero. Lo que ha dicho este hombre no es cierto, te lo juro. Lo hice por amor, no por tu dinero ni por la fama... Te quiero... No eras feliz con tu mujer, y yo... yo quería hacerte feliz... ¿Por qué tenías que estar tan atado a ella? ¿Por qué? Lo único que deseaba era... liberarte.

La reacción de Federico García Sancho fue inesperada.

Violenta.

La mano derecha voló como una centella hacia el rostro de su amante y el impacto sonó como si alguien hubiera quebrado una caña de forma seca y brutal.

María López cayó al suelo.

Miquel dio un único paso para interponerse entre el agresor y la agredida. El primero, con los puños cerrados y los ojos inyectados en sangre, parecía dispuesto a seguir. La segunda, en el suelo, de lado, se sostenía con una mano mientras con la otra intentaba protegerse.

—Señor, no —le advirtió Miquel.

—Ya han cumplido. Váyanse —les ordenó el empresario.

—No. —La voz de Miquel también fue dura—. En mi nota le decía que, si entraba en el piso después de nosotros, sabría la verdad y conocería toda la historia. Ya la sabe. Ahora es cosa de la policía.

Federico García Sancho continuó con los puños apretados.

La boca era una línea recta.

Se dirigió a Miquel aplastado por una convulsa pulsación.

—¡Usted no lo entiende!

—¿Cree que no lo entiendo?

—Concepción era mi vida, siempre lo fue, aunque hubiera otras. Yo... la necesitaba.

—Federico... —intentó hablar de nuevo María López.

—¡Cállate!

David Fortuny se movió por primera vez. Ayudó a levantarla y la acompañó hasta la butaca de la que acababa de levantarse Miquel. La mujer apenas se tenía en pie. Un hilillo de sangre le caía de la comisura de los labios, allá donde la bofetada de su amante había impactado. Tenía los ojos vidriosos y era como si, de pronto, su belleza se hubiera marchitado, convirtiéndose en una máscara.

—Señor García —dijo Miquel—. Si ella vive, se sabrá todo, es cierto, aunque un hombre de su posición evitará que se divulguen los detalles más escabrosos, no me cabe la menor duda. Pero, si la mata o le hace daño, será peor. Entonces nadie los evitará, y usted irá a la cárcel. Así no honrará la memoria de su mujer, sin olvidar que tiene dos hijos y va a ser abuelo.

—Les daré lo que me pidan si se van y callan —insistió con acritud.

—¿De verdad cree que haríamos eso? ¿De verdad piensa que somos así? ¿Y de verdad se cree capaz de matarla? —Hizo una pausa—. Usted nos contrató. Usted debía conocer toda la historia. Nosotros teníamos que hacerla hablar y que usted lo oyera. Ya está. Ahora le toca a la policía. No hay más, y lo sabe.

Lo sabía.

Pero le costaba digerirlo.

Nadie le había mandado nada a lo largo de su vida.

Hundió la mirada en Miquel, luego en David Fortuny. Volvió a Miquel.

Había personas que no se dejaban comprar por dinero.

Eso le costaba mucho más de entender.

—Detectives... —masculló.

Fue entonces cuando dejó caer los hombros y se vino abajo.

Derrotado.

Miquel le hizo una seña a Fortuny.

El teléfono estaba a tres pasos, en una mesita. Lo descolgó y empezó a marcar el número.

María López comprendió que era el fin.

Luchó por última vez.

—¡Federico, no, por favor, no dejes que lo hagan! ¡Te quiero! ¿No lo entiendes? ¡No estaba dispuesta a ser una más! ¡Quería ser la única, tu mujer, darte hijos...! ¡Me lo merezco! ¡Te lo he dado todo! ¡Federico!

Fortuny acabó de marcar el número.

Mientras hablaba con la policía y les daba las señas, Miquel se colocó delante de Federico García Sancho, despacio. La mirada con la que le abarcó fue, ante todo, triste, muy triste. Nadie más que el empresario oyó lo que le dijo:

—La mató ella, sí, pero sólo fue la punta del iceberg, o el brazo ejecutor si lo prefiere. En realidad la mataron todas, desde la primera hasta la última. Me pregunto si usted podrá vivir con ello.

Federico García Sancho recibió cada palabra como si fuera una bofetada.

Lo que iba a decir se le apelotonó en la garganta.

David Fortuny colgó el teléfono.

María López lloraba, hecha un guiñapo.

Miquel le dio la espalda al hombre y enfiló la salida del piso.

40

Seguía en la calle, a cierta distancia, apostado en las sombras, cuando llegó la policía.

Y aún continuaba en el mismo lugar, dando golpes en el suelo para superar el frío, cuando la misma policía sacó a María López de la casa y la metió en un coche patrulla.

Después vio cómo se alejaba Federico García Sancho.

Solo.

Perdido.

Miquel esperó un poco más.

Sonrió condescendiente al ver cómo David Fortuny explicaba a los inspectores la forma en que había resuelto el caso.

Todo un héroe.

Se fue con ellos, para prestar declaración, llevarles a casa de Jesús Romagosa y seguir disfrutando de su gran trabajo detectivesco. Incluso dejó la moto con el sidecar aparcada allí mismo.

La calle quedó vacía.

Solitaria.

Miquel miró al cielo.

Encapotado, amenazando con una lluvia que no acababa de caer, triste y otoñal, como correspondía a un mes de noviembre cualquiera.

Algunas veces recordaba sus noviembres en el Valle de los Caídos.

Bueno, y sus tórridos veranos o sus gélidos inviernos.

Siempre pensando que eran los últimos.

Le echó un vistazo al reloj.

Temprano.

Podría ir a la mercería, esperar a la hora de cierre, ir a casa con Patro y Raquel, relajarse, acostarse temprano, abrazarla bajo la manta, calentitos...

—¡Hay que ver! —Esbozó una sonrisa.

Detuvo un taxi y se sentó cómodamente mientras le daba la dirección al taxista. Una vez dentro, se bajó las solapas del abrigo y lo desabotonó. La Barcelona otoñal que se veía al otro lado de la ventanilla era como una mujer perezosa que ocultaba sus encantos a causa de los elementos externos, el frío y el ambiente desapacible. Pero seguía siendo «su» mujer.

La quería.

Tanto como a la de verdad, la física.

Su Patro.

—Está refrescando mucho —dijo el taxista como si anunciara algo nuevo.

Había días en que odiaba la cháchara de los taxistas. Había días en que tanto le daba. Y había días en que la agradecía.

Éste era uno de ellos.

No se sentía victorioso, sino tranquilo y en paz. Era muy distinto. Resolver un caso entrañaba siempre una satisfacción. El orgullo del deber cumplido. Pero en algunos de esos casos el poso podía ser amargo.

No había conocido a Concepción Busquets y, sin embargo, sentía lástima por ella.

—Y que lo diga —respondió.

—Va a llover. —Se animó el hombre al ver que el pasajero le contestaba—. ¡Y caerá una...!

—Bueno, un poco de lluvia no viene mal.

—No, si yo lo digo porque he lavado el coche, y cada vez que lo lavo, llueve. ¡Los del campo tendrían que contratarme y pagarme el tiempo que paso con el cubo y el paño! ¡Fíjese que...

Miquel siguió escuchándole.

Bastaba con decir una palabra de vez en cuando.

Sencillo.

De camino a la mercería, siguió mirando por la ventanilla.

Poco a poco, día a día, había más luces, menos sombras, aunque la dictadura siguiera ahí, omnipresente, casi eterna.

Casi.

A veces, una simple palabra de cuatro letras podía estar llena de esperanzas.

Agradecimientos

Novela número 11 de la serie Mascarell, *Algunos días de noviembre* es la primera que no cuenta con un número al inicio del título, por haber gastado ya todos los que hay del 1 al 10 en las precedentes. La anterior, *Un día de septiembre y algunos de octubre*, hizo ya de puente entre las primeras y las que puedan seguir, como ésta. Para los fieles del personaje, desde ahora serán «Algunos días de...» hasta que de nuevo agotemos los doce meses de un año. Quizá con suerte lleguemos a tanto.

Los agradecimientos, los de toda la colección: las hemerotecas de *La Vanguardia* y *El Mundo Deportivo*, mi corrector Virgilio Ortega y mis editores, con Laura Álvarez a la cabeza. Mi homenaje también a los cines de mi época, como el Selecto que aparece en esta historia. Al igual que Mascarell, yo aborrecía las varietés, los espectáculos en vivo que salían entre película y película. Pero reconozco que forman parte de la historia de aquellos años y de la vida de muchas personas que todavía las recuerdan. El programa del 18 de noviembre de 1951 en el cine Selecto es real, salvo por el añadido de Marilole La Gitana, que nunca existió.

El guión de *Algunos días de noviembre* fue escrito en la isla de Malta entre el 23 y el 28 de marzo y en Barcelona entre el 29 de marzo y el 9 de abril de 2018. La novela fue escrita en Barcelona entre el 16 de octubre y el 2 de noviembre del mismo año.

Descubre tu próxima lectura

Si quieres formar parte de nuestra comunidad,
regístrate en **libros.megustaleer.club**
y recibirás recomendaciones personalizadas

Penguin
Random House
Grupo Editorial

 megustaleer